전기인간의 공포

요미사카 유지 호러 미스터리 소설

전기인간의 공포

주지덕 옮김

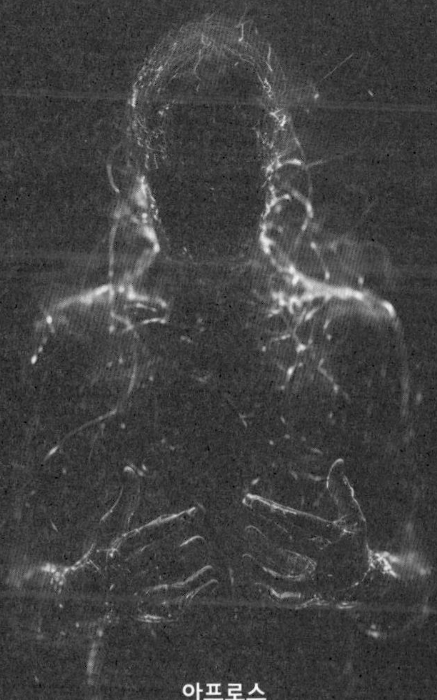

아프로스
미디어

1

"전기인간이라고 들어 봤어?"

"뭐?"

"전기인간이라고 들어 봤냐고."

히터가 윙윙 소리를 내며 열심히 돌고 있었지만, 겨울철 추위는 만만치 않았다.

어느 변두리에 위치한 서점 안에는 한 소녀를 제외하면 손님이 한 사람밖에 없었다.

"들어 본 적 없어?"

"새로 나온 밴드 이름이야?"

계산대 안에 있는 그는 소녀를 쳐다보지도 않고 물었다.

소녀는 답답하다는 표정으로 한숨을 내쉬었다. 이 서점에서 점장 일을 하는 그를 알게 된 지 1년 반이 되었다. 처음 봤을 때는 무관심해 보이면서도 지적인 말투로 밝고 상냥하게 대해 주었던 그였지만, 요즘은 기운이 별로 없어 보인다. 물론 그 이유는 이미 알고 있었다. 경기가 나쁜 탓이다.

중학교 3학년인 소녀는 이 서점의 매출 상황까지는 모르지만, 직원들이 줄었다는 것 정도는 알 수 있었다. 전에는 야간에 두 명이 아르바이트로 있었는데, 지금은 그가 혼자 모든 일을 처리하고 있다.

그렇다고 서로 걱정해 줄 정도로 친한 사이도 아니었고, 소녀 역시 남을 진심으로 걱정해 주는 성격도 아니었다. 그래도 친한 사람이 낙담하는 모습을 보니 마음이 편치 않았다.

"그런게 아니라."

소녀는 설명했다.

"그건 귀신이야. 아, 귀신은 아닌가. 아무튼 그런 게 있어. 그게 그러니까…… 누구한테 들었는지 까먹었지만, 어쩌다 알게 된 무서운 얘기란 게 있잖아. 그런 걸 뭐라고 하더라?"

"도시 전설?"

"도시 전설……아무튼 그런 거. 오늘 학교에서 어쩌다가 그 전기인간에 관한 얘기가 나왔는데, 반 아이들이 다 알고 있지 뭐야. 꽤 유명한 가봐. 혹시 알고 있어?"

"몰라. 어떤 얘긴데?"

"전기로 만들어진 사람 얘기야."

"사람이 전기로 만들어져? 전기가 사람의 모습을 한 게 아니고?"

"그게 그거 아니야?"

"흠…… 도시 전설이라면 이야기가 있을 테고, 유래에 대한 설명도 있을 거 같은데. 확인해보는 게 좋지 않을까?"

그는 문득 생각난듯 계산대에 있는 컴퓨터 쪽으로 가서 키보드를 두드리기 시작했다. 소녀는 그가 뭘 하든 신경 쓰지 않고 얘기를 계속했다.

"아마 전기로 만들어진 사람일 거야. 그 전기인간이 사람을 죽인다는 얘기도 있어."

"사람을 죽이는 전기인간이라. 도시 전설로는 그럴듯한데. 그래서 그게 어떻다는 거지?"

"'전기인간'이라고 말하면 나타난대."

"지금 우리도 말하고 있잖아."

그가 주변을 빙 둘러보자 소녀도 따라서 시선을 돌렸다. 때마침 남은 한 명의 손님이 밖으로 나갔다.

"여기에도 전기인간이 있을까?"

"기분 나쁘게 그런 소리 하지 마."

바로 그때, 머리 위의 조명이 깜박였다. 소녀는 어깨를 움찔하면서 끝부분이 거무스름해진 형광등을 천천히 올려다봤다.

점장은 한숨을 쉬었다.

"형광등도 갈 때가 되었는데, 요즘 자금 사정이 여의치가 않아서 말이야. 사무실에서 쓰는 화장지도 자비로 사야 돼."

"그 정도로 안 좋아?"

"응, 많이……."

분위기가 가라앉자 소녀는 서둘러 화제를 돌렸다.

"전기인간은 금속을 통해 이동할 수 있어서 잠긴 방에도 쉽게 들어갈 수 있고, 우리처럼 몸이 없어서 수명이란 것도 없대."

"그거 대단하네."

그는 "바로 이거야." 하며 키보드를 두드리던 손을 멈췄다.

"뭐?"

"인터넷으로 전기인간에 대한 소문들을 검색해 봤어."

그는 마우스를 만지작거리더니, 감탄을 연발하며 자신이 찾은 내용에 대해 말했다.

"사람의 생각을 읽을 수도 있네. 뇌의 전기 신호를 읽을 수 있기 때문이래."

"뇌의 전기 신호? 사람은 전기로 생각하는 거야?"

소녀는 머리에 손을 대고 "이 안에서 전기가 흐르는 건가." 하고 혼잣말하며 신기하다는 표정을 지었다.

"그렇구나."

소녀는 고개를 끄덕였다.

"신경 섬유는 전기 신호를 전달하고 있어. 사고의 전달에는 전기 반응뿐만 아니라 화학 반응도 관련된 데다가 두개골로 덮여 있어서 감지하기 어려울 텐데……. 대체 어떻게 생각을 읽을 수 있는 거지?"

"말이 너무 어려워."

"이상하네."

그는 모니터를 보면서 말했다.

"전기인간은 전기로 사람을 죽인다고 되어있네."

"그 정도 얘기는 나와야 무섭지."

"무서운 게 목적이야?"

"도시 전설인지 괴담인지, 원래 그런 거잖아. 인간의 목숨을 빼앗는 귀신같은 무서운 존재가 있어야지."

"그런 게 무서워?"

"응, 무서워."

점장은 팔짱을 끼더니 못마땅하다는 표정을 지었다. 소녀는 그의 가슴을 가볍게 치면서 말했다.

"말도 안 되는 소리 하지 말라 이거야?"

"그럴 만한 동기가 어디에도 나와 있지 않아. 어디에서 왔고 무엇이 목적인지도. 이야기의 발생지가 토오미 시라고 되어있지만, 괜히 더 애매한 것 같고. 원래는 인간이었다고 쓰여 있긴 한데……, 어떻게 하다가 그렇게 된 것인지 설명도 없어."

"전쟁 때 만들어졌다던데?"

"전쟁이라면 태평양전쟁이겠지? 뭔가 그럴듯한 설정이네. 하지만 그게 인간의 목숨을 빼앗는 것과는 무슨 상관이지?"

"전쟁 때니까 적군을 죽이기 위해 만들어졌나 보지."

"지금은 전쟁 중도 아니잖아."

"이제는 전쟁하고 상관없이 폭주 중인 거 아닐까."

"그렇다면 전기인간이라고 부를 수 있을까? 인간이라면 이성적인 판단으로 죽이지 않는 쪽을 선택할 거 같는데."

"복수 같은 거 아닐까? 난 왠지 알 거 같아. 자신만 빼고 다른 사람들은 인간답게 잘살고 있으니 열 받아서 전부 죽여 버리고 싶을지도 모르지. 전기인간이라는 존재가 혼자 인간 세상에서 동떨어져 버린 거라면 그럴 수 있잖아."

그는 차분하게 고개를 가로저었다.

"그런 동기가 60년 이상 갈 리 없어."

"60년?"

"올해가 2007년이니까 전쟁이 끝난 해부터 세어 보면 62년이야. 복수나 상실에 대한 감정은 뛰어넘을 세월이잖아. 사람을 죽일 정도라면 더욱……."

"그런가?"

"응. 전기인간에게는 살인이 간단한 거잖아. 벌레를 잡는 것하고 같아. 사이즈만 다를 뿐이지. 동기도 단순한 걸 거야."

소녀는 그럴 리는 없다고 생각했다. 하지만 바로 반론을 제기할 순 없었다. 그의 말에는 무조건 부정할 수 없는 무게감이 있었다.

소녀는 잠시 생각한 후 말했다.

"적당한 동기가 없으면 죽이자는 생각까지는 안 할 것 같은데."

"살인을 엄청난 일이라고 생각한다면 그렇겠지. 하지만 죽이는 일은 살아 있는 존재들에게 이미 삶의 일부가 되어 있어. 우리가 먹고 있는 것은 99%가 식물이나 동물의 시체잖아. 하지만 그걸 먹는 걸 죄라고 생각하진 않잖아. 물론, 죽이는 장면을 직접 보지 않기 때문이기도 하지. 카레를 돼지고기, 닭고기, 소고기 중 어느 것으로 만들까 고민할 때 식재료를 죽이는 모습을 떠올리진 않으니까. 그런 것처럼, 살인을 큰일이 아니라고 생각한다면 동기도 단순해져."

"한 사람을 죽이는 건 어려운 일이지만 백 명을 죽이면 익숙해진다는 얘기? 죄책감의 상실 같은 거?"

"그래. 『죄와 벌』에 등장하는 라스콜리코프가 원했지만 결국 얻을 수 없었던 것이었지."

"라스……그게 누구야?"

그는 소녀의 질문에 대답은 하지 않고 먼 곳을 봤다.

"아무튼, 이상해."

"뭐가?"

"전기인간에 관한 이야기 말이야. 동기도 없이 사람을 죽인다는 얘기만 있잖아.”

“어차피 전부 지어낸 얘기라 그런 거 아닐까?”

“그렇다면 오히려 그럴듯한 동기까지 지어 냈겠지. 이야기 속에 동기가 없다는 건 지어낸 얘기가 아닐 수 있다는 얘기도 돼.”

“그럼, 실화라는 얘기야?”

“글쎄……. 생각해보면 동기를 알 수 없는 게 더 무섭긴 하지……. 일부러 더 무섭게 만들려고 그랬을 가능성도 있고. 사실처럼 보이려는 것일 수도…….”

“복잡하네. 그런 식으로 분석하는 거 재밌어?”

소녀는 시선을 돌렸다.

점장은 아무런 대답 없이 천장을 올려다보더니 서점 안을 가로지르는 전선들을 의식하면서 작은 소리로 말했다.

“만약에……, 정말 존재한다면 물어보고 싶어.”

“뭘? 그 동기?”

“응. 아주 흥미로울 것 같아.”

“그러다 살해당하면.”

그건 그래, 하며 고개를 끄덕이는 그가 묘하게 쓸쓸해 보였다. 소녀는 서둘러 화제를 바꾸었다. 한겨울의 해는 기울고 있었지만, 폐점까지는 아직 몇 시간 남아 있었다.

2

"전기인간, 전기인간, 전기인간……."

아카토리 미하루는 그렇게 중얼거리며 길게 이어진 계단을 오르고 있었다.

기억 속의 계단은 좀 더 넓고 좌우가 높은 돌담으로 막혀 있었다. 하지만 오랜만에 방문한 그녀의 눈에는 아주 흔한 주택가의 공용 통로로밖에 보이지 않았다. 바뀐 게 있다면 스테인리스로 만들어진 난간이 붙어 있는 것 정도랄까.

계단이 끝난 곳에 멈춰 서서 뒤돌아보았더니 눈 아래 펼쳐진 주택가 저편에 쓸데없이 화려한 디자인의, 새로 지은 JR 역사가 보였다. 역사는 인적이 뜸했다. 현 내 2위의 인구를 자랑하는 토오미 시라고 해도 중심부를 벗어나면 한적하다.

기분 좋게 느끼기에는 약간 차가운 바람이 이마에 흐르는 땀을 말려 주었다. 하얀 입김을 뱉으면 투명한 공기 속에서 춤추듯이 녹아 버렸다. 갈색 코트 주머니에 손을 꽂고 밝은 회색의 머플러를 휘감고 있는 미하루는 추위에 소스라치듯 몸을 떨었다. 단발머리로 바꾼 것을 후회하면서 도톰한 입술에 침을 한번 바르고는 주문을 외우듯 말했다.

“전기인간.”

말하면 나타난다고 한다. 그녀는 그 얘기를 믿지 않았지만, 규칙은 존중해야겠다고 생각했다.

미하루는 사립 대학교에서 민속학을 전공하고 있다. 오늘 이곳에 온 것도 그런 자신의 전공 때문이다. 그렇다고 특별히 학문에 열성을 가지고 있는 건 아니었다. 문헌 조사를 포함한 현지 조사야말로 가장 중요하다고 믿는 담당 교수가 성적이 부진한 학생들을 대상으로 학점 만회의 방법으로 리포트를 제출하라고 한 것이다. 무엇인가 하나를 골라, 겨울 방학 동안 가설을 기반으로 한 현지 조사를 통해 결론을 도출해야 한다. 미하루가 고른 주제가 바로 ‘전기인간에 대한 소문’이었다.

조사를 시작하기 전까지 미하루는 전기인간을 흔한 도시 전설 중 하나라고 생각했다. 그녀가 아는 유명한 도시 전설은 인면견(人面犬 : 인간의 얼굴을 가진 말하는 개로 일본의 민속학 자료에도 나오는 요괴), 지렁이버거, 시체 닦이 아르바이트 등이 있었다.

이처럼 도시에서 발생한 괴이한 이야기들은 수도나 전기, 도로 등의 인프라가 갖추어져 사람이 거주하는 곳을 중심으로 발생한 것들이 대부분이다.

특정한 지역과 관련성도 적고 연관시키기도 어려운 속성을 갖추었으며, 자극적인 내용 때문에 TV나 잡지 등의 대중 매체에서 흥밋거리로 자주 다루어지고 있다. 그래서 다른 이야기들보다 훨씬 빠른 속도로 전국에 퍼진다.

그러나 전기인간은 약간 다른 특징을 가지고 있다. 전기인간은 미하루가 유년기를 보냈던 토오미 시 근교에서만 돌던 것으로 한 지역에만 한정된 이야기였다.

인터넷이 전 세계를 아우르는 지금, 새로 생긴 이야기는 눈 깜짝할 사이에 전파되며 불특정 다수에 의해 소비된다. 시대의 흐름이 빨라서 유행가처럼 괴이한 이야기들도 반짝하다가 사라져 버린다. 그러므로 많이 알려진 도시 전설은 학문 연구 대상이 되기 어렵지만, 이 이야기는…….

이런 식으로 표면적인 내용이라면 얼마든지 쓸 수 있을 거야. 처음에 미하루는 그렇게 생각했다.

하지만 미하루가 초등학교 때 들었던 전기인간의 속성과 이번에 새롭게 조사해서 알게 된 전기인간의 속성 사이에는 차이가 거의 없었다. 전기인간의 기본 양식은 처음 들었을 때 이미 완성이 된 것이다. 10년 이상 시간이 지났는데도 전기인간은 그 소문이 전국에 퍼지지도 않았고 사라지지도 않았다.

시간이 지났는데도 변화하지 않은 도시 전설이 된 데는 무엇인가가 있기 때문이겠지?

지난달 상담할 때 담당 교수는 미하루에게 그렇게 말했다. 공포를 목적으로 전해지는 도시 전설에도 유행이란 게 있어서 요즘에는 현실미가 있는 공포. 예를 들어 정신 이상자에 의한 묻지마 살인 같은 것이 인기가 있다고. 초현실적인 현상에 대한 건 노스트라다무스의 대예언과 함께 20세기에 묻혀 버렸다고 말이다. 그리고 교수는 덧붙였다.

“그런데도 아직까지 전기인간에 관한 이야기가 남아 있다고 한다면 그 핵심에는 뭔가가 있을지도 모르겠군.”

“핵심이라…….”

이처럼 이야기가 계속해서 이어져 올 때는 보통 아는 사람의 죽음이나 자신의 직접적인 경험과 관련이 있다. 또는 평범한 일상생활 습관과 연관되어 있을 수도 있고, 그 지역에 있는 오래된 절이나 신사, 비석 혹은 그것을 중심으로 한 의식에 얽힌 것일 수도 있다.

그런 성질의 이야기는 문화적인 유품이 되어 부모에서 자식으로, 그리고 자식에서 그 후손으로 전달된다.

한 집단에 전해지는 정보를 정리하여 그 유래를 찾아내는 것, 또 다른 집단의 유래와 연결해 분석적인 접근을 시도하는 것, 그리고 분석한 내용을 통해 인류 문화의 경향을 추측하는 것, 그러한 것들이 민속학의 기본이라고 교수는 말했다.

미하루는 강의 내용을 대부분 한 귀로 흘려들었지만, 그래도 한 가지는 수긍할 수 있었다.

전기인간에게도 원인이 되는 무언가가 있을 것이라는 사실.

전기인간을 주제로 정한 데는 나름대로의 이유가 있었다. 그것은 미하루가 유일하게 직접 경험한 괴이기 때문이었다.

아직 초등학생이었던 어느 겨울날 방과 후의 일이었다. 무심코 교실의 창을 통해 밖을 내다보는데 맞은편 건물 옥상에 무언가 보였다. 그런데 그게 뭔지 짐작할 수 없었다.

문득 이상하다는 느낌이 든 미하루는 가까이서 봐야겠다는 생각에 학교 계단을 뛰어 올라갔다. 지나가던 선생님이 뛰어다니지 말라고 경고했지만 전혀 아랑곳하지 않았다. 그리고 맨 끝 층에 도착하자 옥상으로 이어지는 계단에 발을 내디뎠다.

미하루는 그 순간 느낀 꺼림칙함을 아직도 기억하고 있다. 청소 구역에서 제외된 곳이기 때문에 티끌과 먼지가 쌓인 계단은 어둑어둑했다. 그래도 그녀는 먼지 위에 남은 발자국이나 벽에 새겨진 낙서를 보면서 용기 내어 올라갔다.

항상 자물쇠가 채워져 있던 옥상으로 나가는 문은 잠겨 있지 않았다. 옥상에 누군가 있어서일 것이라 짐작했다. 하지만 문을 열고 나간 옥상에는 아무도 보이지 않았다.

그때만 해도 이상하다고 생각하지 않았다. 문을 열어놓고 잠시 자리를 비웠겠지, 하고 기다리기 위해 적당한 곳에 자리 잡고 앉았다. 그리고 그 상태로 따뜻한 햇볕 속에서 잠들고 말았다.

한참 후 깨어났을 때는 주위가 완전히 어두워져 있었다. 조명이 없는 옥상은 캄캄했고 하늘과 지면의 경계도 모호하게 보였다. 달이라도 떠 있지 않았다면 완전한 암흑 속이었을 것이다. 미하루는 무서운 생각이 들어, 일어서서 벽을 따라 더듬거리며 옥상 문 앞까지 갔다. 그리고 조심스럽게 손잡이를 돌려 보았다.

문은 잠겨 있지 않았다. 다행히도 잠든 사이에 자물쇠가 채워지지는 않았던 것이다. 그래서 일단 안심은 했지만 역시 뭔가 이상하다는 생각이 들었다.

여기 있던 사람은 돌아오지 않은 건가?

미하루는 복도의 군데군데 켜져 있는 비상구 불빛을 의지하면서 정문으로 향했다. 하지만 그곳은 잠겨 있었다. 그곳뿐 아니었다. 모든 출구가 잠겨 있었다. 창문도 그렇고, 1층에 있는 문은 전부 열쇠가 채워져 있었다.

미하루가 다니던 초등학교는 같은 현의 다른 학교들보다 앞서 전자 도어 록을 온라인으로 관리하는 시스템을 도입한 곳이었다.

울음이 터질 것 같았다. 우산꽂이나 소화기로 유리를 깨면 나갈 수 있겠지만, 그렇게 하면 소동을 일으키게 되어 크게 혼날 것 같았다.

그때 나는 있는 힘껏 눈물을 참고 있었지. 그 당시는 반에서 핸드폰을 가지고 있는 아이는 아무도 없었으며, 전화가 있는 교직원실은 잠겨 있었고, 현관에 공중전화가 있었지만 주머니에는 동전이 한 개도 없었어. 그렇다고 비상 통화 버튼을 누른다면 유리를 깨는 것보다 더 성가시게 될 것 같았어. 그래서 가만히 앉아서 참고 기다려야 했지.

미하루는 당시를 회상했다.

정문을 향한 복도, 그곳에 낮게 붙어 있는 비상구 표시등 옆에 앉아 어떻게 할지를 생각하고 있었다. 그리고 그 낙서를 발견했다.

정면에 보이는 기둥의 지면에 닿을락 말락 하는 곳.

전기인간

그렇게 누군가 연필로 써 놓은 것이 보였다.

미하루는 그 글자를 소리내 읽으려고 하다가 황급히 입을 막았다. 그것이 무엇을 의미하는지 생각난 것이다. 이 지역에는 전기인간이 있어서 그에게 걸리면 목숨을 잃게 된다고는 소문이 있었다. 시체에는 아무런 상처도 생기지 않아서 아무도 살해당했다고 생각하지 않게 된다고. 다친 곳도 없고 병에도 걸리지 않은 사람이 죽었다면 그것은 전기인간의 짓이라고. 그리고 전기인간은…….

소리 내어 부르면 나타난다고.

미하루는 전기인간이 무서웠다. 전기인간이 정말 있을지도 모른다고 생각했기 때문이 아니었다. 사람이 갑자기 죽어 버리는 경우도 있구나, 젊고 병도 없고 누군가에게 원한을 사지 않아도 죽는 경우가 있구나, 하는 생각이 들었기 때문이다. 이렇게 갇힌 자신처럼 잊히겠구나 하고…….

초등학생 미하루는 쓸쓸함이 밀려와서 무심코 중얼거렸다.

"전기인간? 만약 있다면 나오세요. 그리고 저를 여기서 나가게 해 주세요."

하지만 그렇게 말한 후에도 바뀐 건 아무것도 없었다.

미하루는 무릎 위에 이마를 대고 눈물을 참았다.

그때 문득 귓가에 무언가 느껴졌다. 모기의 날갯짓 소리가 희미하게 들리는 듯했다.

미하루는 주위를 둘러봤지만 아무것도 없었다. 벌떡 일어나 신발장이 줄지어 있어서 더욱 컴컴한 정문 부근을 이리저리 다니며 살펴보았다. 너무나 긴장해서 그 소리가 사라졌다는 사실도 한동안 알아차리지 못했다.

아무것도 발견하지 못하고 낙담하면서 비상구 표시등 쪽으로 돌아와 앉았더니 소리가 다시 들렸다. 이번엔 일어서지 않고 그 자리에서 귀를 기울였다.

그리고 그 소리가 비상구를 표시하는 녹색등에서 들린다는 것을 알게 되었다. 녹색으로 빛나는 표면에 손을 대었더니 온기가 느껴졌다. 그리고 귀를 가까이 대자 더 선명하게 들렸다. 그 소리는 전구에서 나는 소리였다. 평상시에는 의식하지 않고 있던 희미한 소리에 정적과 쓸쓸함 때문에 날카로워진 청각이 반응한 것 같았다.

미하루는 실망했지만 한편으론 안도감을 느끼며 자세를 고쳐 앉았다. 그리고 무심코 앞을 바라보는데 정면에 있는 정문의 유리 저편에 어렴풋하게 빛나는 무언가가 보였다. 심장이 멎을 것 같았다.

불빛이라고 할 정도로 밝지는 않았다. 붉은색이 아니라 무엇인가 타는 것처럼 보이지도 않았다. 하지만 아무리 봐도 그 희미한 윤곽의 빛은 분명히 사람의 모양을 하고 있었다. 기묘한 느낌이었지만 그렇게 확신할 수 있었다.

"전기인간?"

그 말에 반응하듯 그것은 움직이며 다가오고 있었다. 그리고 금방이라도 정문 유리에 부딪칠 듯한 곳에서 갑자기 사라졌다. 동시에 철컥하고 잠김이 풀리는 소리가 울렸다.

미하루는 정문으로 뛰어가서 문의 손잡이를 당겨 봤다. 문 자체가 무겁고 레일에 모래 같은 것이 끼어 있어서 뻑뻑했지만 힘을 주자 천천히 열렸다. 미하루는 급히 신발장에서 자신의 신발을 꺼내 갈아 신고 밖으로 나가면서 주위를 둘러보았다. 수상한 건 아무것도 없었다.

미하루가 건물 밖으로 나간 후 정문을 등지고 걷기 시작했을 때 또다시 철컥하는 소리가 났다. 뒤돌아보긴 했지만 문이 잠겼는지 확인할 생각은 없었다. 그대로 집을 향해 달렸다.

집에 도착하니 아직 여섯 시가 안 되어 있었다. 엄마가 늦게 귀가한 것을 나무라기는 했지만 그 이상 추궁하지는 않았다. 다음 날 학교에서도 전날 무슨 일이 있었다는 얘기는 들을 수 없었다. 일상은 당연한 듯이 계속되었고, 미하루는 자기가 본 것을 다른 사람에게 말할 기회를 놓치고 말았다. 그리고 지금까지 누구에게도 말을 하지 못했다.

미하루는 멈춰 서서 옆에 있는 전봇대를 올려다보았다. '사에즈라즈(不囀)'라는 주소 표시가 있었다. 초등학생 때는 읽지 못했던 한자였다.

저 앞에 이전에 다니던 시립 나사카초등학교의 교문이 보였다. 미하루는 너무나도 반가운 나머지 빠른 걸음으로 다가갔다.

담장 너머로 보이는 학교 건물, 운동장, 놀이 기구나 체육관 등은 기억하고 있던 모습 그대로였다. 크기는 기억 속의 그것보다 작았지만, 그조차 추억 속의 일부분으로 느껴져서 절대 거부감은 없었다.

연구 주제를 전기인간으로 한 것도, 현지 조사를 여기부터 시작하자고 생각했던 것도 극히 자연스러운 일이었다.

오래전에 경험한 괴이를 잊고 있을 리 없었다. 그때의 경험이 착각이었다고 생각할 수는 있지만, 떠도는 이야기와 현실의 경계가 녹아서 하나가 되는 감각의 경험은 잊을 수가 없었다. 미하루가 요괴까지도 정보로서 취급하는 학문인 민속학을 전공하게 된 것도 거슬러 올라가 따져 보면 그 경험 때문인지 모른다.

미하루는 괴이를 무조건 부정하고 싶지도 않았지만 그대로 믿을 생각 또한 없었다. 그래서 무미건조하게 내용을 확인하는 것보다 직접 현장을 찾아가 보기로 한 것이다.

나의 원점은 여기야.

그녀는 교문으로 들어섰다.

3

"전기인간? 그것참…… 독특한 연구 주제로구나."

오랜만에 만난 초등학교 때의 담임 선생님은 미하루를 반갑게 맞이하였다. 선물용 과자 상자를 전달하면서 방문 목적을 얘기하자 흥미로운 듯 그렇게 말했다.

"제가 알고 있는 것 가운데 가장 익숙한 것으로 고른 거예요."

"좋은 일이야, 대학생이 마음 편하게 원하는 것을 할 수 있다는 건. 그만큼 일본이 평화롭다는 얘기지. 내가 대학 다닐 때는 정말 살벌했었거든."

"그때는 왜 그랬던 걸까요?"

"글쎄다. 정치적으로나 경제적으로나 시대가 급변했었기 때문이 아닐까? 아니 그런데, 그 전기인간인가? 그것에 대해 잘 아는 사람이 선생님 중에는 없는 것 같은데……. 이 지역 7대 불가사의 중 하나였다고 했나?"

미하루가 전기인간의 소문에 관한 내용을 설명하자 선생님은 옛날에 군에서 만들어진 것 같다는 대목에서 반응했다.

"그렇다면 만들어진 시기가 전쟁 중이나 전쟁 이전이라는 얘기가 되겠네."

"그런 것 같아요."

"그렇구나. 음…… 참고가 될지 모르겠지만, 학교의 뒤쪽에 숲이 있는 거 알지? 거기에 지하호가 있어."

선생님은 그곳에 대해서 설명해 주었다. 콘크리트와 벽돌로 단단하게 만들어진 곳으로, 보통의 창고나 방공호라고는 생각할 수 없을 정도로 큰 규모인데, 이상하게도 그누구도 그곳의 유래를 아는 사람이 없다는 것이다.

"언제인가 문화청 사람들이 조사하러 왔었는데, 결국 국가의 사적(史跡)으로는 인정을 못 받았지. 어디에도 기록이 남아 있지 않다고 해서 말이야."

"기록이 없다고요?"

"응. 이 부근에 옛날부터 있었던 것이라면 그곳 밖에 없거든. 원래 이 동네가 지금처럼 개발되어 모습을 갖추게 된 것은 전쟁이 끝나고 나서니까……."

그렇다면 방공호였을 가능성은 적었다. 미하루는 전기인간하고는 상관없더라도 그곳이 궁금해졌다. 뭔가 재밌는 걸 찾아낸다면 연구 대상을 전쟁 유적으로 바꿔도 괜찮을 것 같았다. 그 나름대로 제출할 만한 내용이 될 것이라는 생각이 들었다.

"입구는 봉쇄되어 있지만 다케미네 씨가 관리하고 있을 테니까 부탁하면 열어 줄 거야."

"다케미네 씨요?"

"오래전부터 여기서 용무원(학교나 회사 등에서 일하는 잡역부)을 해 왔던 분이라 너도 본 적이 있을 거야."

전혀 기억이 나지 않았다. 미하루가 어색한 미소를 지으며 고개를 끄덕이자 담임 선생님이 말했다.

"올해로 여든일고여덟 살 정도 될 걸……. 그래도 아직 짱짱한 분이야. 시의 재무과에서 나이 문제만 걸고넘어지지 않았다면 용무원을 계속했을 걸."

"학교 근처에 살고 계신가요?"

"아마 그럴 거야. 일만 열심히 하던 노인이라 할 일이 없어지면 노망이라도 나 버릴 것 같다고 본인이 희망했지. 그래서 숲의 간단한 관리를 맡기게 되었어. 저 숲은 시 소유로 되어 있기도 하고, 비용도 '민간협력비'인가 뭔가 하는 적당한 이름을 붙여서 충당하고 있거든."

"그분에게 부탁하면 지하호를 볼 수 있을까요?"

“응. 연락해 둘 테니까 한번 가 봐.”

30분 후, 미하루는 낙엽이 진 수목들이 늘어선 숲속을 걷고 있었다.

나무들의 간격이 넓은 만큼, 바닥엔 잡초들이 무성했고 종류도 다양했다. 초록색에 갈색, 백색 등 색채도 다양했고 길이도 제각각이었다. 하지만 사람들이 밟아서 만들어진 작은 숲길이 한 줄로 이어진 덕에 지나가기는 어렵지 않았다. 그렇게 한참을 가고 있는데, 어디서인가 기계 소리가 들렸다.

앞으로 나아갔더니 작은 몸집의 사람 그림자가 보였다. 그는 카키색 작업복을 입고 오렌지색의 기계를 어깨에 멘 끈에 연결하여 허리 근처 높이로 들고 있었다. 좀 전에 들렸던 소리는 그 기계로부터 나는 것이었다. 기계로부터 나오는 바람으로 잔가지나 낙엽을 숲길 밖으로 불어서 밀어내고 있었다.

얼굴에 새겨진 주름은 깊었지만 나이를 나타내는 것은 그 정도뿐, 허리도 쭉 펴고 있었고 자세도 반듯했다. 기계를 잡은 손도 전혀 불안해 보이지 않았다.

“안녕하세요!”

미하루가 목소리를 높여 말을 걸었지만, 반응이 없었다. 기계 소리 때문에 못 들었든지 귀가 잘 안 들리든지 둘 중 하나겠지 싶어 그녀는 앞으로 돌아가서 허리를 크게 굽혀 인사를 했다. 그러자 겨우 알아차렸는지 노인이 기계를 멈추고 밝은 표정으로 미소를 짓더니 사투리를 쓰며 말했다.

"아가씨가 저 굴이 보고 싶어서 온 거여?"

'굴'이란 지하호를 뜻하는 것이라고 이해한 미하루는 고개를 끄덕였다.

"네, 그 열쇠를 빌려 주셨으면 하는데요."

"그건 빌려 줄 수 있는디, 거기는 불빛도 없고 캄캄해서 위험한디……."

미하루가 따라와 보라는 다케미네 노인을 쫓아가자 함석지붕과 판자로 만들어진 작은 오두막이 나타났다. 노인은 그곳에서 헬멧하고 커다란 손전등을 꺼내 와서 내밀었다. 헬멧은 꾀죄죄하고 한 번도 맡아 본 적 없는 이상한 냄새가 났지만, 미하루는 "감사합니다."하고 주저 없이 헬멧을 받아 머리에 쓰고 벨트를 턱에 고정했다.

"이제 열쇠만 주면 되겄지?"

다케미네 노인은 입고 있는 점퍼의 가슴 부분에 달린 주머니에서 녹이 슨 열쇠를 꺼내 미하루에게 내밀고는 숲속을 가리키며 말했다.

"이쪽으로 주욱 가면 있어. 나도 같이 가면 좋겠지만 다리가 안 좋아서 아가씨 혼자 갔다 와야 할 건디. 해가 지려면 아직 시간이 있지만 너무 늦으면 안 되는 겨. 여차하면 오두막에 머물러도 되긴 하지만 말이여."

"알겠습니다. 잘 쓰고 가져다 드리겠습니다."

담배에 불을 붙이는 다케미네 노인에게 고개 숙여 인사한 후, 미하루는 알려 준 방향으로 발을 내디뎠다.

손에 든 열쇠를 보니 열쇠고리 부분에 牢(감옥 뢰)라는 글자가 매직으로 쓰여 있었다. 마치 무엇인가를 가두어 둔 곳이라는 느낌이 들었다.

이윽고 입구가 노출된 언덕이 눈에 들어왔다. 사람 한 명이 간신히 들어갈 만한 크기의 구멍에 뚜껑이 덮여 있는 상태로, 콘크리트로 된 테두리에 격자형 문이 달려 있었다. 테두리에는 이끼가 끼어 있었고 격자문은 칠이 벗겨져 녹투성이였지만 그 덕분에 이질감 없이 언덕과 조화를 이루고 있었다. 역시 지은 지 오래된 곳이라는 것을 알 수 있었다.

격자문에는 그녀가 가지고 있던 열쇠가 들어갈 만한 커다란 열쇠 구멍이 있었다. 그것 역시 상당히 오래돼 보였다. 그녀가 열쇠를 꽂아서 돌리자 순조롭게 잠금장치가 풀리는 소리가 들렸다.

무거운 문을 밀어서 열었다. 끼익하는 듣기 거북한 소리와 함께 어둠이 쩍하고 입을 벌렸다. 안에선 아무런 기척도 없었다.

미하루는 근처에 있던 돌로 문을 고정하고 준비해 온 목장갑을 끼었다. 그리고 빌려 온 손전등을 켜서 안을 비추어 보았다. 안으로 들어가니 바로 내려가는 계단이 보였다. 수 미터 정도 내려간 곳에서 평평한 통로로 이어져 있었다.

"전기인간."

미하루는 중얼거리듯 한마디 하고 구멍 안으로 발을 디뎠다. 흙먼지가 피어올랐고 축축한 공기가 코를 찔렀다.

발밑은 흙바닥이었지만 천장과 벽은 콘크리트와 벽돌로 되어 있었다. 통로는 폭이 좁았지만 높이는 사람이 고개를 숙이지 않고도 걸을 수 있는 정도는 되었다.

더 들어가자 양쪽으로 구멍이 몇 개인가 뚫려 있었다. 그것들은 모두 방이었고, 안은 텅 비어 있었다. 오래전에는 전기가 연결되어 있었던 것으로 보이는 전깃줄이 천장으로부터 늘어져 있는 것이 눈에 띄었다. 오래된 건물의 지하실 같다는 생각이 들었다.

전기가 연결되어 있었던 걸 보니 대충 만들어진 방공호는 아닌 것 같았다. 어떤 목적이 있어서 만들어졌다는 건 그런 흔적으로 짐작할 수 있었다. 열을 가한 듯 그슬린 벽, 기계 장비 등이 놓여 있었던 것으로 추정되는 지면의 자국들, 손자국으로 보이는 벽의 얼룩 같은 것들이 있었다. 입구가 봉쇄되어 있었기 때문인지, 낡은 건물 안에서 자주 발견되는 무단 침입자들의 낙서 같은 건 없었다.

통로는 불규칙하게 구부러진 모양으로 연결되어 있었다. 어둠 속을 걷는 탓에 거리 감각이 마비되어 있었지만, 100m 이상은 될 것 같았다.

선생님이 기록이 전혀 남아 있지 않다고 했었던가?

그녀는 이 정도 규모의 장소에 대한 기록이 남아 있지 않다는 것이 믿어지지 않았다. 남아 있지 않다는 것보다 누군가 없앴다고 보는 것이 맞을 것 같았다.

"아무렴 어때."

분위기로 봐서는 버려진 곳이라는 느낌이 강했다. 유래를 모르기 때문인지 역사적인 장소라는 느낌도 없었다. 약간 쓸쓸하다는 생각이 들었지만, 그게 다였다.

미하루는 어떤 문 앞에 다다랐다. 조금 전에 보았던 방들도 그럴듯한 문이 있었지만 반쯤 열려 있거나 바닥에 쓰러져 있어서 문의 역할을 제대로 못 하는 것들뿐이었다. 하지만 이 문은 제대로 닫혀 있는 튼튼한 철제문이었다.

손잡이를 잡고 힘껏 당겨 보았지만 꿈쩍도 하지 않았다. 손잡이 주위의 먼지를 털어 냈더니 큰 열쇠 구멍이 보였다.

"여긴 뭐지."

미하루는 그렇게 혼잣말하더니 문득 무언가를 발견하고는 눈높이 정도의 부분을 비벼서 닦아 보았다.

그랬더니 흙먼지가 떨어지면서 표지판이 나타났다.

제[redacted]전기[redacted]실험실

반 이상이 읽을 수 없는 상태였다.

미하루는 가지고 있던 디지털 카메라로 그 표지판을 찍고 나서 왔던 길을 돌아가 밖으로 나갔다.

입구의 문도 원래대로 잠그고 헬멧을 벗었다. 벨트로 조였기 때문에 머리가 땀으로 젖어 있었다. 앞머리를 신경 쓰면서 뒤돌아본 순간, 시야의 끝에서 무언가가 휙하고 지나갔다.

어린아이를 본 것 같은데…….

주위를 둘러봤지만 아무도 없었다. 상당히 빠른 움직임이었다. 부스럭부스럭 수풀을 헤치며 달려가는 소리가 들렸지만, 그 소리도 금방 사라졌다.

미하루는 손목시계를 보았다. 오후 네 시를 넘기고 있었다. 주위는 상당히 어둑어둑해져 있었다.

숲을 빠져나와 오두막에 겨우 도착하니 다케미네 노인은 여전히 그 자리에 앉아서 담배를 피우고 있다가 그녀를 보고 손을 들었다.

"어땠는감?"

"네. 잘 보고 왔습니다."

"그럼 다행이구먼."

"안은 꽤나 넓더군요."

"그건 그려. 나라에서 만든 거니께."

"나라? 국가에서 저곳을 만든 건가요?"

"그려그려."

"무엇을 위해서 만들었대요?"

"글씨…… 그건 까묵었지만, 애들 많이 써서 큰일 했제."

자신이 하는 말에 고개를 끄덕이며 노인은 담배를 한 모금 빨았다. 미하루는 빌렸던 헬멧과 손전등을 돌려주면서 물었다.

"가장 안쪽의 문은 잠겨 있던데. 그 안에는 뭐가 있나요?"

"무슨 문? 하……. 전에 봤을 때는 아무것도 없었는디."

"전이라는 건?"

"한 40년 정도 됐나……."

미하루는 웃었다. 태어나기 훨씬 전이다. 그나마 다케미네 노인이 귀를 먹지도 않았고 말하기를 싫어하지 않는 것이 다행이라고 생각하면서 또 질문했다.

"혹시 전기인간을 아시나요?"

전기인간이란 말을 몇 번이고 되뇌던 다케미네 노인은 바로 대답은 하지 않고 잠시 있더니 아, 하고 목소리를 높이면서 몇 번이고 고개를 끄덕였다.

"애들이 언젠가 그런 말을 한 것 같은디……."

"아이들이라면 나사카초등학교 학생들 말인가요?"

"그려. 애들이 이 숲에 자주 놀러 와. 그 애들 중에 누가 그것을 봤다고 한 것 같은디……. 특별히 무슨 일이 있었던 것은 아닌 것 같지만……."

열쇠를 돌려주자 그것을 받은 노인은 음음, 하고 고개를 끄덕였다.

"왜 그런 걸 찾아온 겨?"

미하루는 망설였다. 기이한 경험은 했지만, 전기인간의 존재를 믿고 있는 것은 아니었다. 물론 만나게 될 것을 기대한 것도 아니었다. 굳이 말하자면, 전기인간이 없다는 것을 확인하고 싶어서였는지도 모르겠다.

분명히 그런 것은 없다고 생각하고 싶었다. 자신이 오래전에 경험했던 건 착각이었든지, 어떤 우연이 겹쳐서 벌어진 일이라고 생각하고 싶었다. 그렇게 하면 시시하지만 안심할 수 있는 현실로 눈을 돌릴 수 있게 된다.

하지만 그런 것을 일일이 설명할 생각은 없었다.

"학교 과제예요."

"그려? 그거참 고생스럽겠구먼."

4

"우선은…… 전기인간 가설이라고 할까……."

혼잣말을 하면서 미하루는 키보드를 두드리기 시작했다.

전기인간 가설

전기인간은 도시 전설로 분류된 현대의 괴이(怪異)이다. 전국에 퍼져 있지는 않고 일부 지역에서만 뿌리 깊게 전해진, 이른바 인기 없는 도시 전설이다.

그 역사는 비교적 오래되지 않았다. 전기라고 하는 개념 그 자체가 근대가 되어서야 인류가 손에 넣을 수 있었다는 역사적 상황 때문이다. 물론 정전기의 존재는 기원전부터 알려져 있었지만, 그 정체에 대해서는 오랫동안 논쟁을 해왔을 뿐이며, 실제로 사용 가능한 형태로서의 전기는 19세기에 와서…….

키보드를 두드리던 손을 멈추고 기지개를 켰다.

미하루는 나사카초등학교에서 가장 가까운 역 앞에 있는 비즈니스호텔 방 하나를 빌렸다. 그 방에서 노트북으로 리포트의 초안을 작성하고 있다. 이 호텔을 고른 이유는 위치도 그렇지만 가격도 적당하고 무선 인터넷을 사용할 수 있기 때문이다.

전기 어쩌고 하는 내용은 검색해서 얻은 지식을 적당히 나열한 것이다. 미하루가 다니는 대학은 졸업 논문의 합격 여부에 데이터 용량이 반영된다고 한다. 그만큼 내용을 채워야 하므로, 열심히 자료를 수집하고 정리하는 데 여념이 없다.

그다음으로 소문에서 얘기하는 전기인간의 속성을 나열하고, 나사카초등학교와 그 뒤편 숲에 있는 지하호의 설명을 늘어놓았다. 그리고 그 안에서 촬영한 사진을 살펴보면서 그 지하호가 일종의 발전 시설이었을 것이라는 가설을 자기 마음대로 만들고 있었다.

일설에서처럼, 전쟁 중에 지어진 것이라는 그 지하호가 발전 시설 혹은 전기를 이용한 실험 시설이었다고 한다면, 기록이 폐기되어 남겨지지 않은 것으로 보아, 전시의 비밀 계획이었다는 것을 추측해 볼 수 있다. 그 정체가 무엇이든, 그런 과거는 실체나 기록이 지워져 버렸다고 해도 사람들의 기억에 남아 소문의 형태로 전해지기도 한다.

그렇게 그 지역에서 입에서 입으로 전해지게 된 것이 전기인간이 아닐까?

문장으로 나타냈더니 생각했던 것 이상으로 구체화되었다. 적어도 이야기로서의 모습은 갖추게 되었다고 미하루는 생각했다.

객관적인 관점은 조금 부족했지만, 그런 부분이야말로 그녀가 민속학에서 재미없다고 느꼈던 요소였기 때문에 지금은 문제가 아니라고 생각했다. 어떻게 결론을 지을지 그 형태조차도 아직 정해지지 않은 상태라, 우선 전체 흐름을 만들어 놓는 것도 나쁘지 않기 때문이다.

전기인간은 그 속성이 애매하기도 하지만 다른 지역에는 존재하지 않는 건 해당 지역의 지하호와 관련된 도시 전설이기 때문이라고 생각된다.

전기인간이라는 이름에 나타나 있듯이 원래는 인간이었다는 사실을 유추해 볼 수 있다. 하지만, 실제로 인간이 가지고 있는 육체적인 속성은 거의 없다. 도시 전설에는 육체를 가진 존재에 대한 괴이가 대부분이다. 하지만 인터넷 사이트나 메일같이 육체의 형태를 가지지 않는 괴이도 일부 존재한다. 그런 도시 전설들은, 그 기원의 설명에서 인격적인 존재가 나오는 경우가 있지만, 그 자체에서는 공감이 가능한 인격적인 존재를 거의 찾을 수 없다.

전기인간이라는 이름은 육체성이 적은 괴이에 인간성을 부여하려고 만들어진 것일 수도 있다. 이 부분이야말로 전기인간만의 특수성으로 보인다.

지하호의 존재에 관한 이야기가 구성되는 과정에서, 원래는 심심한 이야기로 끝나 버렸지만, 전기인간이라고 하는 존재가 모든 배경을 설명하면서 사람들에게 회자될 만큼 흥미를 유발하게 된 것이다. 전기인간을 만들기 위한 실험

중 전기 장치의 문제가 연속되면서 낙뢰가 빈번히 발생하는…….

부웅~

이명 같은 소리가 들려 미하루는 자판을 두드리던 손을 멈추고 주위를 둘러봤다.

미하루가 머물고 있는 방은 입구 옆에 욕실 겸 세면실이 있고, 방 안쪽에 싱글 침대와 심플한 데스크가 있는 원룸이었다. 침대 옆에 있는 TV는 꺼져 있었다.

일어서서 입구의 자물쇠를 살펴봤다. 제대로 잠겨 있었다. 소리가 난 것도 잠깐이었을 뿐, 더 이상 들리지 않았다.

침대 쪽으로 되돌아왔더니 TV가 켜져 있었다.

TV에선 저녁 7시 뉴스가 방송되고 있었다. 무음 상태로 소리는 나지 않았다. 텔롭(telop : TV 방송에서 사용되는 자막 카드라는 의미인 Television Opaque card projector의 약자로 카메라를 통하지 않고 영상 속에 직접 글자나 그림을 넣어 보내는 것을 의미한다.)도 뜨지 않아서 무슨 내용인지 알 수 없었다. 화면에 나타난 아나운서가 심각한 표정으로 입을 바쁘게 움직이며 무언가 말하고 있었다.

미하루는 리모컨을 찾아서 TV를 껐다. 그리고 한 번 더 방을 둘러보았다. 이상한 건 아무것도 없었다.

그녀는 베란다 쪽의 커튼도 걷어 보았다. 이중 유리라 결로는 없었다. 밖은 야경이 보이지 않았고, 옆 빌딩의 외벽이 시야를 가리고 있었다. 창문의 자물쇠도 잘 잠겨 있었다.

자리로 돌아왔지만 왠지 김이 새 버렸다. 키보드에 손가락을 올렸지만 움직이지 않았다. 샤워나 해야겠다는 생각에 양말을 벗고 욕실에 들어가서 따뜻한 물을 틀었다.

세면대에서 콘택트렌즈를 빼 놓으려고 거울을 보았다. 자기 얼굴이 비쳤다. 거울에는 손잡이가 붙어 있고, 앞쪽으로 열리게 되어 있었다. 그 손잡이를 잡고 몇 초 동안, 미하루는 움직이지 않고 있었다. 그리고 열었다.

안에는 일회용 팩에 담긴 샴푸와 트리트먼트, 한번 쓰고 버리는 칫솔과 면도기, 빗 등이 컬러풀한 제품들로 구성되어 놓여 있었다.

기분 탓인가?

콘택트렌즈를 뺀 후, 미하루는 옷을 벗었다. 환기팬의 스위치를 켜고 욕실로 들어갔다. 충분히 물이 뜨거워지자 샤워기로 땀과 흙먼지로 더러워진 몸을 기분 좋게 씻어 내렸다.

비누 거품을 묻힌 스펀지로 몸을 씻고 있던 미하루는 문득 어렸을 때부터 알고 지내던 네 살 연하의 그가 떠올랐다. 그리고 그와의 비밀스러운 이야기 같은 섹스가 머릿속을 스쳐 지나갔다. 그를 끌어안았을 때 손에 닿았던 단단한 근육과 애타는 신음, 가슴을 애무할 때 느꼈던 그의 머리 냄새와 절정에 이르고 난

후의 초점 잃은 눈동자, 그러고 나서 난처해하는 그의 표정. 그런 것들이 떠올랐다 사라졌다.

나른한 열기에 이끌려 손끝으로 깊은 곳을 어루만졌더니 그곳은 이미 충분히 젖어 있었다. 그녀는 온몸을 긴장시키면서 잠시 동안 샤워기의 물줄기 속 자위에 정신이 팔려 있었다.

…….

이명이 또 들렸다.

미하루는 몸을 떨면서 샤워를 멈췄다.

그렇게 기다렸지만, 이명은 그치지 않았다.

조용히 욕실 문을 열고 세면실로 나왔다.

콘택트렌즈를 뺀 탓에 눈앞이 희뿌옇게 보였지만 아무런 기척도 느껴지지 않았다.

하지만 무언가 이상하다는 생각이 계속 들었다.

내가 귀가 좀 이상해진 건가?

바스 타월을 몸에 두르고 수건으로 머리를 비벼 말리면서 그녀는 세면대의 거울을 봤다. 자기 얼굴 역시 뿌옇게 비추어졌다. 이명은 끊임없이 머릿속 깊은 곳으로부터 들려왔다.

"아하하!"

미하루는 일부러 큰 소리로 웃었다. 그랬더니 지금 생각하고 있는 것이 터무니없다고 느껴졌다.

"전기인간 같은 건 없어."

미하루는 그렇게, 거울에 비치는 자기 자신을 향해 말했다.

"있다면, 하루하루가 좀 더 재미있었겠지."

그 순간, 문득 무언가가 느껴져 거울에 비치는 자신의 등 뒤를 응시했다.

"어?"

미하루는 뒤를 돌아보았다.

5

"전기인간이란 게 뭐야?"

그의 질문에 욕실을 조사하던 동료는 머리를 갸웃하며 글쎄, 하고 답했다.

등 뒤에선 감식반이 현장 감식 중이고 방의 입구에선 호텔의 지배인이 흠칫거리며 방 안을 엿보고 있었다. 시체는 욕실이 붙어 있는 세면실에 있었다. 그는 또다시 그쪽으로 눈을 돌렸다.

한 젊은 여자가 전라의 상태로 벽에 기대어 주저앉은 모습으로 숨이 끊어져 있었다. 공허한 눈은 바닥을 향하고 있었고 몸은 축 늘어져 있었으며 다리를 벌린 상태라 음부가 그대로 드러나 있었다. 미미하게 암모니아 냄새가 나는 것은 실금했기 때문이었다. 육감적인 몸은 촉촉이 젖어 있긴 했지만, 피부에 핏기가 전혀 없었기 때문에 마치 마네킹 같은 느낌이었다.

짐에서 발견한 학생증은 그녀가 현 내의 사립대에 다니는 학생임을 증명하고 있었다.

아카토리 미하루. 21세.

종업원의 말에 따르면, 그녀는 어젯밤 여덟 시경에 혼자서 방문해 일박의 예정으로 숙박했다고 한다. 그리고 오늘, 체크아웃 시간이 지나도 나오지 않고 내선 호출에도 답이 없어서 방을 열어 보았더니 세면실에서 죽어 있었다는 것이다.

구급차를 부르지 않고 경찰에 신고한 건 지배인의 판단이었다. 그의 설명은 이러했다.

"한눈에 봐도 이미 죽은 상태였고, 저희 호텔의 입장에서도 경찰을 부르는 편이 나았기 때문이었습니다."

화재나 식중독 같은 이유로 구급차를 부르면 호텔 측이 과실로 추궁당할 수 있지만, 변사라면 얘기가 달라진다. 발견 당시 방이 어떤 모습이었느냐는 경찰의 물음에 그는 아무것도 만지지 않아서 지금과 똑같은 상태였다고 대답했다.

방문과 창은 잠겨 있었고 출입문 열쇠는 세면실의 바구니에서 발견되었다. 바구니에는 그녀가 벗어 놓은 옷이 있었고, 옆에는 잠옷이 가지런히 개어져 있었다.

짐은 필요한 것만 최소한으로 가지고 다니는 성격이었는지,

갈아입을 옷은 눈에 띄지 않았다. 그리고 지갑에는 현금이 3만 엔 정도 남아 있었다.

시체에 외상은 없었고, 사망 당시에 몸싸움이나 날뛴 흔적도 없었다. 그렇다면 병사의 가능성을 생각할 수 있는데, 샤워하고 나와서 갑자기 발작을 일으킨 것으로 추측되었다. 감시반도 같은 의견인지 다급한 분위기가 느껴지지 않았다.

사망원인이 의문이지만, 경찰의가 도착해서 검안한다면 병사로 결론 내릴 가능성이 컸다. 현장에 시체 이외에 다른 사람이 있었던 흔적이 발견되지 않은 것도 병사의 의견에 힘을 실어 주고 있었다.

그래도 이 관할에서 30년 이상 형사 일을 해 온 그는 인상과 감에 너무 의지하지 않도록 스스로 경계하며 방을 다시 돌아보았다.

그러다 그의 눈에 들어온 것이 그녀의 노트북이었다. 마우스를 건드렸더니 윙 소리를 내며 기동을 재개했다. 슬립 모드였던 것 같다. 잠금 설정이 되어있지 않아서 바로 문서 화면이 떴지만, 나타난 글의 내용은 묘한 것이었다. 전기인간이라는 것에 관한 것이었는데, 무슨 소리인지 이해할 수 없었다.

그는 동료들뿐만이 아니라, 제복을 입은 경관과 감식반원들, 호텔의 지배인에게까지 물어봤다. 하지만 명확한 설명은 들을 수 없었고, 여성의 죽음과는 관계없는 것으로 결론내렸다. 아무리 봐도 유서가 아닌 것만은 확실했기 때문이다.

그밖에 연관이 있을 만한 요소는 어디에도 눈에 띄지 않았다. 굳이 지적한다면 돌연사치고는 사체가 너무 젊은 것 정도이긴 하지만, 젊은 돌연사가 있을 수 없는 일도 아니었다.

예를 들어 마약을 하다가 돌연사할 수도 있다. 여성의 몸에는 주사의 흔적이 없었지만, 주사를 사용하는 마약만 있는 것은 아니다. 심장에 부담을 주는 약물을 사용했을지도 몰랐다. 여러모로 봐서 타살의 가능성은 희박했다.

그렇게 생각하면서도, 몸에 배어 있는 직업적인 습관 때문에 그는 열쇠 관리는 어떻게 하고 있었는지 지배인에게 물었다. 확인 결과, 몰래 훔쳐 갈 수 있는 여벌 열쇠는 없었다.

또한, 방문은 자동 잠금장치가 되어 있어서 안에서 잠그는 것을 잊어버릴 일도 없었다. 즉, 누군가 방 안에 들어오려면 피해자가 열어 주는 수밖에 없었다.

게다가 이 방이 있는 4층에 오려면 프런트에 있는 엘리베이터를 사용해야만 했다. 호텔의 외벽에 비상계단이 있긴 하지만 거기로 나가는 문은 안쪽에서만 열 수 있게 되어 있었다. 그리고 엘리베이터를 사용하면 프런트에 있는 방범 카메라에 걸리지 않고 방으로 갈 수도 없었다.

그럼에도 불구하고, 만약의 경우를 위해 그는 방범 카메라의 녹화 영상을 확인해 보았다. 역시 수상한 인물은 찍혀 있지 않았다. 체크인하는 미하루의 모습만 확인할 수 있었는데, 흥분하고 있거나 무언가를 두려워하는 등의 부자연스러운 모습은 전혀 찾아볼 수 없었다.

“일단은 병사로 봐야겠어.”

“네, 그런 것 같습니다.”

동료는 안심했다는 표정으로 고개를 끄덕였다. 매사에 철저한 그가 사건성이 없다고 판단했기 때문이다. 이윽고 도착한 경찰의의 진단 결과도 ‘심부전으로 추정’이었다.

그런데도 일말의 의구심은 남아 있었기 때문에, 그는 철저한 확인을 위해 유족에게 부검을 권해 보았다. 하지만 가족들은 원하지 않았고, 형사로서 더 이상 할 일은 없었다.

6

"전기인간……이라고요?"

"응. 역시 모르지? 미안해, 이상한 거 물어봐서."

"아, 아닙니다. 그런데 전기인간이 뭔가요?"

상복 차림의 미하루 어머니는 아무렇지 않다는 표정으로 대하고 있었지만, 역시 힘든 기색은 숨길 수 없었다. 딸의 장례를 마치고 돌아온 날 저녁 무렵이었다. 이미 많은 사람에게 몇 번이고 설명했을 것을 물어본 자신이 너무나 무신경한 사람 같아서, 히즈미 토오루는 깊이 고개 숙여 반성했다.

작은 체구에 앳된 얼굴, 그리고 커다란 눈동자의 애매한 인상의 토오루는 시립 고등학교 학생이었다. 상복 대신 입은 검은색

학생복은 색 바랜 부분은커녕 구김 하나 없었다. 주변 사람들은 그를 우등생으로 보고 있었고 그 또한 그것을 부정하지 않았다. 실제로 어떤가는 본인도 판단하기 힘들지만.

토오루는 슬픈 표정을 지으며 말했다.

"미하루 누나가 그런 걸 조사하고 있었다니, 저는 선혀 놀랐습니다."

"학교 과제였다고 하더라고. 토오미 시에 존재하는 귀신같은 거라고 했던가……. 토오루는 모르겠지만 우리가 여기로 이사 오기 전에 토오미 시에 살았었거든."

그랬군요, 하면서 그는 고개를 끄덕였다.

사실은 아카토리 미하루 본인의 입을 통해 이미 들은 내용이었다. 토오미 시에 갈 일이 생겨서 다음 주에는 이렇게 만날 수 없다고. 작년 말, 교외에 있는 호텔 침대에서 그렇게 말했다.

그러나 토오루는 그때, 정사를 끝낸 후의 허탈감에 싸여 미하루의 등에 뺨을 대고 그 부드러운 피부의 감촉을 느끼는 것에 정신이 팔려 있어서 무슨 말인지 별로 신경 쓰지 않았다. 그때를 생각할 때마다 속이 탔지만, 이제는 어쩔 수 없다는 변명밖에 할 수 없었다. 일이 이렇게 되어 버릴 줄은 전혀 생각 못 했다.

아카토리 미하루가 죽었다.

토오루가 그 소식을 들은 것은 어제 저녁, 겨울 방학의 한가로움을 주체 못 하고 자신의 방에서 뒹굴뒹굴하고 있을 때였다. 친구를 만나고 돌아온 여동생이 밖에서 얘기를 듣고 온 것이다.

토오루의 집은 미하루의 집 근처에 있었다. 그가 초등학생일 때 미하루가 이사 온 후 그 집의 외동딸인 미하루와 그는 소꿉친구로 지금까지 만남을 이어 오고 있었다. 적어도 양가의 부모들은 그렇게 알고 있었다. 분명히 미하루 누나도 그렇게 생각했을 거라고 토오루는 생각했다. 그것을 부정하고 싶었던 것은 그 자신뿐이라고.

주말에 우리가 몰래 만났던 것도 그 누나에게는 심심풀이에 지나지 않았어.

하지만 불평을 할 수도 없었다. 처음에 미하루가 육체관계만을 위한 만남이라고 선을 그었을 때 그 말에 동의했던 것도, 성욕을 채우기 위해 그 육체를 탐했던 것도 토오루 자신이 선택한 것이었으니까.

그 유혹을 뿌리치기에는 그는 너무나도 건강한 남성이었고, 미하루의 수법도 교묘했다. 하루에 한 시간도 안 되는 만남에서만 미하루는 연인 같은 행동을 했고, 그때마다 토오루는 기꺼이 속아 주었다. 그리고 언젠가 진짜로 연인이 되어 줄지도 모른다고 기대했다.

그런 관계는 벌써 4년 정도 이어져 오고 있었다. 하지만 이제 그런 날은 다신 오지 않을 것이다.

그가 알고 있는 아카토리 미하루는 지루한 것을 싫어했다. 만나는 상대가 한 사람뿐이었을 리가 없었다. 그렇게 생각하면서도 토오루가 견딜 수 있었던 건 미하루의 그러한 성격 때문이었다. 미하루가 몇 명을 동시에 만나고 있었다고 해도, 자신을 포함해 진짜 연인은 없을 것이라 생각 때문이다.

혹시, 그 전기인간이 미하루 누나의 진짜 연인이었을까?

아카토리 미하루는 호텔의 방에서 전라의 상태로 죽어있었다고 했다. 샤워한 후 몸을 닦고 나오자마자 죽은 것 같은데, 검시 결과는 심부전이라고 했다.

그 결과에 의문을 품은 토오루가 물었다.

“미하루 누나가 어디 아픈 곳이 있었습니까?”

미하루의 어머니는 고개를 저었다.

“지금까지 큰 병 같은 건 한 번도 걸린 적 없어. 경찰에 계신 분은 해부하면 자세한 걸 알게 될지도 모른다고 했지만, 그렇게까지 할 필요는 없었지. 사인도 알게 되었고, 그렇게 한다고 그 아이가 살아 돌아오는 것도 아니잖아.”

미하루의 죽음이 이해가 가지 않는 건 어머니 쪽이 훨씬 더할 것이라는 생각이 들었다. 토오루는 또다시 자신의 무신경을 탓하고 경찰의 판단을 믿기로 했다.

미하루의 어머니는 일부러 밝은 척하는 목소리로 말했다.

“고마워. 이렇게 신경 써 주고 걱정해 줘서.”

“고맙긴요. 제가 할 수 있는 것이 있다면 뭐든지 말씀해 주세요.”

"그래……. 참, 미하루가 토오루한테 빌렸던 게 있지 않아?"

"네? 아…… 그러고 보니 CD가 몇 장 있긴 합니다만……."

"나는 어떤 것인지 잘 모르니까, 그 애 방에서 직접 찾아가지 않을래?"

지금은 괜찮다는 말을 하려다가, 자리에서 일어났다. 해야 할 일이 생각났다. 이대로 가만히 있을 수는 없었다.

어머니과 함께 미하루의 방으로 향한 토오루는 일단 노크를 한 후 문을 열고 방 안으로 발을 들여놓았다.

오래전에 들어갔을 때 봤던 쟈니즈(일본의 아이돌 가수 전문 유명 기획사)의 포스터는 강아지 사진이 있는 달력으로 바뀌어 있었고, 따뜻한 색 계열의 방 분위기도 녹색 계통으로 변해 있었다.

소녀 취향이 옅어진 방에서 토오루는 미하루가 남겨 놓은 향기를 맡았다. 아주 익숙한 향기가 느껴졌다. 이따금 미하루가 뿌렸던 향수다. 토오루는 그 향수 이름을 몇 번이나 들었으면서도 당장 생각해 내지 못하는 자신이 답답하고 분했다.

미하루가 평소에 가지고 다니던 노트북이 책상에 놓여 있는 것을 발견한 토오루는 어머니에게 물었다.

"가져갔던 짐들을 돌려줬군요."

"경찰에 계신 분이 전해 줬어. 그런데 아직 짐 정리할 기분이 아니라……."

노트북에는 전원 어댑터가 연결되어 있지 않았다.

그것을 본 순간, 무엇인가 휙하고 토오루의 머릿속을 스쳐 지나갔다.

토오루는 선반에서 빌려줬던 CD를 집다가 미하루의 어머니이 등을 돌리고 뒷문을 여는 틈을 타 노트북에 있는 슬롯에서 SD 메모리 카드를 빼냈다.

그리고 뒤돌아본 어머니에게 들고 있던 CD를 내보이며 말했다.

"제 CD, 찾은 것 같습니다."

미하루의 집 문턱을 넘기 전까지 토오루의 몸은 냉정함을 유지하고 있었지만, 현관에서 미하루의 어머니에게 고개 숙여 인사를 하는 순간 심장이 뛰기 시작하는 것을 느꼈다.

집에 도착한 그는 현관에서 여동생이 뿌려 주는 소금도 대충 맞는 둥 마는 둥 하고 서둘러 방으로 들어갔다.

PC가 켜지는 동안, 토오루는 메모리 카드를 꺼내 보면서 왜 이런 짓을 했을까 하고 생각했다. 이건 편의점에서 과자를 슬쩍 하는 것과는 다르다. 스릴이나 우월감을 느끼기 위해 한 짓은 결코 아니었다.

의무감 때문일지도 몰라.

하지만 그런 변명은 꺼림칙함을 가속시킬 뿐이었다. 그런 생각에서 벗어나기 위해 그는 손을 계속 움직였다.

메모리 카드의 내용은 어수선한 상태였다. 잡다한 백업용으로 사용했던 것 같다. 갱신일 순으로 정리하자 가장 위에 텍스트 파일이 있었다.

파일명은 denki_ningen.txt((덴키 닌겐, 전기인간의 일본어 발음)이었고, 갱신 일시는 어제 오후로 되어 있었다.

뭔가 이상했다. 아카토리 미하루가 사망한 건 그저께 밤이라고 들었기 때문이었다. 사체가 발견된 것은 다음 날, 그러니까 어제 오전이고.

파일은 분명 사망 후, 사체가 발견되고 나서 갱신되었다. 경찰이 파일을 들여다보았다고 해도 내용을 수정하지 않는 한 갱신되지는 않는다.

토오루는 어쩌면 이런 것이 아니었을까 하고 추측해 봤다.

사체가 발견되었을 때 노트북은 켜져 있었고, 편집 도중의 문장이 표시되고 있었다. 경찰은 노트북을 회수할 때 그것을 닫으려고 했을 것이다.

그리고 텍스트 편집기를 닫았을 때 내용이 변경되어 있으면 '저장하시겠습니까?'라는 대화창이 나왔을 것인데 무심코 엔터키를 눌러 파일이 갱신되었고, 그 일시가 기록되었을 것이다. 틀림없이.

그래, 미하루 누나는 문장을 쓰다가 기분 전환을 하고 싶었을 거야. 그래서 샤워를 했을 거고, 그리고…… 죽었어.

"……."

토오루는 그래도 무언가 이상하다는 느낌이 들었다. 하지만 그것이 무엇인지는 알 수가 없었다.

그러한 상태로 그 텍스트 파일을 열어 보았다. 전기인간이라고 하는 괴이에 관한 내용으로, 그 기반이 된 것이 토오미 시 남부에 있는 지하호에 존재하는 것이 아닌가 하는 가설이 도중에 끝나 있었다.

하지만 스크롤바에는 아직 여백이 있었다. 아직 내용이 더 있었다.

길게 줄 바꾸기가 이어진 끝에 나온 문장은 다음과 같은 것이었다.

말하면 나타난다.

사람의 생각을 읽는다.

도체를 타고 이동한다.

오래전 군대에 의해 만들어졌다.

전기로 아무런 흔적 없이 사람을 죽인다.

전기인간에 대한 것이구나, 하고 토오루는 생각했다.

그것을 바라보던 중 조금 전에 느꼈던 위화감의 정체에 대해 생각했다.

리포트를 쓰다가 기분 전환으로 샤워를 한 것까지는 그렇다고 쳐. 노트북을 켜 놓은 채로 둔 것도 꺼 버리면 다시 쓸 마음이 생기지 않게 될까 봐 그랬을 거야. 하지만…….

"쓰던 문장을 저장하지 않은 채 두고 가 버렸다는 것이 말이 되나?"

텍스트를 저장하는 건 한순간이야. 귀찮은 일도 아니지. 하지만 파일의 갱신 일시는 시체 발견 후였어. 그때 파일이 저장된건 분명해. 도대체 어떤 내용이 변경되었는지도 신경이 쓰이지만 그것보다…….

"누가 변경한 거지?"

미하루 누나는 아닐 거야. 누나는 샤워를 끝내고 나와서 몸을 닦자마자 죽었어. 문장에 손을 댈 시간도 없었다는 말이지. 그러면…… 도대체, 누가?

누가 그랬는지는 아무리 생각해도 알 수 없었지만 변경된 내용은 감이 잡혔다. 긴 줄 바꾸기 끝에 나온 몇 줄일 것이다. 토오루는 모니터의 글을 노려보며 생각했다.

이 부분은 미하루 누나가 죽은 뒤에 덧붙여진 것일지도 몰라.

약간의 의문은 순식간에 의구심으로 바뀌었다. 모래알 크기 정도였던 의무감도 점점 커졌다. 하지만 그 의구심은 근거가 부족했다. 그것을 토오루 자신도 어렴풋이 깨닫고 있었다. 이대로 있어서는 안 되겠다고 생각했다.

분노가 차올랐다. 점점 더 자기 멋대로 사고가 달리기 시작했다.

누구의 짓인지는 모르겠다. 모르지만!

"그놈이 미하루 누나를 죽였어!"

충동적으로 그는 티슈를 잡았다.

눈을 감자, 눈꺼풀 안쪽에 벌거벗은 미하루의 환영이 보였다.

누군가 샤워하는 소리가 들리는 욕실 밖에서 웅크리고 있다. 그런 상황을 전혀 모르고 있는 미하루가 욕실에서 수건을 걸치고 머리와 얼굴을 닦으면서 나온다.

젖은 피부는 상기된 채로 육감적인 분위기를 자아내고, 손질된 음모의 검은색과 두터운 입술을 적시는 핑크색 혀에 눈이 머문다. 누군가 그런 그녀를 갑자기 밀어서 바닥에 쓰러뜨린 후 그 위를 덮치면서 중력에 도전하듯이 유두를 세우고 있는 유방을 움켜쥐고 희롱하는데…….

그 검은 그림자는 어느덧 토오루 자신이 되어 있었다. 그는 망상 속에서 유방을 입에 머금거나, 죽은 그녀를 꼭 껴안거나, 눈물을 흘리거나 한다. 상상 속에서 축축한 숨을 거칠게 쉬거나 콘돔을 끼는 타이밍을 가늠하거나 한다. 뒤에서 범하고, 위에서 범하면서 서로의 땀을 맛본다. 이마를 부딪치면서 서로 키스를 나누고, 웃거나 토라진 표정을 짓는 미하루의 행동 하나하나에 기뻐하거나 안타까워한다.

그러면서 몇 번이고 몇 번이고 절정과 오열을 반복한다. 울면서, 웃으면서, 분노하면서…….

이윽고 눈물과 정액이 다 소진되어 자기 방 침대 위에서 권태와 허탈의 상념에 젖어 있던 토오루는 혼자만의 결의를 굳혔다.

"미하루 누나! 내가 꼭 원수를 갚아 줄게."

내가 전기인간을 찾아내서 죽일 거야.

7

"전기인간은 도시 전설로 분류되는 현대의 괴이다. 전국에 퍼져 있지 않고 일부 지역에서……."

이어폰에서 흘러나오는 자신의 말을 들으면서 토오루는 발을 멈추었다.

정월의 분위기도 사라진 길가의 건너편에 대학교 정문이 보였다. 아카토리 미하루가 다니던 대학교 앞이다. 당당하게 출입하는 대학생들의 모습에 그는 살짝 주눅이 들었다.

화요일 오전, 평소라면 자신이 다니는 고등학교에서 수업을 받고 있어야 할 시간대였다. 그럼에도 불구하고 토오루가 이곳에 나타난 것은 어젯밤의 각오 때문이었다.

그는 평일의 일과에서 벗어나 있다는 것도 신경 쓰지 않았다. 오히려 낯선 경치와 낯선 사람들을 볼 때마다 자신이 여기에 온 이유를 자각하면서 다짐을 굳힐 수 있었다. 하늘은 활짝 개어 있었고, 눈부신 태양이 선명하게 세상을 비추고 있었기 때문에 더욱 힘이 났다.

아카토리 미하루가 남긴 글을 녹음해서 듣는 것은 전기인간의 뒤를 쫓기 위해 토오루가 문장을 숙지하려고 생각해 낸 방법이었다.

어젯밤부터 수없이 반복해서 들은 덕분에 대체적인 내용은 이해할 수 있게 되었다. 어려운 한자가 많이 사용되어서 읽는 소리가 부분적으로 이상하게 들리는 것도 그다지 문제가 되지 않았다. 내용이 어느 정도 파악되었기 때문이다.

미하루 누나는 전기인간의 존재를 믿지 않았어. 현실에는 존재하지 않는데도 오랫동안 사람들의 입에서 입으로 전해져 올 수 있었던 이유를 조사하고 있었던 것뿐이야. 그것뿐이었는데 살해당하다니. 전기인간을 조사하면 곤란해지는 누군가가 있었던 걸까? 아니면 다른 이유가 있는 걸까?

그러한 의혹들이 그의 머릿속에서 커지고 있었다.

전기인간을 조사하고 있었기 때문에 누나는 전기로 살해당한 거야. 아아, 그래. 전기로 사람을 죽이는 사건 사례가 거의 없었겠지. 그래서 경찰도 간과했을 테고, 사실은 타살인데 병사 처리해 버린 것이 분명해.

그것이야말로 범인이 노렸던 것. 만약 미하루 누나의 죽음에 대해 누군가가 의심을 품었다고 해도, 그것이 전기인간과 관계된 일이라는 생각은 절대로 할 수 없을 테니까, 결국 수사가 진행될 수 없게 하는 것이 범인의 계획이었겠지.

토오루는 미하루의 어머니가 전기인간을 혹시 아냐고 물어봤던 것이 생각났다.

그런 식으로, 혐의를 둘 수 있는 누군가가 아닌, 전기인간에게 관심을 갖게 돼 버린 거야. 그것이 범인에게는 유리하니까. 하지만 그런 계산이 있었다는 것 자체가 단서가 될 수 있어. 미하루 누나가 전기인간을 조사하고 있었다는 것을 몰랐다면 이런 건 생각도 못 했겠지. 일단 전기로 사람을 죽이는 짓은 준비가 없으면 불가능한 거잖아. 어쨌든, 이제 미하루 누나를 아는 사람의 얘기를 들어 봐야 할 때야.

토오루가 그녀가 다니던 대학에 온 것은 그런 생각 때문이었다. 그는 교내 안내도를 보고 사회학부가 있는 건물로 걸음을 옮겨 장례식 때 본 얼굴을 찾았다. 그 이상으로 적극적인 수단을 선택하고 싶진 않았다. 자신의 각오는 언제 흔들릴지 알 수 없었으며, 지금 하는 짓이 정상적인 행동이 아니라는 것을 머릿속 한편에서는 알고 있었기 때문이었다.

장례식 때 봤던 친구라는 여성을 발견한 건 점심때가 다 되어서였다. 갸름한 얼굴에 기가 셀 것 같은 생김새의 그 친구는 토오루가 아카토리 미하루의 남동생이라고 하자 안타까움을 표했다. 토오루는 학교에 누나의 소지품이 남아 있는지 확인하러 왔다고 둘러댔다.

"가능하다면 누나가 신세를 졌던 교수님에게 인사도 드리고 싶어서요."

"그렇구나. 그럼 바로 저쪽이니까 안내해 줄게."

"감사합니다."

토오루는 걸으면서 학교에서 미하루의 평판이 어땠는지 물었지만 별달리 들을 수 있는 건 없었다. 특별히 사귀는 사람도 없었을 것이라고 했다.

"미하루는 비교적 혼자서도 잘 지내는 아이였어. 그만큼 독단적인 면이 있어서 리포트의 주제도 꼭 그것으로 해야겠다고 고집부리더군. 도시 전설 가이드북 같은 데 있는 명소 중에서 고르면 될 것이라고 했는데도 말이야."

"그랬군요."

"집에서는 그렇지 않았어?"

"저에게는 좋은 누나였어요."

"그렇군. 음……. 아, 여기다."

안내된 방에 있던 미하루의 담당 교수는 초로의 남성이었다. 은발에 마른 몸이라 시들한 분위기가 감돌았지만, 눈빛에선 날카로움이 느껴졌다. 대충 인사를 한 토오루는 교수에게 미하루가 주제를 전기인간으로 정한 이유를 물었다.

"뭐라고 했더라. 오래전에 살던 곳에 쓸 만한 이야깃거리가 있다고 했었는데……."

침착한 말투로 얘기하는 교수의 모습에 반감을 느낀 토오루는 일부러 바보 같은 질문을 했다.

"전기인간이란 게……현실 속에 있는 건가요?"

"있지."

"진짜로 있다는 말씀이신가요?"

"틀림없이 있어. 얘기가 전해지고 있다면, 그건 존재한다는 뜻이야."

"만들어진 이야기라도 말입니까?"

"흠……, 개인의 머릿속에만 있는 것이라면 망상으로 끝나게 되겠지. 하지만 그 아이가 조사하고 있던 전기인간은 특정 집단에서 지속적으로, 적어도 10년 이상은 회자되고 있던 것이라고 하더라고. 그렇다면 있다고 생각할 수 있지."

그리고 교수는 말했다.

"괴이도 생존 경쟁이란 것이 있어서 시간에 따라 도태를 피하기가 쉽지 않아. 살아남는 이유도 다양해서, 그 자체에 얘기하고 싶은 매력이 있는 것에서부터, 토지나 집단의 비밀에서 유래하는 것처럼 외부에서는 알기 힘든 것도 있어.

학생들이 괴이에 대해서 흥미를 느끼는 방법도 다양해서, 좋아하기 때문이라는 사람도 있고, 그것에 관계된 배경이 재미있기 때문이라는 사람도 있지. 싫어서, 부정하고 싶어서 선택하는 사람도 있고 말이야. 학생이라는 신분은 역시 모라토리엄증후군(지적 · 육체적으로 한 사람 몫을 충분히 할 수 있는데도 사회인으로서의 책무를 기피하는 증세)에 걸리기 쉬운 것 같아. 책임을 질 필요 없는 여러 가지 생각을 하는 사람들이 같은 공간에 있으니까. 재미있는 일이지?"

"누나는 전기인간에 대해 어떻게 생각하고 있었나요?"

"부정하고 싶었을 거야. 하지만 부정하고 싶다는 건, 전에는 긍정하고 있었거나, 적어도 그 기대를 지워 버릴 수 없다는 얘기지. 그리 중요하게는 생각하지 않았겠지만 말이야."

"왜 그렇게 생각하시나요?"

"그 아이가 전기인간을 조사하게 된 주된 이유는 과제였기 때문이었다고 생각해. 그다지 공부에 열중하는 학생은 아니었거든."

"누나는 죽기 직전까지 리포트를 쓰고 있었어요."

"그것참 흥미롭구나. 그 내용을 한번 볼 수는 없을까?"

"지금 당장은 어렵겠네요. 누나의 컴퓨터 속에 있어서……."

"그렇다면 이메일로 보내 주게."

이메일 주소가 적힌 메모를 받고 토오루는 방에서 나왔다.

복도에는 그를 안내해 준 미하루의 친구가 기다리고 있었다.

그녀는 토오루의 눈을 똑바로 보면서 감색 가방을 내밀었다.

"이거, 세미나실에 놓여 있던 미하루 물건이야."

"아, 감사합니다."

"응. 이런 건 별 도움이 안 되겠지만, 기운 내고."

작별 인사를 하고 떠나려 하는 그녀에게 토오루가 질문을 던졌다.

"저……."

"응?"

"최근에 누나에게 뭔가 달라진 모습은 없었나요?"

그녀는 잠시 생각하는 것처럼 눈동자를 이리저리 굴리더니 가볍게 미소를 지으며 고개를 저었다.

"특별히 없었던 것 같아. 마지막으로 만났을 때도 평소처럼 잡담하다가 헤어졌거든."

"리포트의 진행 상황에 대해서는 얘기가 없었나요?"

"음…… 그러고 보니 주술처럼 중얼거렸던 것 같아. 전기인간, 전기인간…… 하고."

"전기인간, 전기인간?"

"그렇게 부르면 그것이 나타난다고 말이야. 술도 마시지 않았는데 미하루가 그런 소리를 해서 좀 이상하다고 생각한 적은 있었지."

슬픈 표정으로 미하루에 대해 회상하는 친구의 얘기가 끝나자 토오루는 작별 인사를 하고 학교에서 나왔다.

역 앞에 있는 맥도날드로 들어가서 자리에 앉아 미하루의 가방이라고 전해 받은 것을 열어 봤다. 전용 컵, 소설책, 손수건, 작은 거울, 화장품, 초콜릿 등등의 내용물과 함께 지도가 들어 있었다. 토오미 시의 지도였다.

토오루는 그 지도를 테이블 위에 펼쳤다. 시의 남부에 있는 시라나자카라는 지명에 체크 표시가 있고, 그 부근에 있는 학교를 나타내는 곳에 빨강 펜으로 둘러져 있었다. 그 옆에 '나사카초등학교'라고 쓰여 있고, 역으로부터 거기까지의 경로에 선이 그어져 있었다.

한동안 그것을 보고 있던 토오루는 자기 혐오감이 솟아오르는 것을 느꼈다. 결국 대학에서는 쓸 만한 정보를 얻을 수 없었다. 아카토리 미하루가 전기인간을 조사하고 있는 것을 아는 누군가가 그녀를 죽였을 것이라는 생각에 그 단서를 찾으러 간 것이었는데, 막상 그녀의 친구나 담당 교수를 만나도 대놓고 질문을 할 수 없었다. 마치 처음부터 그렇게 될 것을 알고 있었던 것 같은 기분이 들었다.

머리가 복잡해진 토오루는 피로가 몰려오는 것을 느꼈다. 이대로 잠들어 버리면 지금의 기분도 시들해지겠지. 힘들게 말도 안 되는 복수를 한다고 돌아다니는 것보다 자기혐오나 상대하는 편이 훨씬 편할 것이라는 생각이 들었다.

얼마 전 까지만 해도 미하루 누나와 함께했던 시간이 나에게는 현실이었어. 하지만, 누나가 죽어 버린 지금은 어서 새로운 현실에 적응해야겠지.

그는 복수가 아닌 다른 무엇인가를 찾아야 한다고 생각했다. 하지만 그것은 이성이 힘없이 외치는 소리에 지나지 않았다. 아무것도 할 수 없다는 무기력함에 익숙해지고 싶지도 않았고, 합리적인 생각에 따라 포기하고 자신의 인생을 찾아가는 일도 쉽게 할 수 없었다. 이런 자신의 어중간함을 자각하게 되니 세상에 대한 반감이 더욱 강해졌다.

펼쳐진 지도를 보고 자극을 받은 토오루는 벌떡 일어섰다. 그리고 나태해진 자신을 자책하면서 또다시 다짐했다.

내일, 토오미 시에 가 보자.

8

"전기인간, 전기인간, 전기인간……."

긴 계단이 끝난 곳에서 토오루의 발길이 멈추자 동시에 중얼거림도 멈췄다.

고개를 든 그의 눈에 녹색 담장으로 둘러싸인 초등학교가 들어왔다.

시립 나사카초등학교. 수년 전에 아카토리 미하루가 다녔던, 전기인간이 '7대 불가사의'의 하나로써 학생들의 입에 오르내렸고, 어쩌면 지금도 계속 전해지고 있을지도 모르는 곳이다.

벌써 하교 시간이 되었는지 아이들이 많이 나와 있었다. 서로 장난치면서 뛰어다니는 무리도 있었고, 란도셀 가방의 어깨 벨트를 꽉 쥔 채 고개를 숙이고 걷는 아이도 있었으며, 왜인지는 알 수 없지만 목소리 높여 있는 힘껏 달려가는 아이도 있었다. 교문 앞에 서 있는 한 교사가 아이들 한 사람 한 사람에게 잘 가라고 인사를 하고 있었다.

교문 앞을 지나, 담장 너머에 있는 운동장이나 학교 건물을 바라보던 토오루는 문득 아련한 그리움을 느꼈다. 그의 초등학생 시절은 5년 전이었고 다니던 학교도 이곳이 아니었지만, 아무래도 감도는 분위기 때문인 듯했다.

문득, 초등학교는 다른 세계라는 생각이 들었다. 중학교나 고등학교로 올라가면서 학교는 점점 삶의 일부가 되어 간다. 그렇게 우리는 세상에 익숙해져 간다. 차가운 풀장에 들어갈 때처럼, 심장 마비에 걸리지 않게 온도에 익숙해지면서 조금씩 인간이 되어 가는 것이다. 그러니까 세상에 그다지 익숙하지 않은 초등학생은 아직 인간이 아니다.

토오루는 희희낙락거리며 벌레를 잡으러 다녔던 어린 시절의 자신과 그렇게 잡아서 쌓아 올린 죽은 벌레 더미를 떠올렸다. 키우려고 잡았는데 죽은 것도 아니고, 고통스럽게 죽어 가는 모습을 즐기려는 것도 아니었다. 그냥 이유 없이 죽였다. 하지만 지금은 그때와는 완전히 다른 사람이 되었다고 생각했다.

"아냐. 그렇지 않아." 토오루는 중얼거렸다.

최근 반년 동안, 그의 관심은 오로지 아카토리 미하루와 같이 시간을 보내는 것밖에 없었다.

그렇다면 역시 달라진 건 없는 것일까? 번식을 위한 것이 아니라면, 그야말로 정자의 대량 학살에 지나지 않는다. 더구나 미하루 누나의 복수까지 맹세하다니, 초등학생 때에서 아무것도 달라지지 않았을지도 몰라. 아아, 그래. 나는 지금도 여전히 죽이는 것에 대해 아무 생각이 없는 거야.

학교의 뒤쪽으로 돌아가니 포장된 길은 도중에 끝나 있었다. 잎이 드문드문 나 있는 가지가 긴 나무들 사이를 지나 포장이 안 된 흙길이 숲속으로 이어져 있었다. 미하루가 남긴 글에 따르면 그 숲속 안쪽에 지하호가 있다.

토오루는 핸드폰을 꺼냈다. 부재중 전화 표시와 메일이 몇 개 있었지만 그것들은 무시하고 시계를 확인했다. 오후 세 시가 넘은 시각이었다. 초록색보다 회색과 검은색이 눈에 띄는 경치는, 겨울이라는 건 알지만 눅진눅진한 냄새로 가득 차 있는 듯해서 이상하게 기분 나빴다.

미하루 누나도 이곳에 왔을 때 이런 기분이었을까. 누나는 항상 진지한 분위기를 견디지 못했지. 약간만 진지한 분위기가 돼도 곧바로 장난치거나, 무시하거나, 모르는 척했으니까. 따분함을 달래기 위해 별짓 다 했던 건 진지해지는 것이 싫어서였을 거야. 전기인간도 분명히 그런 것 중 하나였겠지. 그런데 그것 때문에 죽어 버리다니 바보 같다. 복수를 하려는 나는 더 바보지만.

머리를 저으면서 그는 샛길을 따라갔다.

지하호의 위치는 명시되어 있지 않았다. 미하루가 남긴 기록에도 자세한 설명이 없었고 누구한테 물어봐야 할지도 알 수 없었다. 그래도 그는 계속 걸어갔다.

나뭇가지의 그림자들이 길 위에 얼룩얼룩 드리워져 있었다. 바람이 불지 않는 탓인지 낙엽이 여기저기 덮여 있지만 길이 이어진 부분은 깔끔하게 드러나 있었다. 토오루는 장갑 안에 입김을 불어 넣으면서 기도하듯이 중얼거리며 나아갔다.

“나와라. 나와라……, 전기인간.”

문득 한 그루의 나무 밑에 그의 눈길이 머물렀다. 다른 것과 비교해서 특별히 나무줄기가 두껍거나 해서가 아니었다. 그곳에는 뜻밖의 물건이 있었다. 검은색 란도셀 가방이었다.

기복은 완만했지만 길이 굽어 있어서 앞이 잘 보이지 않았다. 주위에 있는 것은 초목뿐인 풍경 속에 검은색 가방이 놓여 있는 것이 묘한 공포감마저 감돌게 했다.

그때였다. 숲 안쪽에서 낙엽을 밟는 소리가 들리더니 노란색 모자를 쓴 소년이 나타났다. 소년은 가방을 들고 있는 그를 보고 기 죽은 듯한 표정으로 멈춰 섰다. 토오루가 “네 것이니?” 하면서 가방을 내밀자 작게 고개를 끄덕이며 받아 들었다.

코트와 바지를 껴입어 뚱뚱해진 몸에, 밝은 표정은 아니었지만 차가운 공기 때문에 홍조를 띤 얼굴은 귀여운 인상이었다. 가슴에 명찰은 없었고, 분위기로 봐서는 5, 6학년 정도인 듯했다. 토오루는 단도직입적으로 물었다.

"전기인간…… 알고 있니?"

"……."

"아참, 저기 있는 나사카초등학교 학생이지?"

"그런데요."

"전기인간이라는 '7대 불가사의'가 있지?"

남자아이는 토오루의 등 뒤를 힐끗힐끗 엿보면서 고개를 끄덕였다. 뒤에 뭐가 있나 뒤돌아봤지만 신경 쓰일 만한 건 아무것도 보이지 않았다. 토오루는 아이 쪽으로 다시 고개를 돌려서 전기인간을 조사하고 있다고 했다.

"나는 히즈미 토오루라고 하는데, 네 이름은?"

"니라사와 슈토."

"슈토구나. 멋진 이름이네. 한자는 어떻게 쓰니?"

"빼어날 수(秀)에 싸울 두(斗)."

아 그렇구나, 하며 토오루는 고개를 끄덕였지만 머릿속에 한자가 떠오르지는 않았다.

"나는 전기인간을 조사하려고 왔는데……."

"나사카초등학교 졸업생이세요?"

"아니, 전기인간 이야기는 전해 들었어. 넌 본 적이 있니?"

니라사와는 아무 말 없이 땅바닥을 내려다보았다. 그러다 잠깐 토오루를 향해 눈을 치켜뜨면서 눈치를 한번 보더니 이윽고 입을 열었다.

"그러니까……."

"슈토!"

돌연 날카롭게 외치는 소리가 들렸다.

니라사와는 토오루의 등 뒤쪽을 넘겨보더니 얼굴을 찡그렸다.

그 소리에 이끌려 토오루가 뒤를 돌아보니 베이지색 파카에 청바지를 입은 아이가 겨드랑이 사이를 빠져 지나가더니 니라사와를 향해 몸을 던졌다. 소년은 그것에 익숙해져 있는 듯, 밀리지 않고 버텨 섰다.

그때서야 토오루는 그게 여자라는 것을 알게 되었다. 그 아이는 니라사와의 어깨를 탁 치더니 웃었다.

"힘 좀 쓰는데, 슈토. 역시 내 남자 친구야."

"네 맘대로 지껄이지 마!"

부루퉁한 얼굴로 대꾸하는 니라사와는 기분이 들떠 있는 소녀를 상대해 줄 생각이 없어 보였다. 그녀는 토오루 쪽을 보면서 팔꿈치로 니라사와를 툭 쳤다.

"이 오빠는 누구야?"

"토오루라고……."

"아, 토오루 오빠? 안녕하세요. 잘 부탁드려요. 맞아요. 제가 켄자키 아야예요."

“네 얘기 하고 있었다는 것처럼 말하지 마. 조금 전에 만났을 뿐이야.”

“아, 그래? 그런 건가요?”

“응…… 뭐…….”

강한 어조로 물어 오는 아이의 기에 압도당한 토오루는 미소로 얼버무리면서 고개를 끄덕였다.

“그런데 둘이 무슨 얘기 하고 있었어? 비밀 얘기?”

니라사와는 아무런 대답도 하지 않았다. 켄자키가 두 사람을 번갈아 가며 쳐다보자 결국 토오루가 할 수 없다는 표정을 지으며 설명했다.

“나는 전기인간을 조사하고 있는데…….”

“전기인간?”

켄자키가 큰 소리로 외치더니 그 자리에서 발을 굴렀다. 당장에라도 뛰쳐나갈 기세였다.

“전기인간! 전기인간이래! 슈토!”

“알아! 조용히 좀 해. 내 옷 잡아당기지 말고!”

“전기인간이라면 그 전기인간 말하는 거지?”

니라사와는 무섭게 달라붙는 켄자키로부터 얼굴을 돌리더니 한숨을 쉬었다. 모든 것이 자신의 책임 같다는 생각이 든 토오루는 겸연쩍은 얼굴로 이마를 긁적거렸다.

“아, 저…… 그러니까, 켄자키라고 했나?”

"아야짱이라고 불러도 돼요."

"너는 전기인간을 알고 있니?"

"알고 말고가 아니라, 그것은 우리들의 사명이에요."

"우리들?"

"네!"

소녀는 싫은 표정을 짓고 있는 니라사와의 팔을 잡더니 V자를 그린 손가락을 수평으로 하며 윙크를 해 보였다.

"시립 나사카초등학교에 있는 '괴이조사부' 컬러즈가 바로 우리들입니다."

자세히 보니, 소녀가 입은 파카의 옷깃에 와펜Wappen : 독일어. 도안이나 문장을 수놓은 장식 겸용의 표장펜)이 꿰매져 있었다. 거기에 COllect Lost Of Rule Section이라고 수가 새겨져 있었는데, 그 뜻을 대충 해석해 보면 '상실된 법칙을 수집하는 부서'라는 의미로, 각 글자의 이니셜을 모으면 COLORS가 되었다. '괴이'를 이치로 설명할 수 없다는 뜻으로 멋대로 붙인 영어인 듯했다.

"사명이라니, 전기인간을 조사하는 일이?"

"전기인간뿐 아니라 괴이한 이야기나 소문은 전부 우리가 밝혀야 하는 것들이에요."

자신 있게 말한 켄자키는 가슴을 펴 보였다. 옆에 있는 니라사와는 머리를 쥐어뜯고 있었다.

"그럼, 켄자키는 전기인간을 본 적이 있어?"

"없어요."

"아, 없구나."

"당연하죠. 그런 게 있을 리가 없잖아요. 토오루 오빠는 있다고 생각하세요, 전기인간이?"

토오루는 "미하루 누나가 그 녀석에게 살해당했단다."라는 말이 목까지 올라왔지만 결국 말하지 못했다. 상대가 초등학생이기 때문이 아니었다. 켄자키의 말이 맞다고 생각되었기 때문이었다.

"뭐, 있으면 좋겠다는 생각은 하지만……."

"아니, 그러면 안 되죠! 있으면 좋겠다고 생각하면 진짜로 보게 된단 말이에요."

켄자키가 집게손가락을 흔들면서 과학적 사고입니다, 라고 하더니 밑도 끝도 없이 야후~ 하고 소리치며 니라사와의 머리를 흔들었다. 그가 성가시다는 듯 뿌리쳐도 계속 웃어 댔다.

"아하, 그렇다면 슈토하고 말이 통하겠네!"

"켄자키, 너 정말……."

"물어보세요, 토오루 오빠. 슈토는 아직 어린애예요. 아직도 7대 불가사의 같은 걸 믿고 있다니까요. 전기인간도 있다고 믿고 있겠지?"

"믿거나 믿지 않거나의 문제가 아니란 말이야."

"봐요, 이렇다니까요. 웃기지 않으세요?"

어린 커플들끼리 사랑싸움하는 건가, 하고 토오루는 생각했다. 그래도 제멋대로의 성격을 가진 켄자키가 그리 미워 보이지는 않아서 소리 지를 때마다 깜짝깜짝 놀라면서도 미소가 지어졌다. 켄자키의 말이 맞는다는 생각도 들었다. 괴담은 무시워하든지 아니면 웃어넘겨 버리는 것이 올바른 대처 방법이다. 미하루 누나처럼 부정하면서도 조사까지 하는 건 잘못된 일이다.

그렇다면 미하루 누나는 잘못된 일을 해서 죽은 것일까? 그럴 리는 없다.

얼마 전의 일인데, 하면서 토오루는 말했다.

"여기에 어떤 여자가 오지 않았니? 가벼운 느낌에 야무진 눈을 한 대학생인데."

"대학생 언니라고요? 음…… 전 본 적이 없는데요."

그게 누구냐고 니라사와가 묻자 토오루는 애매하게 설명했다.

"그 사람이 원래 전기인간을 조사하고 있었어. 그래서 나도 흥미를 갖게 되었지. 그러니까…… 켄자키는 그런 건 없다고 생각하고, 니라사와는 믿고 있다고 할 수 있겠네."

"뭐 그렇다고 할 수 있죠."

"다른 멤버의 의견은 어때? 컬러즈 전체는 어느 쪽에 더 가깝다고 할 수 있지?"

"양분하고 있어요. 컬러즈는 저하고 슈토밖에 없거든요."

"아, 그래?"

"네!"

"그럼 말이야, 전기인간의 정체는 뭐라고 생각해?"

"정체요? 무엇으로 만들어졌냐는 말씀인가요?"

음……. 하고 켄자키는 팔짱을 끼고 곰곰이 생각하는 듯하더니 그것참 어려운 질문이네요, 하며 진지한 얼굴로 중얼거렸다.

"누가 생각해 낸 건지……. 전기인간이라는 이름도 뭔가 빠진 것 같지 않아요? 보통 이런 경우 그 사람의 본명도 공개되거나 하는데……. 그래서인지, 인간이라고 하지만 인간 같은 느낌이 없는 것 같지 않아요? 사실 그 부분이 또 흥미롭긴 하죠."

"응. 그래서 결국……."

"그래서 울림이에요! 울림!"

"울림?"

"네. 전기인간이라는 울림이 전기인간의 정체라고 저는 생각해요. 웃기지 않아요? 전기인간이라니, 그것만으로는 전혀 무슨 소린지 알 수 없단 말이죠."

토오루 역시 그것이 무엇인지 알 수 없었다. 하지만 모르면 모르는 대로 생각나는 것이 있었다. 미하루의 글에 있던, 전기인간은 토오미 시 근교에서만 전해지고 있다는 설명이었다.

그건 혹시 이 아이처럼 재밌다고 생각하는 사람이 적기 때문일까?

아무 말 없던 니라사와가 나직한 소리로 말했다.

"그렇게 멋대로 말하지 마."

"멋대로? 나는 진지하게 얘기하는 거야! 전기인간 같은 거 믿고 있는 슈토야말로 진지해져야 하지 않겠어?"

"야, 너!"

분위기가 점점 험악해지자 토오루가 둘 사이에 끼어들었다.

"전기인간은 전쟁 때 만들어졌다는 소문도 있다고 하던데?"

"잘 알고 계시네요. 하지만 그것도 바보 같은 소리라고요. 그럴듯한 얘기가 생각나지 않아서 오래전 전쟁이 원인이라고 적당히 둘러댄 거 아니겠어요."

"이 부근에 전쟁 때 만들어진 동굴이라고 할까? 지하호? 방공호? 그런 게 있다고 들었는데, 혹시 모르니?"

"알아요."

"어! 알고 있다고?"

"모를 리가 없잖아요, 그렇게 흥미로운 장소를 우리 컬러즈가."

도치법을 써 가며 과시하기 바쁜 켄자키로부터 시선을 돌려, 토오루는 다시 니라사와에게 물었다.

"그곳의 위치 알고 있어?"

"알고 있긴 한데요. 어째서 거길 보려는 거죠?"

"전기인간을 조사한다고 하지만 막연한 소문에 지나지 않고 해서, 눈으로 확인할 수 있는 것은 뭐라도 조사해 보고 싶거든."

토오루가 다시 한 번 안내를 부탁하자 켄자키 쪽에서 흔쾌히 승낙하고 니라사와와 같이 걷기 시작했다. 둘의 뒤를 따라가자 맥 빠질 정도로 금방 그곳이 나왔다. 언덕에 난 구멍에 콘크리트로 테두리를 두른 격자문이 끼워져 있었다.

녹이 슨 격자문을 잡자 장갑을 꼈어도 서늘한 감촉이 전해져 왔다. 토오루는 그 상태에서 앞뒤로 흔들어 보았다. 문은 단단하게 고정되어 있어서 쉽게 열릴 것 같지는 않았다. 큰 열쇠 구멍이 있는 튼튼해 보이는 자물쇠가 채워져 있었다.

그는 문 안쪽의 경사진 곳을 들여다보았다. 완전히 깜깜했다.

미하루 누나는 분명히 이 안에 들어가 봤을 거야.

토오루는 뒤돌아서 두 아이 중 어느 쪽이라고 할 것 없이 물었다.

"이 문의 열쇠는 어디에 있는 거지?"

"다케미네 할아버지가 가지고 있을 거예요."

"다케미네 할아버지?"

"네! 이 숲을 매일같이 청소해 주었던 할아버지예요."

"청소해 주었다고?"

토오루가 과거형으로 말한 이유를 물어보자, 돌아가셨다고 기운 없는 소리로 켄자키가 답했다.

"어제 학교에서 전교생이 모여 있을 때 그 이야기를 전달 받았어요. 돌아가신 것이 그저께일까. 전에 우리 학교 용무원이셨다고 하더라고요."

토오루는 묘한 위화감을 느꼈다. 그게 뭘까 하고 생각했지만 도저히 알 수 없었다. 다만 무엇인가 잘못된 느낌이 들었다. 다케미네라는 노인이 지하호 열쇠를 가지고 있었다면 지하호에 들어갔던 미하루는 다케미네 노인을 만나기도 했을 것이다. 그 두 명이 죽었다. 아카토리 미하루가 사망한 건 토요일 밤. 다케미네 노인이 사망한 것은 그저께, 즉 월요일이다. 두 사람이 연속으로 사망한 것이다.

"왜 돌아가셨는지 들었어?"

"병사라고 했던가……."

"병사라……. 그 다케미네 씨의 집은 어디에 있지?"

"저는 몰라요. 슈토는?"

"나도 몰라."

"저편에 오두막이 있잖아. 할아버지는 항상 거기서 쉬고 계셨던 것 같은데."

"거긴 도구 같은 거 넣어 두는 창고잖아. 그런 곳에서 살 수 있겠어?"

못 살지, 하고 답한 켄자키는 토오루에게 말했다.

"그렇다고 하네요."

토오루는 기분이 고조되는 것을 느꼈다. 갖가지 것들이 머릿속에서 맞춰져 갔다.

전기인간은 사람을 죽인다. 그 모습은 알 수 없다. 어디든지 나타날 수 있다는 것이 기분 나쁘다. 하지만 그것들은 공포의 핵심이 아니다. 전기인간을 두려운 존재로 여기는 이유는 분명히 그것이 사람을 죽인다고 전해져 왔기 때문이다.

그렇다면 전기인간의 정체는…….

9

"전기인간으로 검색하면."

중얼거리면서 토오루는 키보드를 두드렸다. 결과는 아주 천천히 표시되었다.

찾으시는 단어의 검색 결과는 0건입니다.

그는 이마를 긁적였다. 살짝 한숨을 내쉬었는데 관내가 너무 조용한 나머지 그 소리가 도서관 안에 울려 퍼졌다. 그 소리에 흠칫 놀란 토오루는 주위를 둘러보았지만 다행히도 자신을 주목하는 사람은 없었다. 그가 있는 곳은 도서관의 장서를 온라인으로 검색할 수 있는 도서 검색대가 늘어서 있는 토오미 시립 중앙 도서관의 검색 코너였다. 평일이라 그런지 난방이 켜져 있는 관내에는 사람이 많지 않았다.

아카토리 미하루는 지하호가 발전 시설이었던 것이 아닐까 하는 가설을 남겼다. 그런 과거가 단편적으로 전해진 결과, 전기인간에 대한 소문이 가장 가까운 곳에 있는 초등학교에서 돌게 된 것이 아닌가 하는.

그러한 가설의 근거로 여겨지는 지하호 내의 사진도 있었다. 사진에는 콘크리트와 벽돌로 지어진 천장과 벽, 철문 등이 찍혀 있었다.

그중에서도 미하루가 '열리지 않는 문'이라 불렀던 문의 표시는 거의 알아볼 수 없었다.

제■전기■■■■■실험실

'전(電)'이라는 글자에서 미하루는 그곳이 발전 시설이었을 가능성이 있다는 생각을 했었지만 토오루는 다른 것을 생각하고 있었다.

전기인간의 근원지는 발전 시설이었을 수도 있고, 그렇지 않았을 수도 있다. 예를 들면 그것이 소문대로 전쟁 중에 만들어진 것이라면 일종의 '무기'였다고도 생각할 수 있다. 그러니까, 전기로 사람을 죽이는 무기 말이다. 발전 시설보다 무기 연구소 쪽이 사람을 죽인다는 이야기에 걸맞다.

그렇게 생각한 토오루는 토오미 시의 역사를 조사해 봐야겠다고 결심하고 도서관에 온 것이었다.

도서 검색대를 들여다보며 '전기인간', '나사카초등학교', '지하호', '전기 무기' 등의 단어로 검색을 해 보았지만 원하는 결과는 나오지 않았다. 난처한 기분으로 '토오미 전쟁'이라고 검색했더니 책 이름이 하나 떴다.

제목은 『토오미 시의 태평양 전쟁』. 그럴듯한 제목이다.

책꽂이에서 찾아낸 책은 얇은 것이었다. 흑백 사진이 처음과 중간에 한두 개 있고 나머지는 글자만 보였다. 토오루는 거부 반응이 생기긴 했지만 이것이 유일한 단서니 어쩔 수 없이 벽 쪽에 있는 의자에 앉아 책을 펼치고 읽기 시작했다.

토오미 시 향토 연구회가 편찬한 그 책에 의하면 전쟁 전의 토오미쵸, 아키모리마치, 시라나사카무라였던 곳이 전쟁 후에 합병이 되면서 현재의 토오미 시로 탄생했다고 한다. 전쟁 전에 번창했던 곳이 현재의 북부에 해당하는 토오미쵸, 연안의 공업 지대가 전쟁 중에 공습을 당했던 남부에 해당하는 시라나사카무라는 기복이 있는 지형 위에 촌락들과 손바닥만 한 전답들이 전부일 뿐, 징병을 제외한다면 초반에는 전쟁과 인연이 거의 없었다.

하지만 전쟁 말기에, 갑자기 군수 공장의 피난처로 선정이 되어 버렸다고 한다. 그리고 당시, 꼭 올 것이라고 믿었던 '본토 결전(태평양 전쟁 말기에 미군을 일본 본토에서 맞아 싸우려고 했던 최후의 결전에 대한 구상)에 있어서, 연합군 침공 예상 경로에 토오미 시가 포함되어 있었다. 그 때문에 군수 공장뿐 아니라 전투 시에 진지가 되기도 하는 지하호 계획이 수립되어 일부에서는 실제로 설치되었다고 한다. 이 책에서는 그중 몇 개는 아직도 그 모습을 그대로 유지하고 있다면서 각지의 지하호를 소개하는 내용으로 지면을 할애하고 있었다.

책을 읽으면서 토오루가 발견한 부분이 있었는데, 많은 지하호가 완성되지 못했다는 기술 중에는 완성은 했지만 사용되지 못한 곳도 있다는 것이다.

하지만, 사용된 흔적은 있어.

미하루가 남긴 사진, 거기에는 지하호 내부가 사용된 흔적들이 담겨 있었다. 벽돌과 콘크리트로 만들어진 천정에는 당시의 것으로 추정되는 배선까지 남아 있었다.

그렇다면 무엇을 위해 사용된 거지? 사진에서 보이는 것으로는 그곳이 군수 공장으로는 여겨지지 않아. 환기구도 없고 입구도 좁잖아. 어쩌면 극비의 연구 시설이었는지도 모르겠네. 사람들에게 알려지면 안 되기 때문에 지하에 만들어진 것이라고 하면 자료가 남겨져 있지 않은 말이 되고. 당시에는 존재하지 않는 것으로 되어 있어야 했겠지.

극비의 무기 연구소. 전기로 사람을 죽인다는 소문. 그런 생각들이 토오루의 머릿속에서 연결되어 가고 있었다. 그 근거를 제공하고 있는 건 미하루의 죽음이다.

미하루 누나는 심부전으로 죽었어. 그 판단 자체는 틀리지 않았을지도 몰라. 하지만 그 심부전이라는 것이 누군가에 의한 것이라고 한다면…….

그는 상상했다. 검은색 비옷과 장화, 고무장갑으로 몸을 감싸고 후드를 푹 뒤집어써서 얼굴을 알아볼 수 없는 누군가가 총구가 없는 총을 들고 미하루를 숨어서 기다리다가 그녀가 욕실에서 나온 순간, 기다렸다는 듯 방아쇠를 당긴다. 일순간 빛이 번쩍하더니 조명이 꺼진다. 그리고 알몸으로 경련하는 모습의 그림자가 벽에 투영되어 비추어진다.

잠시 후 조명이 켜지자 바닥에 미하루가 쓰러져 있다. 하지만 그녀를 공격한 사람의 모습은 어디에도 보이지 않는다. 이번 공상 속에는 토오루가 있을 곳은 없었다.

그는 또다시 발기된 자신을 숨기면서 도서관을 나왔다.

10

"전기인간, 전기인간, 전기인간."

토오루가 중얼거리는 말이 방 안 천장에 부딪치더니 공중에서 흩어졌다.

청결한 시트가 깔린 침대에 엎드려 누워 있는 그는 주문처럼 반복해서 외우는 것에 특별한 의미를 두고 있지 않았다. 왠지 모르게 그렇게 해야 한다고 느꼈다.

그는 호텔 방에 있었다. 도서관을 나온 그는 아카토리 미하루가 사망한 호텔로 갔다. 그리고 대학에 들렀을 때와 같은 거짓말을 한 후, 고인을 그리기 위해 같은 방이 비어 있다면 일박을 하고 싶다고 했다. 사람이 죽어 나간 기분 나쁜 방에 묵고 싶다고 하니 호텔 측으로선 환영할 만한 일이었기 때문에 흔쾌히 수락했다.

물론 그의 진짜 목적은 따로 있었다. 그 방에서 확인하고 싶은 것과 생각하고 싶은 것이 하나씩 있었다.

전기인간은 어떻게 이 방에 출입한 거지?

방은 4층에 있다. 일반적으로 출입은 방문이나 창문을 통해서나 가능하다. 창밖에는 바로 옆 빌딩이 우뚝 솟아 있었다. 발각될 걱정은 없지만 높이 때문에 기어 올라오기는 힘들 것 같아 보였다.

출입문은 자동 잠금 장치가 되어 있는 데다 그곳까지 오기 위해 엘리베이터를 이용하려면 방범 카메라가 있는 프런트를 지나가야만 했다. 결국, 안에서 누군가 열어 주지 않으면 침입은 불가능해 보였다.

결국, 미하루 누나가 열어 줘야 들어올 수 있는 거잖아.

그렇게 생각하자 토오루는 몸이 무거워지면서 어디를 향하고 있는지 알 수 없는 분노 때문에 벽에 머리를 들이받고 싶은 심정이 되었다.

범인은 미하루 누나가 전기인간을 조사하고 있는 것을 알고 있는 사람이고, 누나가 이 방에 들일 수 있는 사람이란 말이지. 만약 알몸에 목욕 수건을 감은 채로 그랬다면 나 말고 다른 남자가 있었던 거야. 충분히 그럴 수 있어.

하지만 그것을 부정하고 싶은 마음에 그는 계속해서 중얼거렸다.

“전기인간, 전기인간…….”

그렇게 하면 그녀의 죽음은 전기인간의 짓이라고 믿게 되고, 미하루가 자신만의 여자였다고 생각할 수 있을 것 같았다.

“전기인간, 어서 나와!”

그때 갑자기, 뭔가 튀는 소리가 들렸다. 그것이 아주 가까이서 들렸다. 놀란 토오루는 침대에서 벌떡 일어났다.

방에 있는 TV가 켜져 있었다. 화면에 비친 것은 그가 평소에 본 적 없는, 그저 그런 내용의 버라이어티 퀴즈 방송이었다. 엉뚱한 이미지의 아이돌이 사람들 앞에서 무언가 열심히 말하고 있었다. 그런데 말을 전혀 알아들을 수 없는 데다가 기분 나쁠 정도로 왜곡된 이상한 소리를 냈다.

“다미아라쯔바구토라누우-바.”

무언가 말하자 화면 속에서 폭소가 터졌다.

“히빠챠아바뿌이이이이요오오오스!”

손을 파닥거리면서 아이돌이 호소하듯이 말하자 또다시 폭소가 터졌다.

어쩐지 무서운 기분이 든 토오루는 리모컨을 찾았다. 바닥에 떨어져 있는 것을 찾아 바로 꺼 버리곤 깊게 한숨을 내쉬었다.

하지만 마음을 놓은 것도 잠시뿐이었다. 그는 정적에 휩싸인 방을 둘러보았다. 하지만 아무것도 눈에 띄는 것은 없었다. 손에 들고 있는 리모컨을 내려다보고 눈썹을 찡그리더니 그것을 던져 버리고 옷을 벗으면서 생각했다.

범인은 미하루 누나를 죽인 다음에 방문으로 아무렇지도 않게 나갔겠지. 자동 잠금 장치가 돼 있으니 문은 저절로 잠겼을 거야. 그러고 나서 비상계단을 이용하면 누구에게도 들키지 않고 달아날 수 있어. 그러니까 범인은 미하루 누나의 다른 남자.

그런 생각이 들자 온몸에 소름이 돋았다. 소리 없이 다가오는 광기에 토오루는 기꺼이 몸을 맡겨 버렸다. 욕실에 들어가 샤워기의 손잡이를 돌렸다. 그리고 따뜻한 물에 몸을 적시면서 중얼거렸다.

"나였어야 했는데. 내가 했다면……."

그 전에 제대로 범해 줬을 텐데. 콘돔 같은 거 안 쓰고 물건처럼 막 다루었을 텐데. 내 애를 임신시키고…….

자신의 물건을 꽉 쥐고 몇 번 자극을 주던 토오루가 갑자기 손을 멈췄다.

미하루 누나의 몸에는 정액이 남아 있지 않았을 거야. 남아 있었다면 경찰이 더 수사했겠지. 그렇다면 죽기 전후와 관계없이 성관계의 흔적은 없었다는 얘기야. 범인은 범하지 않고 죽였어.

"왜 그랬을까?"

샤워기의 뜨거운 물이 머리 위로 쏟아지는 것을 느끼며 그는 벽을 노려보았다. 죽였는데 범하지 않았다고 한다면 그가 느꼈던 광기 영역 밖의 것이었다. 그의 머릿속은 다시 복잡해졌다.

"혹시 여자였을까?"

여자라면 정액을 남길 수 없지. 게다가 같은 여자라면 옷을 제대로 안 입은 채로 방에 들이는 것도 문제없었을 거야. 미하루 누나를 방심하게 하는 것도…….

문득 대학에서 만난 미하루의 친구가 생각이 나서 토오루는 몸을 떨었다. 그리고 있었을지도 모를 몇 가지 상황을 상상하다 보니 그 어떤 상황도 부정할 수 없다는 것이 기분 나쁘게 느껴졌다. 그렇게 생각은 꼬리에 꼬리를 물었다.

미하루 누나가 전기인간을 조사하고 있었던 것을 아는 사람이 범인이라고 해도, 전부터 알고 지내 온 사람이라고 단정할 수는 없어. 전기인간을 조사하는 동안 만났던 누군가일지도 모르잖아. 살해 동기 역시 조사하던 과정에서 생겨난 것일 수 있어. 미하루 누나는 지하호를 조사하고 있었지. 다르게 말하면 그곳의 비밀을 파헤친 거야. 그 때문에 살해당했다고 한다면…….

문득 토오루의 머릿속에 떠오르는 것이 있었다.

어제 저녁 숲에서 만난 두 명의 초등학생, 니라사와 슈토, 그리고 켄자키 아야. 설마 그 두 아이가?

분해되기 직전의 사고로 그의 의심은 부풀어 갔다.

아, 그래. 시체에 정액이 남지 않았다고 해서 범인이 여자라는 것은 성급한 생각일 수 있어. 범인이 아직 2차 성징을 하지 않았다면 역시 정액은 남지 않지. 그래, 내가 죽였다면 절대로 그전에 범했을 거야. 하지만 미하루 누나는 당하지 않았어. 나 같은 남자가 아닌 누군가가 미하루 누나를 죽인 거야.

"다른 남자가 있는 것이 아니었어!"

토오루는 히죽거리며 웃었다. 갑자기 무척 기분이 좋아졌다. 그는 그대로 침대에 쓰러져서 몸을 둥글게 말았다.

미하루 누나에게는 나뿐이었어! 나만이 누나의 원수를 갚을 수 있는 거야!

그는 자신의 짐을 뒤져서 낮에 사 둔 식칼을 꺼냈다. 포장을 뜯고 안에 있는 칼의 손잡이를 잡았다. 나무로 된 손잡이의 따스함과 쇠로 된 칼의 무게가 손바닥에 느껴지는 것이 좋았다. 그 상태에서 토오루는 허공을 찢듯이 휘두르곤 기분 좋게 미소를 지으며 고개를 끄덕였다.

"그래, 내가 그 원수를 죽이는 거야."

하지만 죽이려면 제대로 죽여야 해. 당연한 말이지만, 나는 그냥 살인자가 아니고, 원수를 갚는 것이 허용된 인간이야.

"흐훗."

토오루는 가볍게 웃었다.

그러니까 어쨌든 증거다. 증거가 필요해. 움직이지 않는 증거가. 죽이는 것은 그 다음이야. 그것은 어렵지 않은 일이야. 어디서 찾을 수 있는지는 이미 알고 있어.

11

"전기인간은 찾았니?"

일주일 후 금요일 저녁, 토오루는 숲속에서 다시 만난 니라사와의 뒤에서 질문을 던졌다. 그 말을 들은 소년은 걸음을 멈추고 뒤를 돌아보았다. 하지만 토오루를 똑바로 보지 못하고 시선이 그의 뒤편에서 맴돌다가 즉시 다른 방향으로 돌아갔다.

"아직요."

니라사와는 다시 앞을 보고 걷기 시작했다. 작은 체구의 뒷모습을 바라보면서 소년의 뒤를 따라 걷고 있는 토오루는 자신의 코트 속에 숨긴 식칼을 의식하며 소년의 나신을 상상했다.

아직 중성적인 느낌의 피부는 분명히 흴 것이고, 솜털도 부드러울 거야. 어느 곳이든 칼끝이 파고들어 갈 수 있겠지. 그럼 피는 어떻게 흘러나올까?

만약 피가 흐르지 않는다고 해도 토오루는 이상하게 생각하지 않을 것 같았다. 지금 상황에서는 오히려 그런 것이 어울릴 것 같은 생각마저 들었다. 계절의 영향으로 검정과 회색에 지배당한 이 숲에서는 피의 붉은색도 분위기를 파악하고 자신의 색채를 부끄러워할 것 같았다. 머릿속 상상과 눈앞의 현실을 의도적으로 구별하지 않고 생각하니 왠지 진짜로 그렇게 될 것 같은 기분이 들었다.

그래, 초등학생은 인간이 아니니까 피도 붉은색이 아닐 거야.

속으로 그런 생각을 하고 있던 토오루는 미소를 지으며 소년에게 물었다.

"어제부터 궁금했던 건데, 여기서 도대체 뭘 하는 거지?"

"조사하고 있어요."

"조사? 무슨 조사?"

니라사와는 고개를 갸웃했다. 토오루는 그것이 대답이었다는 것을 한동안 눈치채지 못했다.

"무엇을 조사하는지 모르는 거니?"

"모르겠으니까 조사하는 거죠."

니라사와는 정처없이 걷고 있는 듯했다. 샛길에서 벗어나 보기도 하고, 때로는 그 길을 따라가기도 하고, 가끔 주저앉아서 무엇인가를 찾는 것처럼 주위를 둘러보다 낙담한 표정으로 한숨을 쉬기도 했다. 하지만 자신의 행동을 관찰하고 있는 토오루의 존재는 거의 의식하고 있지 않은 듯했다.

"오늘은 켄자키가 안 보이네."

"걔, 금요일은 학원 가요."

"아아, 그렇구나. 열심히 공부하네."

"내년에 중학교 입학시험 봐야 하니까요."

"그래……. 그런데 넌 전기인간의 존재를 믿고 있는 거지?"

"글쎄요."

"그럼 안 믿어?"

"믿느냐 믿지 않느냐는 상관없는데……."

"저번에도 그렇게 얘기한 거 같은데, 그거 무슨 의미야?"

"말해도 어차피 알 수 없을 거예요."

"혹시, 이 숲에서 뭔가 본 게 있어?"

어림짐작으로 던진 질문에 니라사와는 흠칫하고 몸을 떨었다. 소년은 슬쩍슬쩍 토오루 쪽을 훔쳐보더니 잠깐 그 자리에서 부동자세로 서 있었다. 그리고 일순간, 그의 눈에 당황스러움이 뚜렷하게 비쳤다. 무언가를 두려워하고 있다기보다, 판단이 서지 않아서 망설이고 있는 듯했다.

"어? 거기에……."

니라사와가 그의 뒤쪽을 손가락으로 가리켰다.

갑자기 목덜미에 미지근한 것이 느껴진 토오루는 깜짝 놀라서 뒤를 돌아보았다. 보이는 것은 흔들리는 나뭇가지들뿐이었다. 목덜미를 만졌더니 젖은 나뭇잎이 달라붙어 있었다. 그것을 떼서 땅에 던져 버리고 시선을 돌렸더니 니라사와는 다시 걷고 있었다.

토오루는 바보 취급당했다는 생각이 들어 창피함과 동시에 분노를 느꼈다. 그 감정을 애써 진정시키자 그와 동시에 품고 있던 광기도 누그러지는 것 같았다. 그는 다시 정신을 가다듬기 위해 품속의 칼에 의식을 집중시켰다.

증거만 있으면 언제라도 즉시 해치울 수 있어. 증거를 찾는 것이 먼저다. 증거를…….

그런 생각을 하면서 다시 소년에게 물었다.

"너는 왜 그렇게 이상한 것을 찾아 돌아다니는 거지?"

니라사와는 아무런 대답도 안 했다. 토오루는 다시 물었다.

"켄자키는 그런 거 믿지 않는다고 했지? 학교 친구들은 어때? 요즘 초등학생도 그런 거 믿고 그러나?"

"믿어요. 저도 그렇고."

"어?"

토오루는 무슨 의미인지 알 수 없었다.

"그럼 켄자키가 거짓말했다는 얘기야?"

"글쎄요……."

니라사와는 따분하다는 표정을 짓더니 뒤를 돌아보았다.

"형은 어때요? 믿어요? 믿지 않아요?"

믿지는…… 않는다고 해야겠지.

토오루는 슬며시 품속에 있는 흉기의 무게를 의식했다.

나는 이 칼로 전기인간을 죽일 거야. 전기인간의 정체는 평범한 인간임이 틀림없으니까. 그렇지 않으면 원수를 갚을 수 없으니까.

속으로 그렇게 생각하며 니라사와에게 말했다.

"나는 전기인간이 존재한다고 생각하지 않아. 재밌는 얘기라고는 생각하지만……."

"재미있다구요?"

"재미있잖아. 그래서 너희들도 조사하고 있는 거 아니야?"

"틀렸어요."

"그런 거 아니야? 놀이 삼아 하는 거?"

"말도 안 돼요! 놀 거면 혼자서 이러는 것보다 친구들하고 같이 노는 게 낫죠."

토오루는 니라사와의 말이 틀리지 않는다고 생각했다. 적어도 죽은 사람을 위해 칼을 들고 돌아다니는 것보다는 나은 짓이라고. 하지만 여전히 의문은 남아 있었다.

"그럼 무엇을 위해 그러는 거야?"

"어쩔 수 없으니까요."

"어쩔 수 없다고? 컬러즈니까?"

"그 반대란 말이에요! 어쩔 수 없으니까 컬러즈!"

그런 것도 모르냐는 눈으로 니라사와는 노려보았다.

"무슨 말인지 모르겠네. 뭐가 어쩔 수 없다는 것인지……."

"몰라도 상관없어요. 저는 전기인간이 재미있다는 말이 이해가 안 돼요."

"네 여자 친구는 이해하는 것 같던데?"

"켄자키는…… 그런 게 아니라니까요. 원래 그 녀석은……."

"그 녀석은?"

소년은 뭔가 말하려다가 입을 다물더니 이마를 문질렀다.

"몰라요. 모른다고요."

그리고 반문했다.

"어째서 보이지 않는 것을 재미있다고 생각할 수 있는 거죠?"

"보이지 않는데도 있으니까."

"그러니까! 어째서 보이지도 않는데 있다는 것을 알 수 있냐고요."

"그건……."

토오루는 욱하는 기분으로 내뱉었다. 스스로도 놀랄 정도로 솔직한 말이었다.

"있었으면 좋겠으니까."

원수를 갚을 상대를 찾지 못하면 미하루 누나가 죽어 버린 것을 받아들일 수 없으니까. 심부전만으로는 안 돼. 제대로 원망할 대상이 있어야 해. 신을 믿고 있었다면 좋았겠지만 그런 거 믿지 않으니까, 이럴 때 의지할 데가 없으니까. 아아, 그래서 그래. 내가 찾고 있는 건 사건의 진상 따위가 아니야. 난 원망할 상대가 필요해.

"있지 않으면, 제대로 받아들일 수 없잖아. 어제도, 오늘도, 내일도…… 그리고 사는 일도, 죽는 일도……."

"그게 무슨 소리예요? 전혀 못 알아듣겠어요."

"조만간 알게 될 거야."

그는 품에 있는 칼을 코트 위에서 슬그머니 어루만졌다.

나 역시 이 망상을 부정하지 않아. 적어도 그 존재를 더는 긍정할 수 없을 때까지는 포기하지 않을 거야. 다만, 계속 이 상태라면 몸이 남아나지 않겠지. 제대로 된 이유가 없으면 안 된단 말이야. 그것이 필요하니까 나는…….

토오루는 이렇게 머릿속 사고의 앙금들이 흘러가는 것을 느꼈다. 그는 일단 앞만 보고 가자고 다짐했다. 적어도 지금은, 다행히 가야 할 곳이 아직 있으니까.

"다케미네 할아버지가 도구를 넣어 두는 데 사용했던 오두막은 어디에 있는 거지?"

니라사와는 뭔가 이상하다는 표정을 짓더니, 이윽고 손을 들어 그곳으로 가는 방향을 가리켰다.

"고마워."

토오루는 즉시 발을 옮겼다. 오두막은 얼마 안 가 찾을 수 있었다.

문은 없었고, 대발이 밑에 깔려 있고 그 위에 빗자루나 갈퀴, 낫, 톱, 잡초 제거기, 기름통 등이 있었다. 안쪽에 쌓여 있는 종이 상자에는 산 지 얼마 안 된 것으로 보이는 쓰레기봉투와 목장갑이 들어 있었다. 벽에 걸린 바구니를 들여다보니 담배가 들어 있었다. 그 옆에 있는 회중전등을 잡은 토오루는 스위치를 눌러 보았다. 전지가 거의 다 닳았는지 빛이 약했다.

방 전체를 다시 훑어보는데 바닥의 대발이 눈에 들어왔다. 목장갑을 끼고 바닥을 손가락으로 눌러 보았다. 그랬더니 손가락 끝에 닿는 것이 있었다. 평평한 무엇이었다.

토오루는 손가락 끝으로 들어 올린 그 물건을 무심코 내던졌다. 그리고 천천히 그 자리에 쪼그려 앉아 지면에 떨어진 그것을 다시 손으로 들었다. 그것은 삐뚤어진 장방형의 평평하고 새까만 덩어리였다. 표면에 수상한 느낌의 요철이 있었다. 목장갑을 낀 손바닥으로 한번 닦은 후 목장갑을 벗고 손가락 끝으로 어루만져 보았다.

재질은 금속이 아니었다. 손톱으로 긁으면 흔적이 남을 것 같았다. 도료가 고착된 듯했다. 표면의 요철로 봐서 도료로 감싸인 안에 무엇인가가 있다는 것을 알 수 있었다. 전체적인 형태가 가지런한 장방형으로 되어 있는 것이 누군가 속 안의 물건을 감추려고 일부터 이렇게 만든 것 같았다.

토오루는 그것을 주머니에 넣고는 오두막 안을 계속 뒤졌다. 바구니에 있는 담배를 들추었더니 바닥에 종잇조각 같은 것이 있었다. 나사카초등학교 용무원의 신분증이었다. 발행일시는 1996년으로 되어 있었다. 10년이나 더 이전의 것이다. 사진은 없었지만 성명란에는 '다케미네 에이사쿠'라고 쓰여 있었다.

그리고 그것보다 더 흥미를 끄는 것이 기재되어 있었다.

그것은 주소였다.

12

"전기인간은 그 속성이 애매하기도 하지만 다른 지역에는 존재하지 않는 것으로 봐서, 해당 지역의 지하호와 관련된 도시 전설이기 때문……."

토오루는 듣고 있던 아이팟을 정지시켰다. 목적지가 가까워졌기 때문이다. 그는 이어폰을 빼고 주위에 귀를 기울였다. 전방에는 사람의 그림자도 안 보였고, 뒤에서 어떤 발소리 같은 것도 들리지 않았다.

한밤의 주택가라 신경 써야 할 주변 사람들도 보이지 않았다. 잠시 후 나타난 아담한 단층집의 문 앞에서 토오루는 발길을 멈추었다. 지어진 지 수십 년은 되었다는 것은 어둠 속에서도 알아볼 수 있었다. 집은 낡았지만 주위를 둘러싼 회양목의 산울타리는 손질이 잘되어 있었고 가슴 높이 정도밖에 안 되는 문에는 반듯한 문패도 걸려 있었다. 토오루는 그곳에 쓰여 있는 '다케미네'라는 글자를 손으로 쓰다듬은 후, 고개를 끄덕였다.

현관의 유리문은 어둠에 잠겨 있었다. 슬며시 바깥문을 열고 들어가 현관 앞으로 갔다. 문이 잠겨 있었기 때문에 산울타리에 몸을 숨기면서 집 주위를 둘러보기로 했다. 창에는 덧문이 닫혀 있었고 전기 계량기는 정지 상태에, 가스도 꼭 잠겨 있었다.

집을 한 바퀴 돌아 다시 현관으로 돌아온 토오루는 우체통과 빗물받이를 들여다본 후, 발밑에 늘어선 화분들을 하나씩 들추어 보았다. 열쇠는 세 번째 화분 밑에서 발견되었다.

그 열쇠를 현관문 열쇠 구멍에 끼워 돌렸더니 문이 열렸다. 토오루는 신발을 신은 채 집 안으로 들어갔다. 그리고 손전등을 꺼내 켠 다음 어둠 속을 비추었다.

방이 세 개에 부엌과 화장실, 그리고 욕실이 있는 구조였다. 모든 방이 좁게 느껴졌다. 천장도 낮았고, 방 안에 있는 서랍장이나 TV 받침대도 낡아서 더 그런 느낌이었다.

고타츠(안쪽에 전기히터가 있는 탁자로, 다리 부분 위에 담요를 덮고 그 위에 상판이 얹은 구조의 일본식 난방기구)가 있는 거실을 지나 툇마루에 해당하는 곳으로 갔더니 큰 등의자가 눈길을 끌었다. 그 의자의 앉는 부분에 무엇인가 놓여 있었다. 토오루는 가까이 다가가서 손전등으로 비추어 보았다.

그것은 상당히 오래되어 보이는, 표지가 옛날 종이로 만들어진 노트였다. 수십 권은 되어 보였다. 모두 빛바래 있었고 벌레 먹은 흔적도 많았다.

그는 가장 위에 있는 노트를 손으로 들어 보았다. 겉에 먹으로 쓴 글자는 닳아서 읽을 수 없었다. 노트 안의 종이도 너덜너덜해서 접기만 해도 부서질 것 같았다. 내용 중간중간 날짜가 적혀 있는 덕분에 일기라는 것을 알 수 있었다. 맨 첫 페이지는 쇼와 40년(1965년)이었다. 토오루가 태어나기 전의 연호였다. 찾아보면 더 오래된 것도 있을 것 같았지만, 그의 목적은 따로 있었다. 노트를 전부 원래 있던 곳에 놓고 탐색을 계속했다.

그는 자신이 찾던 것을 금방 발견했다. 현관에 있는 신발장 안에 자동차 열쇠나 집 안 열쇠, 작은 자물쇠 등과 함께 더욱더 옛날 것으로 보이는 열쇠를 찾아낸 것이다. 열쇠 고리에는 牢(감옥 뢰)라는 한자가 매직으로 쓰여 있었다. 토오루는 그것을 품속에 넣고 그 집을 나왔다.

발길을 역으로 옮겨, 코인 로커에서 갈색의 유리병을 꺼냈다. 저녁에 홈센터(여러 가지 생활용품을 갖춘 일본의 종합 점포)에서 사 둔 것이었다. 흔들었더니 무엇인가가 병에 부딪쳐 날카로운 소리가 났다.

역에 있는 화장실 부스 안으로 들어가 병에 담아 둔 용제를 변기에 부었다. 녹은 도료가 검은 찌꺼기가 되어 변기 바닥에 가라앉는 것을 바라보면서 그는 병 안에 남겨진 그것을 꺼냈다. 그것은 아주 오래된 열쇠였다.

시커먼 금속으로, 수제품의 거친 맛이 느껴졌다. 모서리가 닳아 있었지만, 금속의 재질 때문인지 아니면 도료에 싸여 있어서 그런 것인지, 녹이 슬어 있지는 않았다. 화장지로 비볐더니 남아 있던 도료의 찌꺼기도 어렵지 않게 지울 수 있었다.

토오루는 그것을 다케미네 할아버지의 집에서 찾아낸 열쇠와 함께 손에 쥐고 화장실 부스의 문에 기대어 천장을 올려보았다. 그리고 어떻게 해야 할까 생각했다.

찾고 있는 동안에는 생각지 못했던 물음이었다. 지하호의 입구를 여는 열쇠를 이렇게 쉽게 찾아낼 거라고 예상하지도 못했다. 일말의 가능성밖에 없었지만, 행동으로 옮기지 않고 포기해 버리기에는 적당한 변명이 떠오르지 않았던 것뿐이었다.

머릿속에서는 수 시간 전 니라사와와의 대화에서 생각난 것들이 소용돌이치고 있었다.

"있기를 바라기 때문에 전기인간을 믿는다."

자신이 한 말이지만 지금도 매력적으로 느껴졌다.

"전기인간."

소문은 처음부터 믿지 않았어. 누군가가 꾸민 일이라고 생각했지. 그런데도 이렇게 집착하고 있는 것은 원망할 상대를 찾고 싫었기 때문이야.

게다가, 타살이 아니라고 단언할 수도 없어. 전기인간을 가장한 누군가는 실제로 있을지도 몰라. 그리고 미하루 누나는 그놈에게 살해당했을 거야.

확실히 그런 가능성을 부정할 수는 없어. 하지만 모른 척하고 내버려 두면 그만이야. 그냥 잊고 살아갈 각오가 되어 있다면…….

그렇게 아무것도 하지 못한 자신을 비웃고 끝낼 수도 있었다. 그러나 토오루는 결심을 굽히지 않았다. 마음을 정한 그의 눈에 타일 벽 위에 새겨진 낙서의 내용이 들어왔다.

올해도 또 하루도 쉬지 않고 음식을 똥으로 만들어 왔습니다.

이 얼마나 의미 있는 인생인가!

그 낙서 밑에는 '12월 3일'이라고 새겨져 있었다. 그것을 새긴 누군가의 인생에 행운이 있기를 빌면서 그는 화장실을 나왔다. 조금 전까지의 망설임은 깨끗하게 사라져 버렸지만, 이 상태가 오래가지는 않으리라는 것도 알고 있었다.

13

"전기인간…… 전기인간…… 전기……인간……."

질리도록 외웠던 그 주문을 여전히 읊조리면서, 토오루는 나사카초등학교 뒤편의 숲속을 걷고 있었다.

그곳은 해가 지지 않았을 때와 전혀 다른 느낌이었다. 도중에 가로등이 있긴 했지만, 숲에 들어가면 완전한 어둠에 묻히게 된다. 초승달의 희미한 빛조차 나뭇가지에 가려지기 때문이다.

토오루는 일부러 손전등도 켜지 않고 한 걸음씩 발밑을 확인하면서 앞으로 나아갔다. 넘어질 뻔할 때마다 멈춰 서서 어둠 속을 노려보며 혼잣말을 했다.

"이런 짓은 이게 마지막이야."

나는 어른이 될 거야. 그리고 다시는 이런 짓 하지 않을 거야. 소중한 사람이 죽었다고 해서 이렇게 정신 나간 짓은 하지 않을 거라고. 그것도 인생의 일부라 생각하고 넘기며 살 거야.

그런 생각들이 토오루의 감각을 예민하게 만들고 있었다.

눈앞에 있는 나무조차 손을 뻗어 닿아야 알 수 있을 정도의 어둠. 그런 어둠 속을 기어가듯이 서서히 앞으로 나아가던 토오루는 이윽고 지하호 입구가 있는 언덕에 도착했다.

언덕 주위는 나무들의 밀도가 낮았기 때문에 달빛이 노출된 지면을 어렴풋이 비추고 있었다. 지하호 입구의 격자문도 약하게 빛을 반사하고 있었다. 토오루는 그 입구로 다가가서 기도하는 심정으로 다케미네 할아버지의 열쇠를 꽂았다. 그리고 살짝 돌리자 허무할 정도로 맥없이 열쇠가 풀리면서 문이 열렸다.

손전등을 다시 켜서 들었더니 가는 빛줄기가 문 안으로 던져졌다. 그 속에 있는 것은 깊은 어둠의 덩어리뿐이었다. 그리고 전등의 불빛에 반응하는 것은 아무것도 없었다.

안으로 발을 들여놓은 토오루는 격자문을 닫았다. 격자의 틈 사이로 손을 뻗어 다시 자물쇠를 채웠다. 우연히 지나가는 사람에게 들키고 싶지 않았기 때문이었다.

그는 계단을 한 걸음 한 걸음 내려갔다. 그곳에는 미하루가 남긴 사진에서는 볼 수 없었던 정보가 흘러넘쳤다. 벽과 천장엔 무수히 많은 섬세한 균열이 언뜻 보면 무엇인가를 연상시키는 모양들로 이곳저곳을 채우고 있었고, 인기척은 물론, 아무런 소리도 나지 않는 적막 속에서 자신의 숨소리만이 귀를 자극했다. 그리고 무엇보다, 손전등 빛이 꾸불꾸불 움직이면서 비추는 곳 이외는 어둠이 완전히 들어차 있어서 방향 감각을 잃어버릴 정도였다.

그에게는 라이트 빛이 만들어 낸 삐뚤어진 원형과 밟고 있는 땅의 감촉만이 현실로 느껴졌다. 그리고 나머지는 전부 애매함 속에 묻혀, 마치 지옥을 향해 끝없이 내려가고 있는 듯한 착각을 느끼게 했다.

숨쉬기조차 고통스러운 상태 속에서, 생각은 전기인간의 존재를 부정하는 쪽으로 짙어져 갔다. 문득 그는 이 모든 것이 미하루가 지어낸 이야기가 아닐까 하는 생각을 했다. 그런 공상은 매력적일 뿐만 아니라 의외라고 할 정도로 현실감이 있었다.

애초부터 토오루는 미하루로부터 듣기 전까지는 전기인간이라는 존재 자체를 모르고 있었다. 그녀의 어머니가 그에게 물었던 것도 미하루가 그것을 주제로 조사하고 있었기 때문이었을 것이다. 그가 알고 있는 전기인간에 대한 지식의 90%는 미하루가 남긴 글에 있는 것이었다. 나머지 10%는 숲에서 만난 초등학생, 니라사와와 켄자키에게 들은 것이다.

미하루 누나는 그 두 아이와 만난 적이 있을까?

그 아이들은 만난 적이 없다고 했다. 물론 거짓말일 가능성은 있다. 하지만 만났다면 미하루가 '괴이를 조사하는 초등학생이 있었다.'라는 글을 남겼을 것이라는 생각도 들었다.

미하루 누나는 확실히 저 둘을 만나지 않았어. 그러니 당연히 니라사와와 켄자키는 미하루 누나로부터 전기인간의 이야기를 들은 적도 없을 거야.

숲에서 만난 그 아이들은 전기인간에 관한 이야기가 아직도 학교에서 전해지고 있다고 했다. 그건 분명 사실일 것이다. 그래도 의혹들은 남아 있다고 토오루는 생각했다.

미하루 누나는 나사카초등학교에 다녔어. 전기인간의 소문이 어디까지 거슬러 올라갈지는 알 수 없는 거지. 오래전에 군에서 만들어졌다는 얘기도 있지만, 아예 최근에 만들어진 것이라고 해도 이상할 건 없어. 예를 들어 미하루 누나가 초등학생이었을 때라든가…….

어둠 속을 걸으면서 생각하니 모든 가능성이 그럴 듯하게 느껴졌다. 혹시…… 하고 그는 생각했다.

소문을 최초로 만든 사람은 미하루 누나가 아니었을까? 초등학생 시절에 자신이 만든 소문이 시간이 흘러 어떻게 변화되었는지를 조사하고 있었다면 말이야.

아니야. 그 정도까지 생각할 필요도 없어. 자신이 만든 소문이란 것을 완전히 잊고 조사하고 있었는지도 몰라. 그렇다면 누나는 자기모순에 빠져 버린 거야.

스스로 망상에 빠진 토오루는 혼자서 히죽거렸다. 그러나 곧 다시 생각을 고쳐먹었다.

미하루 누나는 죽어 버렸어. 그건 웃을 일이 아니야. 경찰이 사건성 없음이라고 판단 내린 이상, 역시 심부전으로 사망했을 가능성이 크겠지. 텍스트의 갱신 일시 문제가 걸리긴 하지만 조작 미스일지도 몰라. 경찰이 무심코 스페이스바를 한번 눌러서 파일이 갱신된 것이라고 볼 수도 있어. 저장하지 않은 상태로 샤워하러 갔을 가능성도 있고. 그래도 역시 살해당했다고 믿고 싶다면…… 이곳에서 그 증거를 찾아내야 해.

걷고 있던 토오루는 알 수 없는 공포를 느끼며 고개를 끄덕였다.

여기에 누군가 있을지도 몰라.

그것이 지금 생각할 수 있는 유일한 가능성이었다. 누군가가 이 안에 숨어 있을지도 모른다. 격자문이 잠겨 있었던 것만으로는 마음을 놓을 수 없었다. 열쇠만 있다면 토오루가 한 것처럼 안쪽에서 손을 뻗어 자물쇠를 채울 수 있기 때문이다.

게다가, 이 안에는 '열리지 않는 문'이 있어. 그 문의 반대쪽이 다른 어딘가로 이어져 있을지도 몰라. 그 비밀에 접근했기 때문에 미하루 누나가 살해당했다고 한다면…….

코트 속에 숨겨 둔 흉기가 더 무거워진 느낌이 들었다. 토오루는 오히려 잘된 일이라고 생각했다.

그때는 이 식칼이 자기 역할을 하게 될 거야.

"그놈을 죽여서 미하루 누나의 원수를 갚고 말 거야."

어찌 되었건 곧 결판이 날 것이다. 그는 이것을 끝으로, 지금은 더 생각하지 않기로 했다. 이렇게 된 이상 한시라도 빨리 답을 찾아내고 싶었다. 그는 오로지 앞으로 걸어 나아가는 데 모든 신경을 집중했다.

이윽고 그것이 그의 앞에 모습을 드러냈다.

통로의 막다른 곳에 턱하고 버티고 있는 철제의 문.

눈의 높이보다 조금 낮은 위치에 사진에서 봤던 표시가 있다. 토오루는 라이트를 가까이 대 보았지만 역시 읽을 수 없었다. 탄 자국과 같은, 열에 의해 녹은 흔적들 때문에 몇 개의 글자가 지워져 있었기 때문이다.

또다시 꿈틀거리는 상상을 억제하며, 토오루는 문의 손잡이를 잡았다. 그리고 그 손잡이를 돌려 보았지만 움직이지 않았다. 밀거나 당겨도 꿈쩍도 하지 않았다.

어쩔 수 없이 손전등을 입에 물고 장갑을 벗었다. 그러고 나서 도료를 녹여 찾아낸 열쇠를 꺼냈다. 열쇠 구멍에 전등 빛을 비추면서 그것을 찔러 넣었더니 딱 맞게 들어갔다. 그리고 천천히 돌리자 철컥하고 데드볼트(dead bolt : 열쇠나 손잡이를 돌려 움직이는 문의 걸쇠)가 풀리는 소리가 들렸다.

토오루는 열쇠를 주머니에 넣고 손잡이를 다시 잡았다. 맨손에 닿은 곳은 차가운 쇳덩어리였기 때문에 그 냉기가 피부를 찌르는 느낌을 주었다.

침을 꿀꺽 삼킨 토오루는 이 문 너머에 해답이 있을 것이라 생각했다.

미하루 누나가 살해당했다면, 분명히 범인은 숨기고 싶었던 무언가가 있었을 거야. 적어도 여기를 관리하던 노인이 봉인해야 한다고 생각했던 무언가가. 내가 그것을 볼 자격이 있는 걸까.

갑자기 느껴진 두려움이 오히려 퇴로가 끊어진 신호로 작용하여, 토오루는 손잡이를 쥔 손에 힘을 집중했다. 의식적으로 중얼거리면서.

"전기인간 같은 건 있어선 안 돼."

삐걱거리며 문이 열렸다.

그리고 그 안쪽을 들여다보려고 하는데…….

14

"요즘엔 애들이 전기인간 얘기 별로 안 하는 거 같지 않니?"

방과 후 교문을 나오던 중 켄자키가 문득 그런 말을 했다. 그러자 앞에 있던 니라사와가 걸음을 멈추고 휙 뒤돌아서더니 짜증난 표정을 지으며 말했다.

"야! 그 얘기 하지 마."

몇 초 동안 어리둥절해 있던 켄자키는 겨우 그 이유를 이해했다. '전기인간'이란 말을 입에 담으면 나타난다는 말 때문이라고. 그러니까 함부로 그 존재에 대해 말하면 안 된다는 얘기다. 하지만 그것을 믿지 않는 켄자키에게는 바보 같은 소리에 지나지 않았다.

"너 아직도 그런 얘기 믿고 있니? 이제는 그 생각 좀 버려라. 저학년도 아니고……."

5월의 따스한 햇볕이 비치는 오후였다. 둘은 6학년이 되었지만 컬러즈의 활동은 계속하고 있었다. 켄자키는 중학교 입학시험 공부도 해야 하지만, 니라사와와 함께하는 시간도 소중했다.

내가 없으면 슈토는 이 모양이라니까.

켄자키는 니라사와의 말과 행동이 마음에 안 들긴 했지만 그를 좋아하고 있었다.

그날 수업이 끝나고 교실을 나와 계단을 내려가려는 니라사와에게 켄자키가 어디 가느냐고 묻자 조사할 것이 있다고 답했다.

"그거, 컬러즈 활동 아니야?"

"넌 따라오지 마. 공부해야 하잖아."

"그렇게는 못 하지. 나 혼자 남겨 두고 가는 건 안 될 말씀. 과학적 사고가 되는 사람이 없으면 슈토는 귀신이나 실컷 보게 될걸."

언제나 그렇듯이 자기 멋대로 지껄이는 켄자키를 무시한 채 걷고 있는 니라사와의 등을 향해 물었다.

"이번엔 도대체 뭘 조사한다는 거야?"

"파리가 나온대."

"엥? 파리? 그러니까 윙~ 하고 날아다니는 파리 말이야? 으아, 싫어. 징그러워. 난 싫어. 우리 그만두자. 가지 마, 응?"

켄자키가 가지 말라고 소매를 붙잡고 늘어졌지만 니라사와는 아랑곳하지 않고 걸음을 옮겼다.

"컬러즈가 뒤쫓는 대상은 벌레가 아니고 뭔가 불가사의한 거잖아."

"그것이 불가사의한 거라니까."

"파리가? 어? 그럼 혹시 그 뭐냐. 크기가 이따만 한 거라도 나온 거야?"

켄자키가 축구공만 한 크기를 손으로 그려 보였지만 니라사와는 쳐다보지도 않았다.

"그렇게 큰 파리를 잡는 그물은 다이소에서 안 팔아!"

"난데없이 무슨 다이소?"

"아, 그럼 돈키호테에서는 팔지도 모르겠다."

"크기는 보통이야!"

"보통? 보통 크기라고? 그럼 풍뎅이 정도?"

"더 작아."

"더 작다고? 그럼 그냥 파리잖아!"

"누가 큰 놈이라고 했냐? 파리가 엄청 많이 있다는 얘기야."

파리가 많다고? 설마 하늘이 꽉 찰 정도로 가득? 우와!

켄자키는 혼자 상상하더니 얼굴을 찡그렸다.

"그냥 큰 놈이 한 마리 있는 편이 낫겠다."

"그러니까, 인제 그만 따라와."

"그렇게는 못 하겠는데요."

옥신각신하는 사이 어느새 그들은 숲속을 걷고 있었다. 나무에는 드문드문 새싹이 자라 있었고, 나뭇가지의 그림자가 드리워져 서늘한 공기가 맴돌고 있었다. 켄자키는 학교 교정에 있는 왕벚나무에 만개한 꽃들을 보는 것보다 이런 경치가 더 좋았다.

나무 냄새와 흙냄새가 섞여 있는 숲속을 걷고 있으니 발에 닿는 땅의 감촉에서도 학교에서는 맛볼 수 없는 신선함이 느껴졌다. 켄자키는 걸으면서 실컷 기지개를 켰다.

"아~ 꼭 있어야 할 필요 없는 곳에 오니 좋네. 슈토, 이런 거 괜찮지 않아?"

"무슨 소리를 하는지 모르겠네."

"꼭 있어야 하는 곳은 구속당하는 것 같아서 있기 싫잖아. 그런데 또, 가고 싶은 곳은 보통 멀고 갈 시간도 없고……. 일단 귀찮잖아. 나 같은 우등생은 특히……."

"……."

"그러니까, 이렇게 있으나 마나 상관없는 곳이라면 오히려 편해진다는 얘기지. 남들 눈 신경 쓰지 않아도 되고."

"넌 좀 신경 쓰는 편이 좋을 텐데."

"흥! 그나저나 슈토는 어떤 게 좋아?"

"조용한 게 좋아."

"그건……. 부~!"

켄자키는 퀴즈 방송에서 틀린 답이 나왔을 때 소리를 내더니 한 손을 휙 들어 올리면서 축구 심판이 옐로카드를 드는 흉내를 내며 외쳤다.

"경고!"

니라사와는 재미없다는 표정으로 힐끗 쳐다보더니 다시 앞으로 성큼성큼 걸어갔다.

그러고 있으니 켄자키에게는 떠오르는 풍경이 있었다. 초등학교 4학년의 봄, 니라사와와 처음으로 말하게 된 그때가 생각났다.

무슨 얘기를 하다가 그렇게 된 것인지는 기억이 안 나지만, 그때 켄자키는 사람이 죽으면 어디로 가는지에 대해서 친구와 토론을 하고 있었다. 결국 어디에도 가지 않고 단지 이 세상에서 없어지는 것뿐이라는 의견에 둘의 생각이 일치하게 되었다.

"그렇게 되는 건 싫지 않니? 그래도 어쩔 수 없겠지만……."

그리고 무심코 옆을 돌아보는데 뭔가 말하고 싶은 표정의 니라사와가 그들을 바라보고 있었다.

"넌 어떻게 생각해?"

갑작스러운 질문에 니라사와는 아무런 대답도 하지 않았다. 그러자 켄자키는 처음 만나 오늘에 이르기까지 계속 그래 왔던 것처럼 집요하게 물어서 그에게 입을 열게 했다.

"여러 가지가 있겠지 뭐."

마지못해 그렇게 대답하자 켄자키는 반문했다.

"여러 가지 있다고? 화장해서 유골이 남든가 땅에 묻혀서 흙이 되든가? 그런 거라면, 나는 그렇게 된 후에 대해 얘기를 하는 거야."

"그러니까, 그다음에도 여러 가지잖아."

"흠……. 천국에 간다든가 지옥에 간다든가?"

"그런 게 있는지는 모르겠지만, 아무튼 여러 가지일 거야."

갈 곳이 하나뿐일 리가 없다. 그는 그렇게 말하고 싶은 것 같았다. 켄자키가 말한 것처럼 그냥 없어지는 경우도 있겠지만 그렇지 않은 경우도 있다고.

그때는 말도 안 되는 소리라는 생각에 더 이상 '죽음에 관한 대화'에는 진전이 없었다. 하지만 그것으로 끝나 버렸다면 니라사와와 이렇게 친해질 일은 없었을 것이다.

며칠 후의 일이었다. 켄자키는 자전거를 타고 학원에 가는 중이었다. 때는 해가 지기 전, 연보라색 하늘에 주홍색 태양이 커다랗게 떠 있었다. 거리의 공기는 가라앉아 있었다.

그 속에서 그녀는 무엇인가를 봤다. 갓 태어난 강아지만 한 크기의 희끄무레한 물건. 그때의 기억이 지금의 켄자키에게는 잘 떠오르지는 않았다.

어쨌든 그것은 보도에 널브러진 채 움직이지 않았다. 가까이 다가갔더니, 옅은 핑크색을 띤 표면에 군데군데 하얀 그물 모양이 흩어져 있는 것이 보였다.

무슨 고기…… 같았다. 마트에서 파는 돼지 넓적다리 고기와

닮아 있었다. 켄자키는 아무래도 그것이 맞을 거라는 생각이 들었다. 하지만 그 크기가 정상이 아니었다. 게다가 그런 것이 길바닥 위에 놓여 있다는 것 자체가 불쾌감을 줬다.

오히려 그것이 피투성이였다면 그렇게 수상해 보이지 않았을 것이다. 차에 치인 고양이 사체를 발견한 것처럼 시선을 돌리고 지나가 버리면 그만이기 때문이다. 하지만 정체를 알 수 없으니 그렇게 무시하지도 못하고, 그렇다고 가서 손으로 집어 볼 수도 없었다. 켄자키는 할 수 없이 그냥 그 자리를 뜰 수밖에 없었다.

그러고 나서 초등학교 뒤편 숲을 향해 가고 있는 니라사와를 발견한 것이다. 그녀는 숲의 입구에 자전거를 세운 다음에 그를 불러 세웠다. 조금 전에 본 것에 관해 얘기하고 싶었기 때문이었다.

니라사와는 그 얘기를 침착하게 들어 주었다. 하지만 얘기하는 동안 켄자키의 흥분은 점점 가라앉았고 마지막에 가서는 약간 창피하다는 생각이 들었다. 니라사와가 자신을 바보 취급하고 있을 거라고 생각하면서 얘기를 끝냈는데, 뜻밖에도 그는 자기가 가서 한번 봐주겠다고 했다. 거짓말이라며 무조건 부정하는 것도 아니고, 히죽히죽 웃으면서 농담 말라고 하는 것도 아니고, 여기로 가져와 보라고 하면서 그녀를 의심하는 것도 아니었다. 마치 에어컨을 고치러 온 수리공 같은 말투였다.

그래서 그녀는 그와 함께 온 길을 되돌아가 보기로 했다. 같이 길을 걷는 동안 냉정함을 되찾아서인지, 혹시라도 같은 학교 아이들과 만나게 되면 어쩌나 하는 생각도 들었다.

잠시 후, 그것을 봤던 장소에 도착하였다. 정확히 말하자면 그것이 있었던 장소였다. 하지만 켄자키가 본 것은 이미 사라져서 그 자리에 없었다. 아스팔트 위에는 아무런 흔적도 남아 있지 않았다. 아주 깨끗한 상태였다.

그녀는 그 광경을 보고 싸늘한 공포를 느낄 여유도 없이, 뭔가 해명을 해야겠다는 생각에 조금 전에는 분명히 있었다고 우겼다. 니라사와는 그 말에 아무런 반응도 보이지 않은 채 그 자리에 웅크려 앉더니 아스팔트 위를 가만히 응시했다. 그때의 진지한 눈빛을 켄자키는 아직도 기억하고 있다.

잠시 후 자리에서 일어난 니라사와는 고개를 끄덕였다.

"어디로 가버린 것 같네."

그리고 이제 괜찮아, 하며 살짝 미소 짓더니 자리를 떴다. 켄자키는 그곳에서 한참 동안 멍하니 서 있었다. 입을 쭈뼛쭈뼛하더니 이제 괜찮아, 하고 니라사와를 흉내 내듯이 중얼거렸다.

괜찮다고? 괜찮겠지. 그래, 이젠 괜찮은 거로 하자.

그러고 나서 주욱, 켄자키는 니라사와를 좋아하게 되었다.

작년 봄에 고백하고 나서 지금까지 한 번도 제대로 된 대답을 듣지 못했지만, 면전에 대고 싫다고 한 것도 아니어서 여자 친구 행세를 계속하고 있었다. 그녀는 그런 상황에 어느 정도 만족은 하고 있었지만 불만이 없는 것도 아니었다.

컬러즈를 만든 것은 켄자키였다. 하지만 그것은 그와 가까이 지내기 위해서 전부터 니라사와가 하고 있던 괴이 찾기를 돕는다는 구실로 만든 것일 뿐, 켄자키는 애초부터 그런 이상한 이야기들을 믿지 않았다. 이상한 경험을 해도 그것은 자신의 착각이나 자신이 알지 못하는 어떤 원리가 있기 때문이라고 생각했다.

예전에 봤던 그 '고기'에 대해서도 그녀는 나름의 해석이 있었다. 역시 그건 돼지고기 같은 것이었어, 라고 결론을 내린 것이다. 사이즈가 큰 것은 작게 잘라내기 전이어서 그런 거고, 길가에 있던 것은 누군가 떨어뜨리고 갔기 때문이며, 다시 돌아왔을 때 없어진 것은 떨어뜨린 사람이 찾아갔거나 지나가던 누군가가 가져가 버렸기 때문이라고 생각했다.

세상에 이상한 일은 얼마든지 있다. 하지만 그 원리를 설명할 수 없을 정도로 불가사의한 건 없다. 확인할 방법이 없을 뿐, 설명은 얼마든지 할 수 있다. 긍정하는 것이 간단한 것일수록 부정하는 것도 간단하다. 다만 그렇게 생각하면 얘기가 좀 시시해져 버리는 것뿐이다. 그녀는 그렇게 생각하고 있었다.

하지만 니라사와는 달랐다. 어떤 괴이라도, 그 소문을 낸 사람의 말이 거짓이라는 사실이 드러난 경우에도 진지하게 조사했다. 그것이 켄자키는 불만이었고, 불안한 생각도 들었다. 그런 것을 계속하고 있다가 언젠가는 니라사와가 손에 닿지 않는 곳으로 가 버릴 것 같았다.

그래서 켄자키는 상식을 내세워서 괴이를 무조건 부정하게 되었다. 그러다 니라사와에게 미움 받게 되는 건 아닐까 두렵기도 했지만 그런 자신의 기분을 감추기 위해 무신경한 척하고 있었다.

켄자키는 숲을 걸을 때면 항상 그런 생각을 하곤 했다. 그것은 이제 열두 살이 된 자신에게조차 긴 세월을 느끼게 하는 이 숲의 자연스러운 정취 때문이기도 했다.

아무리 걸어도 파리는 전혀 보이지 않았다.

"파리가 안 보이는 거 같은데?"

"없다면 다행이겠지."

니라사와는 문득 멈춰 서서 고개를 들어 올렸다. 무엇인가 찾아낸 것 같은 분위기였다. 켄자키도 그의 시선을 따라 그쪽을 보았다. 무성한 나뭇가지들이 만든 그림자 속에 하얗게 빛을 내는 것이 있었다. 거미집이었다.

집주인인 거미는 그 거미줄의 한구석인 가지와 거의 맞닿는 위치에 가만히 있었다. 지은 지 얼마 안 되는 집은 아닌 듯했다. 형태가 무너져 곳곳에 풀린 거미줄을 보수한 흔적도 있었다. 그 때문인지 거미도 왠지 여윈 것 같은 느낌이었다. 자세히 살피니 그렇게 된 원인을 찾을 수 있었다. 엄청난 양의 파리가 거미줄에 걸려 있었다.

일단 그것을 알게 되니 곳곳에 있는 거미줄이 눈에 들어왔다. 모두 대량의 파리가 걸려 있었다. 이상하게 거미집이 너무 많다는 생각이 들었다. 곰곰이 생각하고 있던 니라사와는 고개를 끄덕였다. 먹을 것이 많이 있으니까 늘어나는 것이구나.

"역시 파리 떼가 있는 것 같아."

"엄청난 수확이네. 하하. 거미는 좋겠네. 식량이 이렇게 잔뜩 있으니."

"켄자키, 너 괜찮냐?"

의외라는 듯한 니라사와의 말투에 켄자키는 뒤돌아서 아무렇지도 않다는 듯 손가락으로 V자를 그렸다. 하지만 속은 그렇지 않았다. 파리도 징그럽지만, 거미줄에 걸려 있는 사체들은 기분 나쁜 것 이상의 훨씬 더 큰 불쾌감을 주었다.

니라사와가 눈을 가늘게 뜨면서 말했다.

"그러지 말고, 집에 가라."

"우왓! 뭐야, 그런 상냥한 말투는. 내가 꼭 안아 줬으면 하는 거야? 그런 거야?"

"……."

"뭐, 슈토가 나를 진심으로 사랑해 주고 있다는 건…… 에헤헤, 이미 충분히 알고 있지. 위험한 일에 말려들게 하고 싶지않은 기분도 말이야. 하지만……."

그녀는 밝은 표정으로 단언했다.

"이런 나, 컬러즈의 켄자키 아야는 그렇게 연약한 여자가 아니잖아! 이상한 일이 벌어진다면, 무슨 일이 있어도 전력을 다해

진실을 밝혀내야 한다 이 말이지."

"그런 건가?"

"그렇습니다. 그러니까 슈토, 신경 쓰지 말고 레츠 고! 조사하러 가자!"

"너 계속 나 열 받게 할래?"

"그럼, 열 받은 채로 가자! 자~ 이제 흩어져서 찾아볼까?"

니라사와는 못 미덥다는 표정으로 바라보았다.

"왜 안 가고 있어?"

"어디로?"

"어디로라니?"

"그러니까 뭐를 찾을 생각인데?"

켄자키는 순간 멍한 표정으로 아무런 대답도 할 수 없었다.

니라사와는 불만스러운 듯 머리를 쥐어뜯었다.

"야, 켄자키."

"아, 내가 앞질러 가 버렸네. 헤헤. 대장! 우선 어디부터 조사해야 하는 겁니까?"

"너 정말로……."

"뭐라고 해도 난 쫓아갈 거야."

켄자키가 그를 노려보았다. 머릿속은 뒤죽박죽이었지만 물러나서는 안 된다는 생각이 들었다. 절대로 포기 안 해, 하고 마음속으로 다짐했다.

니라사와는 한숨을 쉬었다. 그건 그동안 수없이 반복했던 '허락'의 사인이기도 했다. 걷고 있는 그의 뒤를 쫓으면서 그녀가 물었다.

"도대체 어디를 조사해야 해?"

"파리가 엄청 나오는 이유는 왜일 거라고 생각해?"

"어? 그러니까…… 계절 탓 아닐까?"

그녀는 문득 얼굴을 찡그렸다. 여러 가지 보고 싶지 않은 것들이 머릿속에 떠올랐다. 공원에서 봤던 개의 대변에 모여 있는 파리들, 여름방학 때 공중 화장실에서 본 인분에서 꿈틀거리던 구더기들.

"혹시 화장실과 관련된 건가?"

"아마 하수도일 거야. 맨홀 뚜껑이 열린 채로 방치되어 있을 수도 있고, 공사 현장에 있는 임시 화장실의 탱크가 넘쳤을 수도 있고."

"하지만 파리가 많이 나온 건 이 숲이잖아. 이곳에는 공사 현장 같은 것도 없고, 맨홀도 없지? 난 그런 거 본 적 없는데."

"우리가 모르고 있을 뿐일지도 모르잖아. 그렇지 않다면 어딘가에 대량의 음식물 쓰레기가 버려져 있을지도 모르고."

"그런가? 누군지 나쁜 사람이네. 음식물 쓰레기는 묻어 버리면 파리가 안 생길 텐데 말이야."

켄자키가 아무 생각 없이 한 말에 니라사와는 걸음을 멈췄다.

"묻어 버린다……라."

"묻으면 흙이 되잖아. 우리 엄마가 집에서 채소밭을 가꾸고 있는데, 마당 구석에 플라스틱 양동이를 뒤집어 놓은 것같이 생긴 것을 놓고, 거기에 음식물 쓰레기를 버리고 있어. 그 안에는 지렁이가 우글우글해서 아주 징그러워. 그래도 그렇게 두면 좋은 흙이 만들어진다고 하더라고. 그런데 그렇게 기분 나쁜 것을 가끔 들여다보고 싶어지는 건 왜일까?"

켄자키는 "그것참 이상해."하면서 중얼거렸다. 니라사와는 그 말은 들은 척도 하지 않은 채 지면을 바라보며 혼잣말했다.

"묻어 버리면 파리가 생기지 않는다는 말은 즉, 묻히지 않았다? 묻을 수 없는 크기라는 건가? 아니야."

그는 뭔가 깨달은 표정으로 시선을 들었다. 뭔데 하고 켄자키가 묻자, 그런 거였구나 하면서 고개를 끄덕였다.

"뭐가 그런 거라는 거야?"

"땅을 팔 수 없는 장소야."

"콘크리트나 아스팔트 같은?"

"아니 그게 아니라, 아무도 들어가려고 하지 않는 곳, 아무도 들어갈 수 없는 곳에 그것이 있을 거야."

"아무도 들어갈 수 없는 곳? 그런 장소?"

그런 곳이 어디 있어? 하고 말하려던 켄자키도 문득 깨달았다. 둘은 서로 마주 보고 고개를 끄덕였다. 그리고 아무 말 없이 수풀 속을 걷기 시작했다.

잠시 후 지하호의 입구가 보였다. 켄자키는 격자문의 틈새로 안쪽을 들여다보았다. 하지만 아무것도 보이지도, 들리지도 않았다. 냄새조차 나지 않았다.

"이 안에 뭔가 있다는 얘기야?"

켄자키가 돌아보자 니라사와는 란도셀 가방에서 손전등을 꺼냈다. 여전히 진지한 그의 표정을 확인한 켄자키는 한숨을 내쉬고는 다시 문 쪽으로 시선을 돌렸다.

바로 그때, 날갯짓 소리와 함께 파리가 정면에서 나타나 켄자키의 얼굴 옆을 스쳐 지나갔다. 어두운 안쪽에서 나타난 것이다.

"슈토~!"

"어?"

"방금 파리가 안에서 밖으로, 부웅하고……."

"좀 비켜 봐."

켄자키가 자신이 서 있던 자리에서 비켜서자 니라사와가 손전등으로 격자문 안쪽을 비추었다. 문 안쪽에 있는 내리막 계단의 끝부분까지는 어느 정도 파악되었지만 별다른 것은 보이지 않았다.

켄자키는 점점 무섭다는 생각이 들었다. 피부에 소름이 돋고 심장이 조여 오는 느낌이었다. 그리고 숨까지 막혀 왔다. 그건 혼자 있을 때 좋아하는 니라사와를 생각하면서 느끼는 두근거림과 비슷하긴 하지만, 그보다는 어둡고 기분 나쁜 공포 영화를 보고 있는 느낌에 더 가까웠다.

니라사와는 격자문을 잡고 체중을 실어서 앞뒤로 흔들어 보았다. 그러나 문은 꿈쩍도 하지 않았다.

"열쇠가 없으면 안 되겠네. 제기랄!"

그는 투덜거리며 자물쇠 부분을 발로 찼다. 둔탁한 소리와 함께 그 자리에 신발 자국이 났다. 어깨를 들썩거리면서 몇 번이고 걷어찼다. 니라사와는 초조했다.

이는 켄자키에게 전혀 새로운 광경이 아니었다. 같이 시간을 보내면서 비슷한 장면을 몇 번이고 봤다. 하지만 어째서 그가 그렇게까지 괴이에 빠져 있는지는 알 수 없었다.

엄마한테 들은 대로 남자는 그런 존재야, 라는 설명으로 그냥 이해하고 넘어가려고 한 적도 있었다. 한편으로는 이해할 수 있는 부분이기도 했다. 좋아하는 일에 너무 진지해져서 주위가 안 보이게 되는 것은 흔히 있는 일이니까. 하지만 꼭 그런 것만은 아니라는 생각이 들기도 했다.

슈토는 달라. 이럴 때의 슈토는 특히 이상해. 마치 답을 찾지 못하면 죽기라도 할 듯한 집착을 보여.

"슈토."

"어?"

"전부터 물어보고 싶었던 건데, 어째서 그렇게까지 열심히 조사하는 거야?"

“야! 지금 그런 얘기 할 때냐!”

“어차피 그 문은 열 수도 없잖아. 그러니까 얘기해 줘.”

“말해도 이해 못 할 거야.”

“그걸 얘기도 안 해 보고 어떻게 알아!”

켄자키는 그렇게 고함을 지르고 그를 물끄러미 노려봤다. 니라사와는 격자문을 잡은 채로 시선을 피했다.

“괴이 속 존재가 모두 같은 거라고 생각해?”

“전부 같은 거……. 그게 무슨 소리야?”

“같은 눈으로 모두 볼 수 있다고 생각하냔 말이야.”

“같은 눈이라…….”

“모르겠어? 지박령이나, 요괴나, 도깨비불이나, 빨간 망토나, 인면견이나, 입 찢어진 여자 같은 것이 보이는 사람이 그 모든 것을 다 볼 수 있다고 생각해?”

“아, 그러니까…… 그 뭐냐, 도깨비불은 믿지 않지만 인면견은 믿는다든가 하는…… 그런 차이 같은 거? 그건 자신이 본 것만 믿기 때문에 그런 거 아니야?”

“그런 말이 아니라…….”

니라사와는 거칠게 고개를 저었다.

“넌 그런 것들은 아예 존재하지 않는다고 생각하지?”

“글쎄…….”

“그런 것이 존재한다고 한번 생각해 봐.”

"생각하라고? 응, 생각이라면 해 볼게."

"그런 것들이 우글우글 이곳저곳에 있다고 말이야."

알았다고 대답한 그녀는 상상해 보려고 했다. 무언가 우글우글 있다고. 시부야의 스크램블 교차로 위를 헬기에서 공중 촬영하는 것 같은 그림을 상상했다.

"그런 것이 너에게 보이게 되는 거야."

"보인다……라니……. 어? 보인다고?"

"어떻게 보인다고 생각해?"

"어떻게? 그러니까…… 이렇게 신호가 파란색이 되었을 때 교차점에 사람들이 한꺼번에 좌악 모이는 것처럼 보이는 거야?"

"그건 그냥 보통의 인간이잖아!"

"그러니까…… 슈토가 우글우글 있다고 해서…… 그럼 뭐야. 요코하마 아리나(요코하마에 있는 실내 경기장으로 인기 가수들의 콘서트 장으로도 유명) 2일째 공연 같은 것을 상상하면 되는 거야?"

"어째서 그런 특정한 것만 생각하는 거야. 그런 게 아니고 여기저기에 말이야. 그냥 길가도 좋고 학교도 좋고…… 바로 이곳이라도 상관없어."

"이 숲속?"

스윽하고 바람이 목덜미를 쓰다듬는 느낌에 그녀는 휙 뒤를 돌아보았다. 자신과 니라사와 이외에 다른 인기척은 느껴지지 않았다. 그래도 켄자키는 이곳에 무엇인가 있다는 느낌이 들었다. 니라사와의 말도 그런 것을 의미하는 것 같았다.

"이곳에 이런저런 괴이한 것들이 있다고 하자. 벌레처럼 지면이나 나무껍질 속에 있거나, 파리처럼 공중에서 날아다니거나, 저쪽에 그냥 멍하니 서 있다거나……."

"응."

"그런 것이 전부 보인다고 생각해?"

"그게 무슨 말인지 모르겠어. 그러니까, 지면에 입이 잔뜩 있어서 그 입들이 말을 하는 귀신은 보이지만, 저쪽에서 빙글빙글 날아다니는 귀신은 보이지 않는다든가 하는 것을 말하는 거야?"

"그래, 맞아."

니라사와의 말에 켄자키는 갑자기 멈칫했다.

"맞다고?"

"내가 묻고 싶은 것은…… 그러니까, 알고 싶은 것은 바로 그거야."

니라사와는 머리를 숙이고 조용히 말을 이었다.

"괴이한 존재가 보통 사람들에게 보이지 않는 것은 그 괴이한 존재가 '특별한 이치'로 만들어졌기 때문이잖아. 그렇다면 그 '특별한 이치'에 있어서도 특별한, 또 다른 이치가 있을 수 있다는 거지."

'특별한 이치'에게도 '특별한 이치'.

그의 복잡한 설명을 듣고 곰곰이 그 뜻을 생각하면서 켄자키는 자신 없는 말투로 물었다.

"그 말은, 하나의 '특별한 이치'와는 또 다른 것을 말하는 거지?"

"그래. 그것으로 만들어진 다른 괴이한 존재는 그와 다른 '특별한 이치'로 만들어진 존재를 볼 수 있는 사람에게는 보이지 않는다는 얘기야. 무슨 말인지 알겠어?"

"그건 뭐, 알 것 같기도 하지만……."

켄자키는 어차피 그런 건 세상에 존재하지 않는 거잖아, 라고 말하고 싶었지만 그만두었다. 니라사와가 또 진지하게 무언가를 더 말하려고 했기 때문이었다.

"나는 그런 것을 찾고 싶어."

"어째서?"

"만약 '특별한 이치'가 하나뿐이라면, 그것만 알게 된다면 괴이한 존재들은 전부 볼 수 있게 되는 거잖아. 그런데 그런 것이 아니야. '특별한 이치'를 하나 알게 된 정도로는 충분하지 않다는 것을 확인하고 싶어. 어차피 넌 이런 얘기를 알아듣지 못하겠지만……."

"응. 뭔 소리인지 모르겠어."

"거 봐."

켄자키는 고개를 끄덕이면서 말했다.

"그래도, 알 수 있어."

"뭐가?"

"슈토가 진지하다는 거. '특별한 이치' 같은 것은 없다고 믿는 나지만 팍하고 느낌이 왔다고. 그래서 선물을 줄게. 자."

내민 열쇠를 받은 니라사와는 멍한 표정으로 움직일 수 없었다. 켄자키는 그런 모습을 본 것만으로도 보람을 느꼈다.

열쇠 고리에는 牢라는 글자가 매직으로 쓰여 있었다.

"이거 여기 열쇠야?"

"그래. 켄자키 아야의 능력이 이 정도라고."

"어디서 난 거야?"

"다케미네 할아버지한테 빌린 거야."

"뭐? 할아버지는 이미……."

죽었다고 말하려는데 켄자키가 말을 끊었다.

"할아버지가 죽기 전날인가, 아니면 그 전날이었나. 여기에 어떤 언니가 왔었어. 나중에 할아버지한테 물어봤더니 그 언니는 대학생인데 무슨 연구 때문에 왔다고 했다는 거야."

"대학생? 언니?"

"그 언니가 이곳에 들어갔다가 나오는 것을 봤어. 나는 얼른 몸을 숨겼다가 그 언니를 쫓아가 봤는데 이 열쇠를 할아버지한테 돌려주더라고. 그래서 그 언니가 간 후에 할아버지한테 말했지. 우리한테는 보여 주지 않으면서 다른 사람한테는 막 보여 줘도 되는 거냐고 따졌지."

"그래서 빌려준 거야?"

"설마. 다케미네 할아버지가 그 정도로 정신이 오락가락했던 분은 아니었잖아. 그래도 안 된다고 해서 그냥 토라진 척만 했었지. 그 이상 조르면 안 될 것 같아서……."

니라사와는 쓴웃음을 지으며 고개를 끄덕였다.

"너 이거 훔쳤구나. 뭐가 빌려줬다는 거야. 웃기고 있네."

"흥! 너무해. 자기를 위해서 범죄를 저지른 사람한테 뭐야, 그 말투는."

"지금 말장난할 때야!"

켄자키는 멋쩍은 표정으로 머리를 긁적거렸다. 불안이 사라지자 니라사와는 표정이 약간 누그러지면서 다시 진지한 상태로 돌아왔다.

"연구를 위해서 왔던 학생이라고 했지?"

"응. 체중 100kg의 미남이라고 하진 않았지."

"그건…… 누구였더라. 할아버지가 죽고 나서 얼마 후에 여기에 왔던……."

"토오루 오빠? 전기인간을 조사하던 사람이잖아."

"그 말, 입에 담지 말라니까."

"피~ 아무튼, 그랬잖아."

"그 토오루 형이 물어봤었지? 이곳에 여자가 오지 않았냐고."

"그랬지."

"그런데 넌 모른다고 했잖아, 봤다면서."

"그렇게 말했지."

몇 초 동안 서로 노려보더니, 켄자키가 먼저 입을 열었다.

"그건 그럴 수밖에……. 솔직히 말해서 그 오빠 이상했잖아. 화나면 어디서 어린 녀석들이, 하면서 때리기라도 할 것 같은 눈빛이었어. 그런 사람은 상대하면 안 돼."

"나보다는 켄자키가 상대해 줬잖아."

"나는 적당히 맞춰 준 것뿐이야."

맹수라도 보고 있는 것 같은 눈으로 무서운 사람 같았다고 니라사와가 말하자 그렇지 그렇지 하고 켄자키가 맞장구를 쳤다.

"진짜로 무서운 것은 살아 있는 사람이라는 말이 있잖아. 손을 뻗으면 만져지는, 그런 것이 가장 무섭다고 하잖아."

켄자키가 무슨 교훈 같은 말을 했지만, 니라사와는 들은 척도 하지 않았다. 침착한 표정으로 열쇠를 보더니 격자문을 향해 돌아서서 열쇠 구멍에 그것을 꽂았다. 자물쇠가 풀리는 소리가 묵직하게 들렸다.

문을 열자 어둠이 모습을 드러냈다. 그곳은 이제 손을 뻗으면 만질 수 있고 발을 내디디면 닿을 수 있는 장소가 되었다. 켄자키는 또다시 공포감이 느껴지기 시작했다. 조금 전에 입에 담은 말을 취소하고 싶어지면서 아무래도 안 되겠다는 생각이 들었다.

내가 정신을 차리지 않으면 안 돼. 슈토는 이런 장소를 무서워하지 않아. 아무렇지도 않게 들어갈 거야. 아무렇지도 않은 정도가 아니고 바로 익숙해져 버리겠지. 그러다가 무슨 일이 벌어질지 몰라. 내가 여기서 잡아 주지 않으면…….

"정말로 들어가는 거지?"

"이제 와서 무슨 소리야? 너 혹시 이 열쇠로 들어가 본 거 아니야?"

"아니."

당연히 그랬을 리가 없지. 들어간 적도 없고 그곳에 무엇이 있는지는 관심도 없어. 열쇠를 내놓긴 했지만 무서워, 그 안에 흐르는 어둠이, 역사가, 녹슬고 차가운 격자문이.

켄자키는 억지로 미소를 지어 보였다.

"들어간다면 슈토와 같이 가야지, 하고 생각하고 있었어."

"그게 무슨 소리야, 징그럽게."

"나도 그렇게 생각해."

기분 나쁜 예감이 온몸을 감싸는 것을 느끼며, 켄자키는 떨리는 것을 필사적으로 참고 있었다.

니라사와는 손전등을 켜고 돌아보았다.

"안에는 나 혼자 갔다 올게……라고 할 줄 알았지? 슈토가 아는 켄자키 아야는 그냥 물러날 사람이었나?"

"아…… 아니야."

"그럼 같이 들어가 보자."

어둠 속으로 계단을 밟고 내려간 두 사람은 서서히 앞으로 나갔다.

켄자키는 소년 탐정단 소설의 삽화 같은 지하 미궁을 상상했지만, 바닥과 벽의 콘크리트나 벽돌도 긴 세월을 보내면서 점점 색이 바래고 낡아져서 중간에 보이는 문들의 적갈색만이 그 위에 떠 있는 삭막한 광경이었다. 어쩌다 보이는 양쪽의 방들은 다른 어디에도 연결되어 있지 않았다. 그래서 길을 잃을 걱정도 없이 앞으로 나아가던 중, 니라사와가 문득 말했다.

"다케미네 할아버지가 왜 죽었는지 알아?"

"뭐야, 갑자기."

"뭔가 얘기하면 기분이 좀 나아지지 않을까 해서."

"웬일이야. 슈토도 무서운가 봐."

"무서워."

뜻밖에도 솔직히 인정하는 니라사와의 태도에 놀란 켄자키가 얼굴을 들었지만 그는 돌아보려고 하지 않았다.

"병사하셨다고만 들었어."

"목욕탕에서 물에 몸을 담근 채였다고 하던데."

"아, 그래? 할머니가 발견하신 거래?"

"그게 말이야, 엄마가 그 집 장례식에 도와주러 갔다가 들었대."

"같은 동네였어?"

"말 안 했었나?"

"안 했어."

"그런가?"

"우와, 그것참 안됐네. 그렇다면 할아버지가 돌아가시게 된…… 사인이라고 하나? 그건 뭐가 되는 거야?"

"심장마비가 아닐까. 겨울에 목욕탕에서 죽는 경우는 흔히 있는 일이니까……."

문득, 니라사와의 말이 끊겼다. 거의 동시에 그의 발도 멈추었다. 켄자키는 그의 어깨 너머로 앞을 바라보았다. 손전등의 빛이 지면에 어떤 것을 비추고 있었다.

처음에는 그것이 무엇인지 그녀는 알아채지 못했다. 빛을 비춘 순간, 날갯짓 소리와 함께 두 사람 쪽으로 달려든 것이 있었기 때문이었다. 엄청난 수의 파리 떼였다.

그것을 알아차렸을 때, 빛이 갑자기 꺼졌다. 순간, 켄자키는 공포에 휩싸였다. 니라사와가 즉시 팔을 뻗어서 그녀를 껴안지 않았다면 놀라서 비명을 질렀을지도 몰랐다.

"이제 괜찮아."

니라사와가 그렇게 속삭이자 켄자키는 금방 안정이 되었다.

처음에는 두 사람을 공격하는 귀신의 포효처럼 느꼈지만 이제는 그냥 파리 소리에 지나지 않았다. 니라사와가 전등불을 끈 것은 파리가 달려드는 것을 막기 위해서였다는 것까지 깨닫게 되자, 다음으로 냄새가 코를 찔렀다.

비릿하고 달콤한, 토할 것 같은 기분 나쁜 냄새.

무언가가 부패한 냄새였다.

그녀는 손전등이 꺼지기 직전에 봤던 무언가를 떠올렸다.

그것은 옷을 입고 있었다.

사람의 모양을 하고 있었다.

그리고 그것은…… 움직이지 않았다.

니라사와가 경직된 목소리로 천천히 속삭였다.

"이제, 손전등 켤 거야. 보고 싶지 않으면 얼굴을 돌리고 있어."

"보…… 볼 거야."

확하고 불이 켜졌다.

어디론가 가 버렸는지, 조금 전보다 파리의 양은 줄어 있었다. 하지만 아직도 주위를 돌아다니는 수많은 파리가 뺨이나 이마에 마구 부딪쳤다. 눈을 뜨고 있는 것조차 힘든 상황이었지만 어떻게든 켄자키는 전방을 응시했다.

막다른 곳에 있는 문이 열려 있었다. 그리고 앞길을 막고 있는 것처럼 지면에 가로 놓여 있는 물건이 보였다.

그것의 상태도 조금씩 알 수 있었다.

옷에서 나와 있는 부분은 검게 변색되어 있었다.

하얗게 녹아 있는 곳도 있었다.

그곳에 우글우글 모여 있는 것은 구더기였다.

그리고 주위에 흩어져 있는 붉은 쌀 같은 것은 번데기였다.

그것들이 덮고 있는 것은 시체.

옷을 입는 동물은 인간밖에 없다.

켄자키는 기절했다.

15

"전기인간에 관해서 이것저것 물었어요, 그 학생."

"전기인간……. 그게 도대체 뭔가요?"

"글쎄요, 저도 잘 모르겠습니다만……."

"모르신다고요? 하지만 그, 히즈미 토오루가 교수님께 그것에 관해 물어봤다고 하셨잖아요."

"제가 대답할 수 있었던 건 괴이의 일반적인 것에 대한 것뿐이었습니다. 흥미로운 도시 전설이긴 하지만, 제게는 자세히 알려줄 수 있는 자료가 없어서……."

아무래도 안 되겠네.

형사 체면에 어설픈 모습을 보인 것을 그는 후회했다. 아무래도 수사가 쉽지 않을 것 같은 예감이 들었다.

시립 나사카초등학교, 그 뒤편 숲에 있는 지하호에서 시체가 발견된 것은 이틀 전의 일이었다. 발견한 사람은 초등학교 6학년생인 남자아이와 여자아이로, 남자아이의 말에 의하면 항상 닫혀 있던 지하호의 문이 그날따라 이상하게 열려 있는 것을 알게 되어, 호기심에 안으로 들어갔다가 시체를 보게 되었다고 했다. 여자아이는 발견 당시 충격을 받고 기절했으며, 아직 증언을 할 수 있는 상태가 아니라고 한다.

시체는 벌레들에게 먹히고 부패하여 신원 파악이 거의 불가능한 상태였지만, 소지하고 있던 학생증에 의해 현 내의 사립 학교에 다니는 고등학생이라는 사실을 알게 되었다. 그리고 학생증에 쓰여 있는 히즈미 토오루라는 이름을 조회한 결과, 올해 초에 가족들의 실종 신고가 접수되었다는 것을 알게 되었다.

시체를 다른 곳에서 옮겨 온 흔적은 없었다. 현장에서도 몸싸움한 흔적이 없어서 일단은 자살에 가능성을 두었다. 시체는 즉시 부검에 들어갔는데, 식해(食害 : 벌레가 식물이나 동물의 시체 등을 갉아먹는 것)가 진행 중이었던 머리와 손을 포함한 전신에서 사인이 될 만한 외상은 확인되지 않았다. 또한, 독극물 검사에서도 양성 반응이 없었으며, 사인은 심부전으로 잠정 결정되었다. 그러니까, 넓은 의미로는 병사한 것이다.

사후 넉 달이 경과되었다는 것이 국립 대학 법의학과의 소견이었는데, 실종 신고가 접수된 시기와도 부합되는 것이었다.

그렇다면 일반적으로 수사가 중단되는 것이 통례였다. 하지만 아직 종결할 수 없었다. 시체가 발견된 지하호를 관리하던 다케미네 에이사쿠라는 노인이 올해 초에 사망했는데, 그 날짜가 토오루의 실종 시기와 가깝다는 사실, 그리고 그 노인이 사망하기 이틀 전날 히즈미 토오루의 지인인 아카토리 미하루라는 대학생이 현장에서 가까운 비즈니스호텔에서 사망한 사실 등이 경찰의 데이터베이스를 통해 밝혀졌기 때문이었다.

세 명 모두 사인은 병사로 정리되었다는 것, 토오루의 옷 속에서 사용된 흔적이 없는 식칼이 나왔다는 것, 그리고 얼마 전 지방 신문에서 현 내의 사망 사건과 관련해 시체의 부검률이 낮은 것에 대해 특집 기사를 실었다는 것. 이런 내용을 정치적으로 고려한 결과, 일련의 사건들에 대한 의구심을 해소하기 위해 관할 지역의 형사인 그가 서장 명령에 의해 히즈미 토오루의 행적을 좇는 일을 맡게 된 것이었다.

그가 발탁된 이유는 또 있었다. 데이터베이스의 기록에 의해, 아카토리 미하루의 검시에 배석했던 형사가 그였음이 알려져 적임자로 선택된 것이다. 매일같이 이어진 격무 때문에 한동안 잊고 있었지만, 수사 담당으로 선택되고 나니 그도 떠오르는 것들이 있었다. 예를 들자면, 호텔 방 세면장에 쓰러져 있던 사체의 상태와 그녀의 컴퓨터에 있던 전기인간에 대한 글의 내용 등이 그것이었다.

그리고 오늘 아침, 히즈미 토오루로 보이는 소년이 연초에 아카토리 미하루가 다니던 대학에 나타났었다는 정보가 미하루의 담당 교수로부터 입수되어 그 대학을 방문하게 된 것이다.

소년은 미하루의 동생 행세를 하며, 전기인간에 관한 질문을 했다고 한다. 히즈미 토오루의 사진을 보여 주자 교수는 그가 맞다며 고개를 끄덕였다.

"전기인간에 대해 알고 싶어 하는 것 같았습니다. 미하루의 조사를 자신이 계속하고 싶다는 말했던 것으로 기억하고 있습니다."

"제가 잘 몰라서 말씀드리는 것입니다만, 귀신 등도 연구의 대상이 되는 건가요?"

한정된 집단 내에서 공유되고 있는 지식이라면 가능하다고 교수가 답했다.

"자연 과학으로 설명할 수 없는 것이나 시간이 지나 확인할 수 없는 것이라고 하더라도, 기록이 남아 있으면 그 대상이 될 수 있습니다. 조금 전에 전기인간이 무엇인지 모르겠다고 말씀드렸지만, 그것이 어떻게 얘기되고 있는 것인지에 대해서라면 설명할 수 있습니다. 토오루라고 했던가요? 그 학생이 메일로 보내준 내용이 있습니다."

교수는 컴퓨터 마우스를 움직여서 모니터상에 문서 파일을 열어 보였다.

'전기인간 가설'이라는 제목의 그 글은 그도 본 기억이 있었다. 잠시 기억을 더듬자 아카토리 미하루의 컴퓨터에 있던 글과 같은 것이라는 걸 알 수 있었다.

"이것을 작성한 사람은 미하루였습니다. 논문으로는 원안 이전 단계의 것이지만, 내용을 봐서는 괜찮은 소재라고 생각했습니다. 이 글에 의하면, 나사카초등학교에서 떠도는 이야기에 나오는 전기인간의 특징은 크게 다섯 가지가 있는 것 같습니다. 그 존재를 입에 담으면 나타난다, 사람의 생각을 읽을 수 있다, 도체를 통과한다, 전기로 사람을 죽인다, 그리고 그 기원은 옛날 군대에서 찾을 수 있을 것이다…… 등입니다."

말하다가 무언가 생각났는지, 교수가 천장을 올려다보았다.

"그러고 보니, 토오루라는 그 학생이 폐쇄된 지하호에서 죽어 있었다고 말씀하셨죠?"

"네. 그것이 무슨 관계가?"

"제 기억이 맞다면, 미하루도 문이 잠겨 있는 호텔 방에서 사망했고, 둘 다 사인은 병사라고 들었습니다."

"네, 맞습니다."

"전기인간이라면 그러한 범행들이 어렵지 않은 일일 텐데요."

교수의 말이 농담인지 진담인지 알 수 없었다. 그는 그런 말도 안 되는 얘기를 들어 주고 싶은 생각이 없었기 때문에 말을 돌렸다.

"메일로 받았다고 하셨죠? 그게 언제인가요?"

"기록에 의하면 올해 1월 10일입니다."

그는 수첩을 넘겨서 날짜를 확인해 보았다. 히즈미 토오루가 가족과 마지막으로 연락을 취한 것은 그날 저녁이었다. 또한, 토오루의 지갑에서 나온 영수증을 통해 그날 밤 도오루가 아카토리 미하루가 사망한 호텔에 머물렀던 것을 알 수 있었다. 자세한 것은 현재 그의 동료가 확인하는 중이었다.

"그와 만났을 때, 별다른 특징은 없었나요?"

"아, 네. 전기인간에 관한 질문을 했지만, 그렇다고 그 존재를 믿는 것 같지는 않았습니다. 아니, 오히려 제가 그것을 부정해 줬으면 하는 눈치였어요. 아, 좀 전의 형사님 같은 느낌이었습니다."

"저요?"

"그러고 보니 그는 미하루가 하던 연구를 계속하는 것보다, 그녀의 죽음에 대한 진실에 관심이 있었는지도 모르겠네요. 그렇다면, 경찰에서 밝혀진 사인을 받아들이지 않았다는 얘긴데……. 경찰이 판단을 의심하는 이유가 있었을까요?"

교수는 의문을 던지긴 했지만 그 답까지 들을 수 있으리라 생각하진 않았다.

형사는 인사를 한 후 교수의 방에서 나왔다. 그가 건물을 나오자 한 여학생이 말을 걸어 왔다. 기가 세 보이는 눈빛의 그 여학생은 미하루의 친구라고 하면서 사과부터 했다.

"죄송하지만, 형사님과 교수님이 하시는 얘기를 좀 훔쳐 들었습니다. 그래서 그…… 아무래도 마음에 걸리는 것이 있어서……. 미하루의 동생이라는 그 남학생을 교수님에게 안내한 사람이 저거든요. 하지만 미하루에게 동생 같은 건 없었던 거죠? 미하루에게 남동생이 있다는 얘기는 들은 적이 없었는데……. 그래서 제가 좀 수상하다고 교수님에게 말씀드렸어요."

"그랬군요."

형사는 고개를 끄덕였다. 그래서 교수가 경찰에 연락했던 것이다. 토오루의 사진을 보이자 그 여학생은 고개를 끄덕이며 그가 맞다고 했다.

"이 남자애, 자신이 미하루의 남친이라고 생각하고 있었던 거죠?"

"그렇게 생각하는 이유가 있나요?"

"전에 미하루에게서 연하의 놀이 상대가 있다고 들었어요. 미하루가 말하는 놀이는 애인 놀이예요."

"애인 놀이라……."

"네. 뭐든지 미하루에게는 놀이였어요. 그러니까 만약 미하루가 살해당한 것이라면, 그런 성격 때문일지도 모른다고 생각해요."

"놀이 상대에게 원한을 사서……라고요?"

"네. 미하루의 동생이라고 한 그 애에게도 그런 얘기를 해 주고 싶었지만 차마 못 했어요. 만약 했더라면 죽지 않았을지도 모른다는 생각이 들긴 하지만……. 그 애는 뭔가 다급하게 찾는 듯한 눈빛을 하고 있었어요. 자살이라도 할 것 같은 느낌도 들었고……."

그렇게 말하고 그 여학생은 빠른 걸음으로 그 자리를 떠났다.

형사는 타살의 가능성은 고려하고 있지 않았다. 병사가 아니면 사고, 그것도 아니면 자살. 다른 가능성은 현재 상황뿐만 아니라 경찰의 체면을 봐서도 달갑지 않은 것이기 때문이었다.

아카토리 미하루는 병사했다. 하지만 그 연하의 연인, 아니 혼자만 그렇게 생각했었을지도 모를 히즈미 토오루의 죽음은 이해가 되지 않았다. 그는 죽기 전에 그녀의 동생을 사칭하면서 미하루의 행적을 좇고 있었다. 사고나 타살 가능성까지 생각하고 있었던 것일지도 모른다. 10대의 남학생이라면 어떤 이야기라도 금방 빠져 버릴 수 있으니까.

하지만 그는 자신의 망상에 부합하는 답을 찾지 못했을 것이다. 마지막 희망을 안고 지하호로 들어갔지만, 오랫동안 봉쇄되어 있던 그곳에서 특별히 의미 있는 것을 찾았을 리 없다. 망상에 의존하려고 했지만 별로 도움이 되는 것이 없었을 것이다. 세상의 모든 것을 부정하는 것보다, 인생의 막을 내리는 편이 훨씬 간단했을지도 모른다. 그런 게 아니었을까?

그런 생각을 하며 대학교 교정을 나오는데 그의 핸드폰이 울렸다. 호텔을 수사 중이던 동료에게서 온 전화였다.

"그쪽은 어때?"

[별다른 수확은 없습니다. 호텔 프런트 담당자에 따르면 고인을 추모하기 위해 같은 방을 쓰고 싶다고 했을 뿐, 다른 수상한 행동은 발견하지 못했다고 합니다. 그리고 마침 그 방이 비어 있어서 제가 안에 들어가 볼 수 있었는데요. 특별히 미심쩍은 것도 발견하지 못했습니다.]

"이쪽도 비슷한 느낌이야. 별다른 단서를 찾지 못했어."

동료는 지친 듯 한숨을 쉬더니 이런 일을 하는 것이 이해가 안 된다는 투로 말했다.

[진보 쪽의 시장으로 바뀌었다고, 서장님께서 너무 신경 쓰는 거 같아요. 이 정도면 할 만큼은 한 거 아닐까요?]

"그렇지."

마음에 걸리는 부분은 있었지만, 구체적인 상황을 파악할 만한 단서는 찾을 수 없었다. 사체들 사이에서도 그것들을 연결시킬 동기가 보이지 않았다. 그는 한숨을 내쉬었다.

할 수 없지. 수사해야 할 다른 사건들도 있는데.

"이만하면 됐어. 서로 돌아가자."

[네.]

16

"전기인간을 잡아라!"

털북숭이 얼굴의 편집장은 그렇게 외치면서 주먹을 불끈 들어 올렸다. 그에 반응이라도 하듯 천장의 형광등이 깜박깜박하면서 편집부 안의 칙칙함을 강조했다.

마주 앉아 있던 사쿠마 토모야스는 맞장구를 치긴 했지만, 속으로는 '또 이상한 소리 하고 있네.' 라고 생각했다.

햇빛에 그을린 피부, 바짝 깎은 머리, 180cm가 넘는 키에 날렵해 보이는 외모만 보면 상당한 행동파일 것 같다. 하지만 그의 실상을 보자면, 하루 대부분의 시간을 형광등 아래서 지내는 '실내파' 작가였다. 아직 20대지만 전문학교 재학 중 데뷔했기 때문에 작가로서의 커리어는 벌써 10년이 다 되어 간다.

그런 사쿠마가 커리어와 같은 기간 동안 기고해 왔던 비디오 게임지 『Press Start』, 통칭 『프레스타』는 지하라 창문도 없는 사무실의 편집부에서 만들어지고 있었다. 오늘 그가 이곳을 방문한 목적은 다음 호를 위한 미팅 때문이었지만, 기획 회의는 영업과 취재 계획까지 뒤범벅되어 거의 잡담시간에 가까웠다. 이런 분위기는 데뷔 때부터 변하지 않는 습관 같은 것이었다.

정가는 세금 포함해서 900엔, 발행 부수 2만 부, 편집장에 다른 한 명의 편집자와 다수의 작가진에 의해 제작되는 A5 크기의 작은 격월간지의 편집 책임자는 무슨 소리를 하는 것인지 모르겠다는 표정의 사쿠마에게 손을 파닥거리며 말을 이었다.

"그런 얼굴 하지 말고 내 말 좀 들어 봐요, 사쿠마 씨."

"네, 물론 듣고 있습니다. 그런데…… 전기인간이 뭔가요?"

"우리, 『프레스타』 편집부는 최대의 위기 상황에 처해 있어요. 인터넷의 보급에 따른 잡지 매체의 '정체성 위기'입니다. 이대로 두면 얼마 안 가 기업의 홍보부나 종합지에 흡수될 가능성이 커요."

"그 말씀은 재작년 송년 모임에서 하신 내용인데요."

"맞아요!"라며 편집장은 힘주어 답했다.

"사실을 말하자면, 5년 전부터 계속 강조해 왔죠. 하지만 개선의 조짐은커녕, 오히려 상황이 나빠지고 있어요. 앞으로 살아남을 수 있는 것은 브랜드화에 성공한 잡지뿐이라는 전망이 맞을 겁니다. 하지만 그것만으로 충분할까요? 게임 공략이라면 마니아들이 정리해 놓은 인터넷 위키의 정보면 될 것이고, 신작 정보 역시 제작사의 사이트에서 공개하고 있잖아요. 카탈로그로서의 존재 가치를 생각해 보자면, 게임이 대중화된 요즘은 일반 잡지에서도 메이저 타이틀들을 소개하고 있는 상황입니다.”

“그러니까, 서브컬처의 선봉 역할을 하던 시절의 잔향이기도 한, ‘황당한 기사’에 힘을 쏟는 것이 『프레스타』의 전략이란 말씀인가요?”

“바로 그겁니다!”

“하지만, 저는 다치거나 경찰과 얽히는 것은 싫습니다.”

사쿠마는 별로 내키지 않는다는 듯 말했다. 거기에는 이유가 있었다.

『프레스타』의 지면에서 현재 인기가 있는 기사는 두 가지다. 하나는 번화가에서 의도적으로 행해지고 있는 싸움 현장을 실황 중계하는 듯한 〈리얼 스트리트 파이터〉, 또 하나는 게임 세계에 등장하는 마법과 현상을 실제로 재현하는 〈재현하자! 마법을 과학으로〉이다.

하지만 전자는 담당자가 유치장에서 걸린 감기를 무릅쓰고 취재를 감행하다 버스 정류장에서 얻어맞고 병원으로 이송되어 다음 호 마감까지도 복귀할 수 없는 상황이 되었으며, 후자는 반년 전 화염 마법을 재현해 보려다 공중 화장실을 전소시킨 사건으로 얼마 전에 담당 작가에게 방화죄 유죄 판결이 내려지고 말았다.

“집행 유예가 된다고 해도, 전과자가 되고 싶은 생각은 없어요.”

“이야~ 루카와 씨는 대단해요. 그렇게 됐는데도 태연한 얼굴로 이번에는 꼭 폭발 마법을 시도해 보고 싶다니.”

“공안이 따라붙을 수 있어요.”

“어차피 공안은 오래전부터 붙어 있었어요.”

“네?”

“우리 회사는 극좌 홍보를 합법적으로 하기 위해 설립된 내력이 있다는 거, 사쿠마 씨는 몰랐나요?”

‘츠구요서방(接世書房)’이라는, ‘세상과 접하다’라는 의미의 회사명을 떠올린 사쿠마는 일리 있는 얘기라고 생각했다. 전과 한두 개쯤은 아랑곳하지 않는 사람들이 집필진으로 있는 것 또한 사실이기도 했다.

“어쨌든 루카와 씨는 다음 호에서 ‘소생 마법’의 재현으로 자동제세동기(自動除細動器, AED, Automated External Defibrillator, 심장의 기능이 정지하거나 호흡이 멈추었을 때 사용하는 응급 처치 기기)를 시도할 계획이야. 아니다. 자동 판정 부분은 무리라고 했으니까, 그냥 제세동기가 될지도…….”

“그거 몇 페이지짜리인가요?”

“8페이지짜리.”

“편집장님, 『프레스타』는 게임지죠?”

"그렇죠……. 이번에 또 체포되면 루카와 씨는 징역을 살게 될 거라서, 약간 본분에서 벗어난 기사가 되는 것은 너그럽게 용서해 주시길……."

그렇구나, 하고 사쿠마는 생각했다.

아무리 그래도 이일은…….

"루카와 씨 정도로 유능하신 분이면 다른 괜찮은 일도 있을 텐데…… 어째서 『프레스타』에서 그런 글을 쓰고 있는 거죠? 무슨 약점이라도 잡혀 있는 건가요?"

편집장은 푸하하하고 웃기만 할 뿐 그에 대한 대답은 해 주지 않았다.

실제로 『프레스타』의 원고료는 낮은 편이었다. 그래도 만성적인 인력 부족 때문에, 가리지 않고 글을 쓸 생각만 있다면 얼마든지 기회는 있었다. 분량이 많은 덕분에 겨우 생활할 정도는 되지만, 원고료를 취재와 집필에 걸린 시간으로 계산한 시급을 확인해 보면 사쿠마는 종종 우울해지곤 했다.

물론 마이너 잡지의 좋은 점이 없는 것은 아니다. 예를 들어 메이저 잡지에서는 생각도 못 할 기획도 OK를 받을 수 있다는 점, 어떤 작은 기사에도 서명을 넣게 해 준다는 점 등이 그것이다. 그런 재미 때문에 지금까지 이 일을 계속해 온 사쿠마였지만, 20대 후반에 이르게 되니 이대로 괜찮을까 하는 생각이 점점 깊어졌다. 전문학교 다닐 때부터 별다른 각오 없이 프리랜서 생활만 해 왔던 탓에, 그는 상식을 기준으로 자신의 진로를 생각할 수밖에 없었다.

편집장이 팔짱을 끼고 자신 있게 말했다.

"루카와 씨의 기획을 받아들일 수 있는 아량을 가진 매체가 우리밖에 없다는 거 아시죠?"

"인터넷에 공개하는 방법도 있잖아요."

"그건 결국 책을 내야 취재 경비가 겨우 회수될까 말까 하는 거라 오히려 효율성이 안 좋죠. 포맷이 전혀 다르니까. 그에 비해 경비의 절반은 회사가 부담해 주고, 필요하면 회사 이름으로 취재할 수도 있으니 도움이 되잖아요. 그도 나름 그런 계산을 하고 있었겠죠."

가끔 만나는 루카와의 모습을 떠올린 사쿠마는 고개를 갸웃했다. 나이는 마흔이 넘었는데 용모도 분위기도 연령 미상의 학원 강사 같은 느낌의 선배 작가는 사쿠마를 만나면 언제나 사근사근하게 말을 건넸는데, 그럴 때마다 그는 그런 루카와를 어떻게 대해야 할지 몰라서 당황하곤 했다.

사쿠마가 『프레스타』의 독자였던 시절에 재미있었던 기사의 취재원이었던 루카와 아키라는 그에게 현재의 일을 선택하게 해 준 동경의 대상이었다. 그뿐 아니라, 전문학교에 다니고 있던 그에게 『프레스타』의 편집부를 소개해 주면서 작가로 데뷔할 수 있게 이끌어 준 사람이기도 했다. 그래서 사쿠마는 루카와에 대해 존경심 외에 감사한 마음을 갖고 있었다.

"그분은 오로지 재미있는 기획을 구체화하는 것밖에 생각지 않는 것 같아요."

작가의 본보기가 아니냐면서 편집장은 입에 침이 마르도록 루카와를 칭찬했다.

"아무튼 어쨌거나, 이러저러해서 다음 호의 양대 특집이 지지부진해질 게 뻔히 보이잖아요. 그러니까 사쿠마 씨, 사쿠마 씨가 이 상황을 메꾸기 위한 긴급 기획을 맡아 줬으면 좋겠어요. 타이틀은 〈환상의 기획이 부활하다! 실제로 존재하는 지하 감옥 특집〉입니다!"

"그거 진심으로 말씀하시는 건가요?"

"오랫동안 봉인해 온 특집이긴 하지만, 이런 위기 상황에는 급조할 수밖에……."

〈실제로 존재하는 지하 감옥 특집〉. 그것은 예전에 『프레스타』에서 인기를 끌었던 기획이었다. 내용은 게임에 나올 법한 분위기의 장소를 실제로 찾아가서 취재하는 것으로, 한때 화제가 되기도 했던 '폐허 탐방'과 비슷한 기획이다. 최대한 깨끗한 그림을 배제하고 더럽고 우중충한 곳만 다루는 내용이 독자들에게 호평을 받았었는데, 사쿠마도 그런 독자 중의 한 명이었다.

『프레스타』 창간호부터 이어져 왔던 장수 기획이긴 했지만, 2년 전에 갑자기 최종회가 되어 버렸다. 그것은 취재팀이 모험의 바닷가에 있는 폐허가 된 호텔을 방문했을 때 발생한 말썽이 원인이었다. 그 무렵 사쿠마는 이미 이 잡지에 기사를 쓰고 있었는데, 그 취재팀의 일원이기도 했기 때문에 당시의 일을 잘 기억하고 있었다.

"그때는 정말 힘들었죠."

편집장이 안타까운 듯 말했지만, 사쿠마는 어두운 표정을 지었다.

"떠올리고 싶지 않습니다. 장례식 이외에 처음으로 사람의 사체를 보기도 했고……."

"그래도 좀 봐주세요. 매호가 끝없는 전쟁입니다. 위에서는 깔끔한 지면으로 리뉴얼하자는 이야기도 나오고 있지만, 갑자기 마이너가 메이저가 되겠습니다, 라고 하는 것도 말이 안 되잖아요. 마이너는 마이너대로 메이저를 지향하는 열정을 품고 있어야 합니다. 그러니까 이번 기획에 맞게 당시의 분위기를 잘 아는 사쿠마 토모야스 씨가 부디 이 일을 맡아 주셨으면 좋겠습니다."

편집장은 눈을 꼭 감고서 자신이 한 말에 감탄하듯 고개를 끄덕였다. 사쿠마도 눈을 감고 으음 하며 신음 소리를 냈다.

"탐방할 장소는 결정되었나요?"

"자료는 준비되었어요. 바로 이겁니다."

사쿠마는 편집장이 내민 복사지 뭉치를 받아 들고 훌훌 넘겨보았다. 특집으로, 분량은 4페이지 정도가 될 것이라고 했다.

"제가 맡고 있던 개발자 인터뷰와 독자 코너는 어떻게 해야 하나요?"

"그것도 같이 부탁드리고 싶지만, 인터뷰는 다른 분에게 맡기기로 하고 독자 코너까지는 해 주셨으면 합니다. 그 코너의 정리는 사쿠마 씨만이 가능한 일이라서……."

사쿠마는 자료를 덮고 한숨을 쉬었다.

예전에는 인기 기획이었다. 해 보고 싶은 마음이 없는 것은 아니었지만, 건드리고 싶지 않은 마음도 있었다. 안 좋은 기억이 있는 것은 별개로 하고, 문제가 발생해 종료된 최악의 기획이라는 이미지가 있기 때문이었다. 적어도 최근 2년간 사쿠마는 그렇게 생각하고 있었다.

그런데 그런 생각을 꿰뚫어 보기라도 한 듯 편집장이 말했다.

"착각하면 안 돼요, 사쿠마 씨. 우리는 예술을 하는 것이 아니란 말입니다. 기억이나 기록으로 남겨지는 기사 같은 것은 무의미해요. 현재 진행형으로 받아들여야 합니다."

"그건 그렇긴 하지만요."

"정말 재미있는 기획이라면 계속되어야 합니다. 독자에게 재미를 주기 위해서 『프레스타』가 존재하는 거잖아요."

일리 있는 얘기라고 사쿠마는 생각했다. 열정을 갖고 하는 일이긴 하지만 술자리가 아니더라도 그의 말에는 고개가 끄덕여졌다. 그래도 망설여지기는 했기 때문에 사쿠마는 자료를 다시 넘겨 보았다. 그러다 문득 손이 멈췄다.

"왜? 무슨 일이라도 있어요?"

"이 취재 대상인 토오미 시라는 곳, 들어 본 적이 있는 것 같아요."

일부러 말하지 않았다는 듯, 편집장은 입가에 가식적인 미소를 띠며 의미심장한 표정을 지었다. 사쿠마는 기억을 더듬어 봤다.

토오미 시, 토오미 시, 토오미…….

아, 그렇구나. 그가 고개를 끄덕였다.

"이 토오미 시란 곳, 요미사카의 고향이죠?"

"맞아요. 재작년에 연쇄 참수 살인 사건이 벌어진 곳이에요. 그밖에도 이런저런 괴이한 얘기들이 있는 지역 같아요."

"그럼, 저 말고 그 녀석을 보내면 되잖아요."

"아니, 그게……. 하하."

편집장은 얼버무리듯이 웃었다. 사쿠마는 눈치챌 수 있었다. 이미 얘기했다가 거절당한 것이다.

요미사카 유지는 사쿠마처럼 외부 작가이다. 커리어는 사쿠마보다 훨씬 짧지만 별도로 소설가의 직함을 갖고 살인 사건에 관한 이야기도 쓰고 있었다. 게임을 무척 좋아해서 『프레스타』에 기고하게 되었다고 하는데, 그의 소설이 잘 팔렸다는 얘기를 사쿠마는 들은 적이 없다. 아마도 경제적인 사정이 있었을 것으로 생각되었다.

"그 녀석 거절했나요? 배짱 좋군요."

"그분의 말로는 자기와 관련이 있는 사건의 조사이기도 하고, 경찰하고 얽히지 않게 현지 취재는 피하고 싶다고 하더라고요."

"그런 말 믿으세요? 그 녀석 소설 보셨죠?"

"음…… 사람이 죽는 이야기는 좀……."

"토오미 시가 배경인 이야기뿐이에요."

말을 하다 보니 사쿠마는 점점 화가 치밀어 올랐다.

작가가 소설가보다 아래라고 생각하는 건가?

그렇게 생각을 하자 오기가 생긴 사쿠마는 이 일을 하겠다고 말했다.

"쓰겠습니다. 그리고 그 녀석도 거들게 하겠습니다. 그 대신 두 사람 몫의 취재비를 책정해 주셔야 합니다."

"오~ 그 정도라면 문제없습니다."

사쿠마가 생각보다 쉽게 받아들이자, 편집장이 이미 다 계산해 둔 상황이 아닌가 하는 생각마저 들었다. 하지만 한번 뱉은 말은 되돌릴 수 없었다. 분노의 화살을 요미사카에게로 보내면서 사쿠마는 자료를 계속 읽었다. 신경 쓰이는 부분이 몇 개 있었다.

"전시 중에 만들어진 지하호인가요?"

"소문대로라면요. 그 지역의 역사 자료에도 나와 있지 않다고 합니다. 토지가 시의 소유라 그런가…… 시청에 아무리 문의를 해 봐도 제대로 된 답을 주지 않아서 말이죠."

"그렇다면, 알아서 마음대로 취재하면 그만이겠네요."

사쿠마의 말이 믿음직스럽다며 편집장은 흐뭇해했다.

"그리고 말이죠."라며 몸을 내밀며 적극적인 태도로 말을 이었다. "얘기가 처음으로 돌아가긴 하지만, 이 이야기에는 한 가지 재밌는 부분이 있어요. 그래서 특집을 부활해 보자는 생각을 하게 된 것이지만……. 나온다고 하니까……. "

"나온다고요? 이 전기인간이 말예요?"

"그래요. 사쿠마 씨가 그 정체를 밝혀 주셨으면 좋겠어요."

긴급 퀘스트! 하고 편집장은 주먹을 불끈 쥐었다.

"〈괴기! 전기인간〉 어때요? 임팩트 있지 않아요?"

"너무 느끼하지 않나요?"

"재미있는 기사라면 이 정도는 되어야 하지 않을까요?"

사쿠마는 한숨을 내쉬었다.

"말하자면 그곳에서 귀신이 나온다. 그 진위를 조사해서 기사를 쓰라는 거죠?"

"네, 자료를 읽어 보면 아시겠지만 실제로 전기인간에 의한 피해가 발생한 것 같더라고요. 전기인간에게 살해당한 인간이 있다고……."

"그것은 괴담의 패턴이잖아요. 친구의 친구가 살해했다는 식의……."

"그건 살해당한 사람의 신원이 애매하니까 그렇겠죠."

"설마, 진짜로 시체가 나온 건가요?"

사쿠마는 자료를 넘겨 보았다. 확실히 그런 내용도 있는 것 같았다.

"그럼, 경찰이 수사해야죠."

"사쿠마 씨, 그들이 수사할 수 있는 것은 인간입니다. 그것도 법에 저촉되거나, 반체제에 가담하거나 하는 인간들만을 대상으로 하죠. 그러니, 그 대상의 존재 여부가 의심된다면 움직여 줄 가능성은 거의 없습니다."

팔짱을 끼고 자기 마음대로 지껄이는 편집장의 얼굴에 뭐라도 내던지고 싶은 충동을 억누르면서 사쿠마가 말했다.

"그럼, 일단 해 보겠습니다."

"건투를 빌겠습니다."

17

“전기인간 잡으러 가자!”

핸드폰을 귀에 대고 있던 사쿠마는 상대방이 전화를 받은 순간 큰 소리로 외쳤다. 그는 잡지사의 편집부가 있는 한 주상 복합 건물의 문을 나서고 있었다.

그 소리를 듣고 지나가던 사람 중 몇 명이 놀란 눈으로 돌아보았다. 하지만 어쩔 수 없었다. 상대방은 그렇게 먼저 소리치지 않으면 전화를 끊어 버리는 사람이었기 때문이다.

이윽고, 핸드폰 너머로 기운 없는 목소리가 들렸다.

[누구……세요?]

“내 전화번호 등록 안 해 놨어?”

[아아, 사쿠마 씨였군요.]

언제나처럼 어정쩡한 존댓말이었다. 요미사카 유지의 목소리는 오늘도 컨디션이 별로 좋지 않았다. 작가로서는 사쿠마가 선배이긴 하지만 그래서 존댓말을 하는 것은 아니었다. 처음 만났을 때 사쿠마가 나이가 같으니까 말 놓고 지내자고 했지만, 자기는 존댓말이 편하다고 해서 동갑인데도 이렇게 한쪽만 반말하는 묘한 사이가 된 것이다.

"어차피 할 일 없잖아. 일해야지. 나와."

[지금은 좀…… 일하고 싶은 기분이 아니라…….]

"무슨 소리야."

[저도…… 잘 모르겠는데요.]

"야, 요미사카."

[전기인간 잡자고 하셨나요, 조금 전에?]

그가 그렇다고 하자, [사쿠마 씨가 하기로 했군요.]라는 말이 돌아왔다.

[그것참, 고생 많으시겠네요.]

"남의 일처럼 말하네. 토오미 시는 네 고향이잖아. 왜 안 한다고 그랬어."

[아, 그냥 일하고 싶은 기분이 아니라…….]

"에라이~ 그렇게 살다 뒈져라."

[감동이에요. 이 나이가 되면 그런 식으로 말해 주는 사람이

없는데…….]

“요미사카, 이런 도시 전설 쪽 취재는 연고가 있는 사람이 하는 편이 훨씬 빛나는 거야. 고유 명사를 넣으면서 독자에게 현지의 투박함을 그대로 전달해 주는……. 그런 사실감을 느낄 수 있게 해 줄 수 있단 말이지. 토오미 시의 괴기 명소 같은 곳도 알고 있지?”

[알긴 하지만, 요즘은 그런 곳에 찾아가는 사람들도 없어요. 가출한 중학생 애들은 길에서 핸드폰이나 만지작거리고 있고, 발정 난 고등학생 놈들은 바닷가 공원에서 헌팅이나 하고 있고…….]

“그럼, 대학생 애들은 뭐 약 먹고 난교 파티라도 하냐?”

[몰라요. 저 고졸이잖아요.]

“나는 전문학교 졸업했다. 취재할 곳이 초등학교 뒤편에 있는 숲속이라고 하던데, 초등학생이라면 귀신 얘기 좋아하지 않나?”

[글쎄요. 제가 초등학생 때라면…… 게임, 〈드래곤 퀘스트〉의 차기작 같은 것이 최대의 관심사여서…….]

“나는 만화 잡지 『점프』에 빠져 있었지. 살던 집 근처에 조기 발매하는 곳이 있었는데, 〈드래곤볼〉을 너무 좋아해서 원기옥(만화 〈드래곤볼〉의 주인공 오공의 최강 필살기)까지는 못 해도 에네르기파 정도는 발사할 수 있을 것 같았지.”

[중학생 때 〈스트리트파이터〉처럼 파동권(게임〈스트리트파이

터〉에서 양손으로 기를 모아 발사하는 필살기) 흉내 내던 거 생각나네요.]

"승룡권(주먹을 쥐고 하늘로 치솟는 동작을 하는 필살기)으로 음악실 천장에 구멍을 낸 적은 있지."

사쿠마는 자신 있게 말하다가 얘기가 딴 길로 샌 것을 깨달았다. 이런 얘기만 나오면 정신이 팔려서 안 된다니까.

"어쨌든, 전기인간 잡으러 같이 가자."

[싫다니까요.]

"너 무서워서 그러지?" 하고 놀리자 요미사카는 "네 무서워요."하고 싱겁게 답했다.

"그런데, 전부터 알고 있었어? 전기인간에 관한 얘기?"

[소문이라면 들은 적이 있죠. 그것이 토오미 시에만 독자적으로 있는 거라는 사실은 몰랐지만…….]

"자료를 다 읽고 나서 거절하다니 배짱도 좋네."

[그런 비꼬는 말투는 사쿠마 씨한테 어울리지 않아요. 그나저나, 사쿠마 씨는 그거 모르고 있죠? 이 기획의 출처가 어디인지?]

"출처? 편집부 아니야?"

[아니요. 자료에는 그 부분이 확실하게 나오지 않아서 수상하다고 생각했거든요. 이미 조사가 진행되어서 추가 취재 같은 건 필요 없지 않나 하는 생각도 들 정도인데…….]

사쿠마는 가지고 있는 자료들을 떠올려 보았다. 자신이 대충 훑어봤을 때도 확실히 조사는 거의 끝나 있는 느낌이었다. 전기 인간에 얽힌 이야기라고 여겨지는 사건의 상세한 내용은 물론, 관계자의 실명과 연락처 등이 세세하게 적힌 주변 지도에 현장 사진까지 있었다. 날림 기사라도 상관없다면 당장에라도 쓸 수 있을 정도였다.

아직 제대로 읽어 보지 못한 것 아니냐고 요미사카가 말했다.

[저 편집장님에게 물어봤어요. 이거 누구의 기획입니까, 하고.]

"그렇게 뜸 들이지 말고 말해."

[맞혀 보세요. 조금만 생각해 보면 알 수 있으니까. 사쿠마 씨라면 틀림없이 맞힐 수 있어요.]

그런 부추김에 자료를 다시 열어 보는 것도 짜증 나는 일이었다. 사쿠마는 눈을 감고 대충 훑어본 자료들을 떠올려 보았다. 문장의 기세, 글의 농담(濃淡), 단어 사용의 미추(美醜) 등을……. 그러자 감이 왔다.

"루카와 씨의 기획인 거야?"

[그래요. 그래서 저는 더욱 두려운 생각이 들었어요. 그 루카와 아키라가 자신이 가져온 기획을 자기가 쓰지 않는다는 것이 너무 수상하지 않아요? 게다가 장소도 제 고향이라니……. 함정이라고 보지 않는 것이 이상할 정도죠.]

"편집장은 뭐라고 말해?"

[루카와 씨가 안 쓰는 이유요? 바쁘기 때문이라고 하더군요.

역시 수상해요.]

사쿠마는 고개를 끄덕였다. 확실히 수상한 얘기라는 생각이들었다. 그렇지만…….

"그렇긴 한데…… 역시 도와줘야겠어."

[또 그 소리.]

"나도 약간 무서워져서 그래."

[거절하면 되잖아요.]

"루카와 씨마저 손을 뗀 기획이잖아. 오히려 더 당기는데."

[그것참 대단한 근성이시네요. 하지만 아무래도 저는 끼지 못하겠어요. 미안하지만 혼자 가세요.]

그렇게 매정한 말과 함께 전화는 끊어졌다.

사쿠마는 잠시 동안 핸드폰을 쳐다보다가 할 수 없지, 하고 생각했다. 일을 우습게 봐서 거절한 거라면 집에 쳐들어가서 끌고서라도 데려갈 생각이었지만, 무서워서 거절한다면 다른 도리가 없었다.

루카와 씨의 기획이라면 요미사카 성격에 기가 죽는 것은 당연한 일이겠지.

그 자리에서 그는 핸드폰에 다른 번호를 눌렀다. 착신 음이 1분 정도 계속되다가 상대가 전화를 받았다.

"안녕하세요. 사쿠마입니다."

[아아, 어쩐 일이세요. 잡지가 망했나요?]

태연한 목소리로 살벌한 질문을 해 왔지만 사쿠마는 웃어넘겼다. 그것이 루카와의 스타일이었다. 지금 통화 괜찮냐는 물음에 루카와는 괜찮다고 답했다. 루카와는 그가 존경하는 사람이었다. 그래서 사쿠마는 솔직히 물어보기로 했다.

"전기인간에 대한 기획 말인데요. 루카와 씨가 가져오신 기획이죠?"

[맞아요. 뭐야, 사쿠마 씨가 하는 거야?]

"네, 그렇습니다. 그래서 일단 루카와 씨에게 얘기를 해 두자는 생각이 들어서……."

전화기 건너편에서 마른 웃음소리가 들렸다. 그가 무슨 얘기냐고 물으며 말했다.

[프리 작가는 다른 사람 눈치나 보고 미지근한 태도로 일하면 안 돼요. 정신 안 차리면 쓴맛을 본다고요.]

"네, 조심하겠습니다."

[그래서, 하고 싶은 말 그게 다가 아니죠? 알고 싶은 게 뭐예요?]

"어째서 이 기획을 직접 진행하시지 않습니까?"

[가능하면 하고 싶었는데, 더는 무리라는 생각이 들어서 포기했어요.]

"뭐가 무리였나요? 이렇게 많이 조사를 해 두고 포기할 정도라면……."

[아직 뭔가가 더 있을 것 같은 느낌이었어요. 그래서 열심히

조사를 했는데, 요전에 그 사건 때문에 집행 유예를 받아 버려서…… 아무래도 이 이상 조사하면 경찰하고 얽히게 될 것 같아서 그만…….]

경찰? 그러고 보니 편집장도 그런 말을 한 것 같다. 확실히…….

"전기인간에게 살해당한 사람이 있다는 얘기 말씀이신가요?"

[그렇죠. 그런 소문만 있었던 게 아니라, 실제로 시체가 있었어요. 그것도 세 사람이나. 모두 병사로 정리되었지만, 아무래도 수상한 점이 있는 것 같아서…….]

"전기인간에게 살해당한 건가요?"

[그러게요. 그냥 그런 것의 존재를 믿지 않는다고 한다면 누군가가 죽인 것이 되는데, 아무도 잡히지 않았다. 즉…….]

"진범이 완전 범죄에 성공했다?"

[그런데 모르겠어요. 분명한 건 그런 것이 없다는 선에서 쓰게 된다면 경찰의 태만을 고발해야 하는 상황이 된다는 건데, 지금의 저로서는 그게 무리입니다. 그러니 어쩔 수 없이 그런 것이 실재한다는 선에서 써야 하는 상황이 되는 거죠.]

"그래서 그것을 잡는 기획이 된 거군요. 존재를 부정하는 방향이 아니라."

[맞아요. 하지만 취재를 끝내기 전에 방침을 정해 놓는다는 건 좀 그렇잖아요. 그래서 직접 하는 것을 포기하고 기획을 통째로

편집부에 넘긴 거예요.]

사쿠마는 한숨이 나오는 것을 참고 루카와의 태도를 작가의 의향에 따른 것으로 해석하기로 했다. 어차피 이렇게 할 수밖에 없는 것이었다고.

"알겠습니다. 이 기획, 제가 한번 해 보겠습니다."

[기대할게요. 아아, 참. 모처럼 통화를 하게 됐으니까, 도움이 될 만한 말씀을 드리죠. 만약 호러 분위기로 쓸 거라면 진짜로 자신이 무서워야 합니다. 쓰는 사람이 무섭지 않은 호러는 형편없습니다. 그 존재에 대해서 말하면 나타난다고 하는데, 그러면 말하면 안 됩니다. 아무리 터무니없어도 규칙은 존중해야 합니다. 취재는 될 수 있으면 대상에 영향을 미치지 않고 끝내는 것이 기본이니까요.]

그리고 통화가 끝났다.

잠시 핸드폰을 바라보던 사쿠마는 서서히 밀려들어 오는 감정에 몸을 떨었다. 확실한 어떤 공포가 느껴졌다.

이거 혹시…… 나 시험당하는 건가?

그렇게 생각하니 공포와 동시에 의욕도 솟아올랐다.

18

"제발, 전기인간을 죽여 주세요!"

교복 차림의 여중생은 양 주먹을 꽉 쥐면서 그렇게 하소연했다. 그 말을 듣고 난감해진 사쿠마는 순간적으로 머리가 위로 잡아당겨지는 느낌이었다. 패밀리 레스토랑의 금연석. 맞은편에 앉아 있는 소녀는 초면인데도 그가 명함을 건네자마자 그렇게 말했다.

사쿠마는 뺨을 긁적거리며 메뉴판을 잡았다.

"린이라고 했지? 괜찮다면 우선 주문부터……."

린이 아무것도 필요 없다고 하자 사쿠마는 어쩔 수 없이 메뉴판을 닫았다. 그리고 무슨 말부터 해야 할지 생각했다. 정보를

언을 기회였다.

자료에 따르면 전기인간에게 살해된 것은 세 사람이었다. 첫 번째는 아카토리 미하루. 과제로 전기인간에 대한 조사를 했다는 학생이다. 시체가 발견된 때는 1월 6일 낮이었다. 호텔 싱글룸의 욕실에 쓰러져 있던 미하루는, 경찰에 따르면 전날 밤에 사망한 것으로 추정되었다.

두 번째는 다케미네 에이사쿠. 아카토리 미하루가 조사를 위해 방문했던 지하호가 있는 숲을 관리하던 노인이었다. 그는 미하루가 사망한 날 낮에 미하루에게 지하호의 열쇠를 빌려 주었다고 한다. 그리고 미하루의 시체가 발견된 다음 날인 1월 7일 밤에 자택의 목욕탕에서 사망했다.

세 번째는 히즈미 토오루. 아카토리 미하루의 지인이다. 루카와가 정리한 자료에는 그에 관한 기술이 가장 많이 적혀 있었다. 토오루는 미하루의 사망 후, 그녀의 행적을 개인적으로 좇고 있었다. 토오루의 시체가 발견된 것은 5월이 되어서인데, 부검 결과에 따르면 미하루나 다케미네와 비슷한 시기에 사망했다는 것이다. 그의 시체를 발견한 초등학생은 그 전에 살아 있는 토오루를 지하호의 근처에서 만난 적이 있다고 증언하고 있다. 세 사람 모두 사인은 심부전으로 결론 나 있었다.

관련 자료를 본 사쿠마는 어떤 내막이 있을 것으로 생각했다. 세 사람의 관계는 적당히 느슨했다. 더 확고한 관계였다면 경찰이 본격적으로 수사했을 것이다.

사쿠마는 고민하다가, 자료에 '협력적'이라고 체크가 돼 있는 히즈미 토오루의 동생 린를 만나 보기로 했다. 루카와의 체크는 정확했다. 취재 요청은 금방 받아들여졌고, 그 후 약속 장소에 나타난 사람이 머리를 빨갛게 염색하고 교복을 단정하지 못하게 대충 입은 상태로 답답한 듯한 표정으로 얘기하는 눈앞의 이 소녀였다. 사쿠마가 생각을 정리하기도 전에 그녀가 먼저 말을 했다.

"오빠는 살해당했단 말이에요!"

"그렇게 믿는 이유가 있어?"

"심장마비라는 게 말이 돼요? 오빠는 어디 아픈 적도 없는 사람인데."

"그래도, 사고나 자살이 아니라 살해당했다고 생각하는 건 왜지? 누구한테 원한 살 만한 일이라도 있는 거야?"

그녀는 대답하지 않았다. 믿지 못하는 것 같은 눈치라 화제를 바꾸기로 했다.

"이런 얘기는 루카와 씨에게만 한 거야?"

"경찰은 전혀 설명도 해 주지 않는 데다가, 이쪽 얘기는 들으려고도 안 하고……."

"이상한 사람이었지?"

"네?"

"루카와 씨 말이야."

무언가가 생각났는지 린은 재밌다는 듯 웃었다.

"그분 제정신 아니죠? 제가 진지하게 얘기하고 있는데, 정색하며 바보 같은 말이나 하고……. 처음에는 원래 그런 사람인가 했는데, 일부러 그러는 거 같았어요."

"그래서, 금방 익숙해졌어?"

"약간 열 받아서 큰소리를 쳤나 봐요. 그랬더니 바로 사과하긴 했는데, 제가 아직 진정이 안 된 상태인데 또 바보 같은 소리를 하시는 거 있죠. 결국 그냥 웃어 버리고 말았지만……. 지금 생각하면 그것 덕분에 웃을 수 있게 된 거 같아요. 오빠가 죽고 나서 줄곧 우울한 상태였거든요."

이것이 루카와 씨의 대단한 면이구나. 나이 차이가 나는 소녀를 웃게 할 수 있는 것은 단순한 말재주가 아니라 사람 자체의 능력이다. 취재하는 작가에게는 유용한 스킬이다.

사쿠마는 웃으면서 말했다.

"나는 그 사람을 스승처럼 생각하고 있어. 그 말을 본인한테 직접 하면 농담으로 받아치지만 말이야."

"스승과 제자요? 흐음……."

"루카와 씨가 너에게 미안하다는 말을 전해 달라고 했어. 모처럼 중요한 얘기를 해 줬는데 일을 제대로 완수하지 못해서……."

"뭘요, 누구라도 사정은 있는 건데……."

"나도 그렇게 생각해. 하지만 그 정도로 자신을 용서하는 사람은 프로페셔널이 아니라는 것이 그분의 지론이야."

사실, 그런 지론은 없었다. 아니 있었을지도 모르지만 그에게서 직접 들은 적은 없었다. 일하는 자세에 관해서 얘기한 적은 있지만, 말보다 행동으로 보여 주는 쪽이 많았다.

그녀는 따분한 표정으로 잔을 만지작거리며 중얼대듯 말했다.

"그렇군요……. 그나저나, 실제로 그런 것이 있는지 모르겠어요. 그분이 오빠를 죽게 한 무언가가 있다고 했어요. 결과적으로 자살이나 사고라고 해도 그렇게 된 원인은 분명히 있고, 그것은 소문의 그것과 뿌리가 같은 것인지도 모르겠다고……."

사쿠마는 고개를 끄덕였다. 역시 루카와의 입에서 나올 법한 얘기들이었다.

"나는 그분이 하던 일을 계속할 생각이야. 그러기 위해서는 전기인간이 무엇인지 알아야 해. 린에게 몇 가지 질문을 좀 해도 될까?"

"네, 제가 대답할 수 있는 거라면……."

"오빠가 누군가에게 원한을 사고 있었니?"

린은 대답 없이 잠시 시선을 피했다.

"원한을 살 일은 없었을까?"

"글쎄요. 제가 모르는 곳에서 오빠에게 무슨 일이 있었는지는……."

"알 수 없구나. 응, 그건 그래. 중학생하고 고등학생의 남매라면 거리가 있는 것이 보통이지. 하지만 린은 조금 전에 오빠가 살해당했다고 했어. 다른 사람한테 원한을 샀다고 생각하지도 않았으면서……. 그건 왜일까?"

대답은 역시 없었다. 맞혀 볼까, 하고 사쿠마가 말했다.

"사실은 오빠가 살해당했다고 믿지 않지? 다만 그래야 한다고 생각하고 있는 거겠지. 살해당했다는 것에는 확신이 없지만, 오빠가 누군가를 죽이고 싶어 했다고 생각했을 테고."

그 말에 린은 어깨를 흠칫 떨었지만, 아닌 척하기 위해 혀를 차면서 얼버무리려고 했다. 그런 그녀의 상태를 눈치챈 사쿠마가 부드럽게 말을 건넸다.

"그런 게 자연스러운 거야. 내가 린의 입장이라도 같은 말을 했을 거야. 오빠는 대체 누구를 죽이고 싶었을까?"

"몰라요, 정말. 그렇지만……."

망설이는 그녀에게 사쿠마는 그저 고개를 끄덕이기만 했다. 살짝 혀를 차던 그녀는 한숨을 쉬더니 탁자를 두드리며 드디어 입을 열었다.

"오빠랑 미하루 언니는 사귀고 있었던 것 같아요. 그건 틀림없어요. 하지만 사귄다고 생각한 것은 오빠 쪽이었고, 미하루 언니는 그렇게 생각하지 않았어요. 그럴 생각이 없었다고 하는 게 맞을지도……."

"그냥 즐기는 거였다는 거야?"

"솔직히 말하면 그래요. 그 언니는 그런 면이 있어요. 자신이 먼저 한 약속을 상대방만 지키게 하고, 정작 본인은 아무렇지도 않게 어긴다든지. 그것도 깜빡해서 그런 게 아니라 일부러 그러는 거 있죠. 그래서 상대방이 화내면 웃어넘기기나 하고."

"그다지 좋은 성격은 아니었구나."

"꼭 그런 것만도 아니에요. 무척 상냥할 때도 있었어요. 다만 갑자기 태도가 바뀌니까 혼란스러운 거예요. 저는 오래 전부터 그 언니하고 말 안 하고 지냈지만, 오빠는 몰래 만나고 있었던 것 같아요."

"미행이라도 해 본 거야?"

숨을 들이마시더니 그녀는 또 한숨을 쉬었다. 딱 맞힌 것이다.

"둘은 보통 어디서 만났지?"

"찻집 등에서요. 그런데, 그…… 언제나 그 후에는……."

"호텔로?"

"뭐……. 네."

사쿠마는 고개를 끄덕였다. 연상의 여자가 재미로 사귈 수 있는 고등학생이라니, 현실감이 느껴지지 않았다. 그냥 놀이 상대라고 생각하는 편이 나았다.

그래서 이 아이는 오빠가 아카토리 미하루를 죽였을지 모른다고 생각했던 거구나. 하지만…….

"더 걱정할 건 없지 않니? 오빠는 이미 죽었어. 만약 미하루 언니의 죽음이 사고도 병사도 아닌 누군가에 의한 것이라면 범인은 따로 있을 수도…….”

“아니라니까요!”

린은 화를 내며 말했다.

“그런 게 아니라, 오빠는 미하루 언니가 죽고 바로 실종됐어요. 집에 돌아오지도 않고, 전화도 안 받고……. 5월에 죽어 있는 것을 찾아내기 전까지, 어디로 갔는지 알 수도 없었단 말이에요. 그러니까!”

“자살한 것일지도 모른다는 거지?”

놀이 상대로만 지내는 것을 견디지 못하고 그만 욱하는 기분에 죽이고 말았다. 그리고 양심에 가책을 느끼고 헤매다가, 자살하기에 적당한 장소를 발견해서 죽었다. 쉽게 생각할 수 있는 이야기였다.

린은 꿀꺽하고 침을 한번 삼키더니, 더는 못 참겠다는 듯 말하기 시작했다.

“오빠가 죽었을 때 가지고 있던 짐을 경찰에서 보내 줬는데, 아빠도 엄마도 보기 싫어해서 제가 봤어요. 그랬더니 식칼이 하나 들어 있는 게 아니겠어요. 경찰이 사용된 것은 아니라고 했지만, 그런 거 가지고 다니는 것 자체가 잘못된 거 아니에요? 게다가 오빠는 미하루 언니가 죽기 전까지의 행적을 쫓아다녔다고 하더라고요. 그 언니 다니는 대학에도 가고, 시체가 발견된 호텔 방에도 가고…… 죽은 곳은…… 지하호였죠? 그곳을 택한 것도 죽기 전에 미하루 언니가 하던 일을 마무리하려고 했기 때문이잖아요."

"지하호에서 자살하는 것으로 전기인간의 조사가 마무리되는 것은 아니야. 아니면, 오빠의 유품 중에 완성된 '전기인간론'이라도 들어 있었어?"

린은 아니라며 고개를 저었다.

"미하루 언니가 쓴 리포트뿐. 그것도 미완성이었어요. 하지만 갑자기 죽고 싶어졌을 수도 있잖아요."

사람은 죽는다. 아무것도 아닌 이유로 죽기도 하고, 이유가 없어도 죽고 싶어 하는 사람은 죽는다. 사쿠마는 그것을 이해하면서도 동의하지는 않았다. 냉정함을 잃지 않는 한, 스스로 죽음을 택할 정도로 절박한 상황이 되지 않는다고 생각했다.

물론, 삶에는 고통스러운 부분이 있다. 하지만 그것을 극복하기 위한 무기도 있다. 시시한 바보라도 진지하게 하면 웃을 수 있다. 그리고 웃는 동안에는 어떤 상황에서도 죽는다는 생각은 하지 않을 것이다.

하지만 그런 단순한 것이 사춘기 상념의 세계에서는 잊히기 십상이라는 것도 사쿠마는 잘 알고 있었다. 그는 자의식에 빠져 죽을 것 같았던 때, 루카와 아키라의 기사에 의해 몇 번이고 구원을 받았던 과거의 자신을 생각하면서 말했다.

"자살이라면 동기는 본인밖에…… 아니 본인조차 사실은 모를지도 몰라. 하지만 그렇다고 해서 오빠가 자살했다고는 할 수 없어. 하물며, 사람을 죽였다고 단정하면 안 돼. 그건 멋대로의 상상에 지나지 않아. 상황 증거도 그렇고……. 게다가 자살의 흔적을 경찰이 놓쳤다는 것도 말이 안 되잖아. 시신을 부검까지 해 본 상황인데."

히즈미 토오루는 아카토리 미하루를 죽이지 않았을 것이라고 사쿠마는 단언했다. 하지만 좋은 마음으로 한 말은 아니었다. 전기인간에 의해서 살해당한 것이 아니면 기사가 되지 않기 때문이다.

"오빠는 전기인간에게 당한 거야. 물론 그것이 이야깃거리가 될 것인지 아닌지는 아직 모르는 것이지만……."

"그 전기인간이 누군데요?"

"그것을 지금 찾고 있는 거야. 경찰은 포기한 것 같지만 말이야. 나는 진실을 알고 싶어."

그러자 린은 심각한 표정으로 혀를 차더니, 가방을 테이블 위에 올려놓고 안에서 플라스틱 클리어 케이스를 꺼냈다. 아이팟과 메모리 카드, 오래되고 시커먼 열쇠, 노트와 각종 영수증 등이 들어 있었다. 오빠의 유품이라고 설명했다.

"나는 더 보고 싶지 않으니까, 빌려 드릴 테니 알아서 가져가세요."

그것들을 즉시 확인해 보고 싶은 충동을 참으며, 사쿠마는 린의 눈을 바라보았다.

"이래도 괜찮겠어? 부모님들께서는……."

"말씀드렸잖아요. 아빠도 엄마도 건드리고 싶어 하지도 않는다고."

"알았어. 그럼 빌릴게."

그렇게, 그는 히즈미 토오루의 유품을 손에 넣을 수 있었다.

19

"전기인간을 죽이는 방법요?"

"네. 그런 건 없나요?"

자신 없는 목소리로 사쿠마가 물었다. 웃으면서 말하면 농담으로 받아들일 수도 있고, 진지한 얼굴이면 바보 취급당할 수도 있겠다는 생각이 들었다.

히즈미 토오루의 소지품을 손에 넣은 것까지는 좋았다. 하지만 그 후, 아카토리 미하루의 유족으로부터는 취재를 거부당했고, 사체를 검시했던 관할 경찰서로부터도 문전 박대를 당했다. 지하호를 직접 살펴보자는 생각도 했지만, 그것은 맨 마지막에 하기로 했다. 그러는 편이 긴장감이 고조된 상태에서 집필에 들어갈 수 있을 것 같았기 때문이다.

그래서 사쿠마는 아카토리 미하루의 담당 교수에게 취재를 요청했다. 물론 아카토리 미하루에 대해 궁금한 것이 있다는 정도만으로는 승낙을 받을 수 없을 것 같았기 때문에, 전기인간을 조사하고 있다는 설명을 덧붙였다. 그 결과, 승낙을 얻어서 아카토리 미하루가 다니던 대학에 찾아가게 된 것이다.

"우선 한 가지 오해를 짚고 넘어가고 싶습니다."

교수는 그렇게 말을 시작했다. 말만 들어도 긴장되는 목소리였다.

"제가 특별히 전기인간이라는 괴이에 대해 자세히 알고 있는 건 아닙니다. 얼마 전 경찰에서 오신 분으로부터도 비슷한 말씀을 들었지만, 그것은 어디까지나 미하루의 연구 주제입니다. 전기인간에 대해서 제가 알고 있는 것은 극히 표면적인 부분에 불과합니다."

"그런데, 그……괴이라고 하나요? 그런 것의 전형적인 케이스라고 할까, 패턴이라고 할까, 그런 거에는 정통하시지 않나요?"

"유추하는 건 가능합니다. 예를 들어, 괴담은 그것을 피할 방법과 함께 얘기되는 경우가 많습니다. 유형을 몇 가지 들어 설명할 수는 있습니다. 하지만 물어보신 전기인간 죽이는 법은……그것은 피하는 방법과는 완전히 다른 얘기입니다. 아니, 대부분의 괴이에도 그런 설명은 없습니다."

"하지만 그, 구마 의식을 위한 도구 같은 것도 있지 않나요?"

"구마 의식은 구마 의식에 지나지 않아요. 물리칠 수는 있지만 죽일 수는 없어요. 그것을 사용해서 퇴치했다고 전해지는 도구도 있지만 퇴치당한 괴이는 이미 괴이가 아니라서, 그 도구가 또다시 도움이 되는 경우는 없어요."

"유령을 성불시키거나 악령을 쫓거나 하는 것은요?"

"그런 것들은 의식입니다. 그 의식을 하는 집단이 인정하는 대상에게만 효력이 있어요. 아니, 그보다 집단의 규율에 따르는 사람이 접하게 된 괴이에만 통한다고 하는 것이 맞겠네요."

"믿는 사람은 구원받을 수 있다는 건가요?"

"바로 그렇죠. 도움이 필요하지 않은 사람은 믿지 않아도 된다고 하는 편이 현대인에게 어울리는 얘기일지도 모르겠네요."

사쿠마는 고개를 끄덕였다. 무슨 말인지 잘 알 것 같았다.

"도시 전설을 다루는 특정 장소, 어디의 관할이라고 할까…… 담당 지역이라는 것이 있을까요?"

"특별히 그런 건 없습니다. 역사가 짧은 탓이기도 하지만, 원래 그런 것을 가지고 있지 않은 게 도시 전설의 특징이기도 하죠. 말하자면 문화라기보다는 오락에 가깝다고 할 수 있습니다."

"오락이라고요?"

"엔터테인먼트, 당신도 그것이 목적 아닌가요?"

"그건……."

사쿠마가 우물거리자 교수는 손을 흔들면서 그런 건 상관없다고 했다.

"도시 전설은 매스컴이 성장시킨 면이 다분히 있습니다. 어떤 의미로, 도시 전설을 죽이는 방법을 잘 아는 것은 매스컴이 아닐까 하는 생각이 들어요."

"그건 무슨 말씀이시죠?"

"괴이를 죽이려면 먼저 괴이의 죽음이라는 것을 알아야 합니다. 괴이의 죽음이란 도대체 어떤 상태를 뜻하는 것일까요?"

질문의 의미가 이해 안 되는 사쿠마가 아무 말도 못 하고 있자 교수가 말을 이었다.

"이 물음은 크게 두 가지 경우로 나누어집니다. 괴이가 육체를 갖는 경우와 갖지 않는 경우, 다르게 말하면 실재하는 경우와 실재하지 않는 경우라고 할 수 있습니다."

"믿을지 믿지 않을지……라는 것인가요?"

"엄밀하게 말하면 다르지만, 그렇게 이해해도 괜찮습니다. 당신도 괴이를, 이 경우는 전기인간이라고 할 수 있지만, 그 실재를 믿고 있습니까?"

"아니요."

"그렇다면 실재하지 않는 괴이의 죽음을 생각해 보면 됩니다. 실재하지 않는 괴이의 죽음이란 도대체 어떤 것을 말하는 것일까요?"

그 질문에 사쿠마는 망설이지 않고 말했다.

"잊히는 것, 누구의 입에도 오르지 못하게 되어 버리는 것이 아닐까요?"

기사에 비유하자면, 호평은커녕 욕도 먹지 않고 무관심 속에서 묻혀 버리는 것, 독자들이 시선을 던져서 읽어 주는 것이 아니라 넘겨 지나가 버리는 것이라고 할 수 있다. 그것은 쉽게 말하면 기사를 아무도 읽어 주지 않는 것, 즉 작가에게는 실패를 의미하는 것이다.

교수는 바로 그것이라며 고개를 끄덕였다.

"얘기해 주는 사람이 없어지면 괴이는 죽습니다. 육체를 가지지 않는 괴이의 죽음이란 그런 것입니다. 거꾸로 말하면, 얘기해 주는 사람이 있는 한 괴이는 몇 번이고 되살아날 수 있습니다."

이미 최종회를 맞았던 기획이 부활하게 된 것처럼?

"아 네, 잘…… 알겠습니다."

"그렇다면 질문하신 것의 답도 나온 것이라고 할 수 있겠죠?"

"전기인간을 죽이려면 더 이상 그 존재를 말하지 않게 하면 된다. 즉, 전기인간에 대해서 누구도 얘기하지 않게 하면 된다는 말이죠?"

"원리는 그렇습니다. 하지만 세상에 이미 퍼진 이야기를 조작하기는 어렵습니다. 아니, 불가능할 것입니다."

"그럼 어떻게 하면 죽일 수 있습니까?"

"전기인간을 믿지 않는다고 하셨죠? 하지만 당신이 상정하는 괴이는 주관적인 것입니다. 당신 혼자만의 세계, 당신의 눈이 닿고, 피부가 느끼고, 귀로 들리는 범위에서 얘기되지 않는다면 그것만으로 당신에게 있어서 전기인간은 죽은 것이 됩니다."

얘기되지 않으면 죽는다. 잊으면 그뿐이다. 그러고 보니…….

"말하면 나타난다……라는 이야기가 있었네요."

"그렇습니다. 많은 괴담에 공통으로 포함된 요소입니다. 우리의 말에 내재하는 영력을 믿는 신앙을 토대로 하는 거죠."

"좋은 것을 입에 담으면 복이 찾아오고, 나쁜 것을 입에 담으면 재앙이 닥친다는 것처럼요?"

"맞아요. 그러면서, 괴이 자체의 형성 과정에서 언급된 설명이라고 생각해 보면 재미있어요. 도시 전설이라고 불리는 것 중에는 그 진위를 확인할 방법을 찾을 수 없게 만들어진 이야기 패턴도 적지 않으니까요."

"그것을 알고 있는 사람이 만든 것이라는 말씀이신가요?"

"네. 괴이가 그런 사람들에 의해서 유지되는 것이지만, 도시 전설은 근대 합리주의를 거치고 있는 만큼, 논리적으로 만들어진 경우가 많습니다. 전기인간에 대한 소문들은 어떤 것들이었죠?"

"말하면 나타난다, 사람의 생각을 읽는다, 도체를 타고 다닌다, 전쟁 때 일본군이 만들었다, 전기로 사람을 죽인다. 이렇게 다섯 가지입니다."

"모두 교묘하게 존재에 대한 질문들을 피하고 있다고 생각하지 않습니까?"

"그런 건가요?"

"얘기하면 나타난다고 하면서, 어떤 모습으로 나타나는지는 설명하지 않고 있습니다. 전기 스파크처럼 빛나는 건지 아니면 보통 사람과 같은 모습인지, 아니 사람의 눈에 보이는 존재인지도……. 그런 것을 얘기해 주지 않음으로써 말해도 안 나타나지 않느냐는 반론에 대해 빠져나갈 수 있는 길을 두는 것입니다."

"보이지 않아도 있다고 말할 수 있게 말이죠?"

"그렇습니다. 그리고 또, 사람의 생각을 읽을 수 있다는 것은 전기인간이 말해 주지 않는 한 확인할 방법이 없지 않습니까? 게다가 전기인간이 대화가 가능한 존재라는 설명은 없습니다. 이것도 역시 확인할 수 없는 것입니다."

"거짓말이라고 해도 알 수 없게 한 것이군요."

"맞아요. 그리고 도체를 타고 다닌다. 이것은 전기인간으로부터 도망갈 수 없다는 공포를 불러일으키기 위한 것이겠지만, 전기인간을 잡을 수 없다는 얘기이기도 합니다. 포획에 의한 존재의 증명이 불가능하다는 말이죠. 전쟁 시 일본군에 의해서 만들어졌다는 설명도 같은 이유에서 비롯된 것일지 모르겠습니다. 지금은 없는 집단을 기원의 설명에 사용함으로써 과거로 거슬러 올라가 조사할 수 없는 것을 노린 것이라고 할 수 있습니다."

사쿠마는 고개를 끄덕였다. 괴이를 무조건 부정하는 것은 간단한 일이지만, 이렇게 그 구조를 설명하는 것은 또 다른 재미가 있다는 생각이 들었다.

"마지막 얘기가 압권이죠. 전기로 사람을 죽인다. 여기에서는 수단과 목적에 대해서 생각해 봐야 합니다. 전기란 수단에 임팩트가 있기도 하지만, 이 경우 중요한 것은 목적입니다. 사람을 죽인다는 얘기는 있지만, 동기는 언급되지 않았습니다. 즉, 동기는 없어도 상관없다는 것입니다. 동기를 상정하지 않으면 인격도 설정할 수 없습니다."

"파낼 수 있는 곳을 줄이는 거군요."

"그렇습니다. 잘 만들어졌지만…… 전기인간이 마이너한 괴이인 것도 그러한 설정 탓이겠죠. 추궁을 피하기 위한 설정은 괴이의 윤곽을 흐립니다. 어떤 모습인지도 모릅니다. 인격도 과거도 불명입니다. 소문의 범위는 한정되어 있지만 그렇다고 특정 장소에서만 나오는 것도 아닙니다. 그런 괴이는 이야기로 다루어지기 힘듭니다. 그래서 어떤 곳에서는 7대 불가사의의 하나로 꼽히기도 했었죠?"

"네. 토오미 시에 있는 나사카초등학교라는 곳에서요."

교수는 의기양양한 얼굴로 그것은 당연한 결과라고 말했다.

"구조적으로 보면 7대 불가사의라는 외골격 없이는 스스로를 유지하지 못하기 때문에, 그 초등학교를 포함한 지역을 벗어난 곳에서는 이야기되기 어려울 것입니다. 이야기의 매력으로 스스로를 유지하는 것이 아니라, 환경의 일부로 설정되어 있기 때문에 살아남아 있는 것입니다."

"거기까지 계산되어서 만들어진 것이라는 겁니까?"

"맨 처음 얘기한 사람이 어디까지 상정하고 있었는지는 알 수 없습니다. 괴이도 시간이 지나면서 사람들의 입에서 다듬어지는 거니까요. 그래도 아무것도 없는 곳에 설정됐다고 보기는 어렵습니다. 그 환경, 즉 초등학교에는 토대가 되는 무언가가 있었는지 모르겠습니다. 그것이 드러나면 재미있겠다고 미하루의 연구 주제를 들었을 때 생각한 적은 있습니다만."

교수는 잠시 말이 없었다. 그녀가 죽어 버렸으니 어쩔 수 없다고 생각했을 것이다.

사쿠마는 딱 잘라서 물었다.

"전기인간에게 살해당했다는 사람은 미하루 씨 외에 다케미네라는 노인과 토오루라는 고등학생도 있습니다. 그 점에 대해서는 어떻게 생각하십니까?"

"괜찮은 이야깃거리가 아닐까요?"

"괜찮다고요?"

"다케미네라는 노인은 모르지만 토오루라는 학생에 대해서는 경찰에게 들었습니다. 만난 적도 있습니다. 저한테는 미하루의 동생이라고 했었죠. 두 사람의 사인은 심부전이라고 들었습니다."

"경찰은 그렇게 판단한 것 같습니다. 거기에 다케미네 노인의 죽음도 겨울에 목욕탕에서 흔히 일어나는 혈압 변화에 의한 심부전일 거라고……."

"즉, 별다른 뚜렷한 사인은 없었다는 얘기입니다. 그렇다면 더욱, 그들이 죽은 것은 전기인간의 소행이라고 해도 무방할 것 같습니다. 그렇게 해서 수긍할 사람이 있다면 괴이로서도 존재 의의가 있습니다."

"그렇게 간단하게 말해도 괜찮은 것일까요?"

"민속(民俗)이란 사람의 생활에 뿌리내린 것입니다. 일상에 있는 관습이 본질입니다. 괴이는 도덕이나 합리주의적 견지에서 비판받기 십상이지만, 이는 바꿔 말하면 그것들의 관할에 들어가지 않는 것을 다루는 역할을 하는 셈입니다."

"무슨 뜻인가요?"

"아, 말이 어려웠군요. 그러니까, 예를 들면……."

교수는 손깍지를 끼고 잠시 생각하다가 말을 이었다.

"신기루의 정체에 대해 어린아이가 물었을 때, 빛의 정의부터 시작해서 기온과 습도의 차이에 따른 굴절을 설명하고 실험을 통해서 확인할 수 있게 하는 것보다는 거대한 대합이 토하는 빛이라고 설명하는 편이 간단한 만큼, 더 많은 사람들의 귀에 닿을 수 있겠죠. 질문자가 설명을 끝까지 들어 줄 끈기가 있는 아이들만 있는 것도 아니고, 질문을 받는 사람이 모두 그 진실을 잘 가

르쳐 줄 수 있는 능력이 있는 것도 아니니까요."

"아무리 그래도, 그건 거짓말이잖아요."

사쿠마의 이의 제기에 교수가 말했다.

"네, 완전히 거짓말이죠. 하지만 신기루에 대해 잘못 알고 있다고 해서 실생활에 지장이 있는 건 아니지 않습니까. 거칠게 말하면, 민속이란 아무래도 상관없는 것에서 발생하는 것입니다. 아무래도 상관없기 때문에 설명도 멋대로 하게 되는 것입니다. 진실은 하나지만, 거짓은 무한합니다. 결과적으로, 지역이나 민족 별로 내용에 폭이 생기고 미묘한 차이가 생겨날 수밖에 없는 겁니다. 살해의 의심에 대한 해석도 마찬가지일 것입니다. 전기인간이 어떻게 이용되더라도, 그렇게 말해서 이해하는 사람이 있는 한 부정할 필요는 없습니다. 진실을 밝힌다고 해서, 시체가 다시 살아나는 것은 아니니까요."

20

"전기인간을 잡을 방법을 알아냈어!"

[그거 잘됐네요. 인류의 미래는 사쿠마 씨에게 맡깁니다. 아, 이것이 게임이라면 세이브 해 두는 편이 좋겠네요. 그럼 수고하세요.]

"기다려! 야! 요미사카!"

[또 뭔가요. 나 참…….]

핸드폰 너머에서 요미사카 유지는 기운 없는 목소리로 투덜거렸다. 일단 들어 보라고 말한 사쿠마는 교수에게서 들은 '전기인간론'에 대해서 신나게 설명해 주었다.

"어때, 재미있지? 일개 도시 전설이라고 해도, 그 성립에는 논리가 있다 이 말이야."

[네. 확실히 논리적인 얘기같습니다. 하지만 솔직히 말해서, 그 교수는 어지간히 분위기 파악을 못 하고 있네요. 전기인간은 도시 전설이라고 할까, 오히려 괴담에 가깝잖아요. 어른의 입장으로서 무서워해야 하는 게 바람직하다고 생각합니다만…….]

"나는 소년의 마음을 버리지 않고 있어."

[저도요. 저도 평소에는 그런 마음으로 산다고 생각하고 있습니다만…….]

일이잖아요, 하고 요미사카가 덧붙였다. 그러자, "뭐가?" 하며 사쿠마가 되물었다.

[이 취재 말이에요. 조금 더 중심 소재로 다가가는 편이 좋지 않을까요? 못 한다고 도망친 제가 드릴 말씀은 아니지만요.]

"지하호를 조사하라는 거야?"

"으흠." 하고 사쿠마는 웃었다. 그것은 의미심장한 미소였다.

"무슨 말인지는 알겠어. 〈실제로 존재하는 지하 감옥 특집〉이니까, 현지의 분위기를 느끼면서 사진을 찍고, 그것을 바탕으로 글을 쓰면 된다고 생각하는 거지?"

[아니 뭐…… 재미가 없으면 의미가 없는 거잖아요.]

"야, 편집장처럼 말하지 좀 마."

[언젠가는 누구한테 이런 얘기를 하는 입장이 되어 보고 싶었습니다.]

"어쨌든, 그런 식으로 마무리해 버리는 건 좀 그렇지 않나 하는 생각이 들어서……."

[인생론적인 얘기라면 별로 듣고 싶지 않네요.]

"시간을 두고 생각해야 할 기획이라, 해치워 버리듯이 일하고 싶지 않다고 할까……."

[그럼 어떻게 하실 건데요. 진짜로 전기인간을 잡겠다거나 그런 말씀은 아니죠?]

사쿠마는 아무런 대답도 하지 않았다.

[지금, 장난하시는 거 아니죠?]

요미사카는 질렸다는 목소리로 말했다.

[진심으로 그럴 생각을 하는 거예요? 자, 잠깐…… 아니…… 왜요? 아이고, 적당히 좀 하세요. 사쿠마 씨답지 않아요.]

"어떤 게 나다운 건데?"

[좀 더 상식적으로 말이에요. 그렇게 막 인기 있지는 않아도, 읽는 사람이 적당히 수긍할 정도의 기사를 쓰는 스타일이잖아요.]

"그래. 나도 바로 그런 생각으로 말하는 거야."

[그게 무슨 말씀이세요?]

"시체가 세 구나 나왔잖아. 전기인간이 죽였다는 소문도 있고."

[사인은 모두 심부전이라 병사한 거잖아요.]

"그게 수상하다는 거야. 병사라고 하기엔 미하루와 토오루는 너무 젊고, 다케미네를 포함한 세 사람의 사망 시기도 너무 몰려 있어. 편견 없이 본다고 해도 역시 이상하잖아."

[그럴 수도 있지 않나요? 그런 우연이 있는 것이 보통인 세상이니까, 때로는 현실이 허구보다 더 극적이잖아요.]

"그래서 내가 일단 조사해 봤어. 의문사 중에서 심부전이 차지하는 비중을 전국 평균치하고 이 토오미 시의 수치를 비교해 봤단 말이야. 그랬더니 약 세 배의 차가 나더라고. 토오미 시 쪽이 상당히 큰 거지. 이것은 모집합의 규모나 연도별로 생각해 봐도 무시할 수 없는 거야."

[음……. 통계라는 숫자는 속임수가 포함되는 거니까, 한마디로 단정할 수는 없다고 생각합니다. 게다가, 반대로 토오미 시 쪽이 비중이 높다면 세 사람이 심부전에 의해 죽은 것도 이상한 게 아니라고 생각할 수 있지 않나요?]

"미하루와 토오루는 토오미 시의 주민이 아니야. 그보다 먼저, 토오미 시에서는 심부전으로 죽는 사람이 많다는 것 자체가 이상한 것이잖아. 그리고 말이야, 여기에 재미있는 글이 있어."

핸드폰을 왼손으로 옮겨 든 사쿠마는 메모장을 펼쳐 들었다. 문제의 페이지엔 갈겨쓴 글씨들이 가득 차 있었다. 사쿠마는 '죽인다', '죽여라', '복수', '죽이지 않으면', '원수'……. 그런 거친 의미를 가진 문자 중에 가장 신경 쓰이는 부분을 소리 내어 읽었다.

"죽이는 방법, 전기를 사용한다, 흔적이 남지 않는다, 군대의 신무기……."

[누가 쓴 건가요?]

"히즈미 토오루로 여겨지는 시체의 소지품이야. 여동생도 토오루 본인의 필적이라고 확인해 줬어."

[그런 것까지 손에 넣었어요?]

"다른 것도 있어. 토오루의 소지품에 복사한 종이들이 있는데, 한쪽에 토오미 시립 도서관의 마크가 있는 것을 보니 도서관에 있는 책을 복사한 것 같아. 태평양 전쟁 때, 토오미 시에 설치된 지하호를 소개하는 내용인데, 이 지하호에 대해서는 아무런 기록도 없어. 어때? 재밌는 얘기가 떠오를 것 같지 않아?"

[별로 내키지는 않는데요.]

"히즈미 토오루는 전기인간의 정체를 전시 일본군이 개발한 신병기라고 생각하고 있었어. 사람을 감전시키는 병기가 그 지하호에서 생산된 것이라고 말이야. 감전사라는 게 죽이는 방법으로는 흔치 않잖아. 의사가 시체를 확인하면 심부전으로 진단해 버릴 것이라는 부분까지 계산된 것인지도 몰라."

[전기를 사용한 암살 무기인가요?]

"그래. 그 병기를 지금도 사용하고 있는 놈이 있어서, 그 때문에 토오미 시에서는 전국 평균보다 심부전으로 죽는 사람이 많은 것으로 생각하면…… 어때?"

[그렇다면 전기인간은 또 다른 형태의 도시 전설이 되겠군요.]

"뭐, 여기까지는 내 생각이다. 그래서…… 어때?"

[뭐가요?]

"너는 살인 사건 이야기를 쓰고 있잖아. 실제로 감전사한 시체를 심부전으로 잘못 보는 경우도 있을까?"

[으음…….] 하고 요미사카는 신음을 내더니, 침착하게 천천히 말했다.

[감전사는 어떻게 인정되는가의 문제네요. 감전사 특유의 흔적이 남아 있다면 어떤 의사라도 심부전이라고는 보지 않겠죠.]

"흔적이 남게 되는 거야?"

[경우에 따라 다르겠죠. 감전사는 대개 낙뢰 아니면 고압 전류에 의한 사고니까요. 벼락을 맞았다면 전류가 지난 경로에 그을음이 생깁니다. 고전압 사고라면 피부에 전문電紋 : 번개무늬)이라고 하는 독특한 흔적이 남고, 전극에 직접 접촉해서 감전된 경우에는 피부에 금속 막이 눌어붙기도 한다더군요. 옷에 닿은 상태라면 고열로 섬유가 타면서 구멍이 뚫렸을 거예요. 그런 식으로 죽었다고 하면, 시체에서 흔적을 지우는 건 불가능하다고 생각합니다.]

"가정용 전원으로 자살하는 경우도 있던데."

[자살 방법으로 치자면 흔치 않은 경우이긴 하지만 분명히 있긴 합니다. 일본의 가정용 콘센트의 전압은 한 100V아니면 150V, 하지만 이 정도의 전압이라면 손으로 그 전극을 붙잡고

있어 봤자 죽을 만큼의 전류는 흐르지 않습니다. 피부에는 전기 저항이 있으니까요. 전압이 일정하다면 전류는 저항에 반비례하니까…….]

"피부의 저항을 줄이면 되는구나."

[네. 가장 쉬운 방법은 피부를 젖게 하는 것입니다. 젖은 손으로 드라이어를 쓰지 말라고 하잖아요. 그래서 전기를 이용한 자살은 몸을 물에 담근 상태에서 전기를 통하게 하는 경우가 많은 겁니다. 그 물이 이온을 포함하고 있다면 더 효과가 있죠. 고문할 때 점막이 덮여 있고 젖어 있는 곳, 그러니까 입, 항문, 음부, 요도 등에 전극을 찌르는 것은 상대방의 존엄을 빼앗는 것뿐 아니라 과학적인 이유도 있는 겁니다.]

"기분 나쁜 얘기네."

[먼저 물어봤잖아요.]라고 받아친 요미사카는 물 만난 물고기처럼 신나게 말을 이었다.

[어쨌든 인체 내부에는 저항이 거의 없어서, 감전사하려면 피부의 저항을 어떻게 돌파하느냐가 중요합니다. 다만 이 경우, 타서 죽은 것이 아니라 심세동(心細動 : 심장 박동에 이상이 생겨 박동이 진동하는 것으로 급성 심장 마비의 가장 흔한 원인이다.)이 발생해서 죽게 되는 거라 꼭 높은 전압의 전류가 필요한 것은 아니에요. 그래서 감전사는 시체 발견 시의 상황과 목격자 증언으로 확인하는 경우가 많다고 합니다. 주위에 고전압도 없고 피

부에 남은 흔적도 별로 없다면, 판정이 어려울 수도 있겠죠.]

"그런 경우는 사인이 심부전으로 판명 날 수 있을까?"

[경찰 의사의 안목을 믿고 싶기는 하지만, 시체와 관련된 상황에 의심할 만한 점이 없다면, 사인은 알 수 없어도 심부전으로 정리하고 해부까지는 하지 않는다는 것이 변사체에 대한 일본 관헌의 대응이라고 하더군요.]

"게으른 인간들이군."

[이유는 여러 가지 있는 거 같아요. 예산, 인력, 제도, 게다가 경찰과 지자체와 법무부 등의 분파주의 같은 이런저런……. 사쿠마 씨가 아까 말한 통계의 차이도 지자체별로 오차가 있을 거로 생각해요. 전국 평균과 비교하는 것은 적당하지 않다고 할까……. 극단적으로 얘기하면, 그 지역의 경찰 의사의 재량으로 얼마든지 수치를 올렸다 내렸다 할 수 있으니까요.]

"그렇구나."

사쿠마는 한숨을 내쉬었다.

"아무튼, 나의 해석은 그래. 히즈미 토오루의 상상이라고 할 수 있겠지만…… 사람을 전기로 죽이는 무기라는 설은 그렇게 빗나간 얘기는 아니라고 생각해도 되지 않을까?"

[글쎄요. 솔직히 말해서 흥미롭긴 하지만……아무리 사이언스 픽션이라고 해도 왜 그런 것을 만들었느냐는 설정은 필요해요. 전기로 사람을 죽이는 무기라고 해도 기술적으로는 접촉해서 전

류가 흐르는 형태가 될 것이고, 이유를 명시하는 것도 상당히 번거로울 겁니다.]

"호러는 어떨까?"

[아, 호러라면 뭐든지 가능합니다. 하지만 그렇다면 감전보다는 각목으로 후려치는 편이 효과적이겠죠. '감촉 있는 공포'가 요즘 유행이라…….]

"시체에 흔적을 남기고 싶지 않았다고 하면?"

[흔적을 남기지 않으려면, 일단 전기를 사용해서 살해하는 방법은 선택하지 않을 거라고 생각합니다. 전기 충격기 같은 것도 피부에 흔적이 남고, 순식간에 상대를 죽이려면 사용하는 사람에게도 위험할 정도의 고전압이 필요하니까요.]

알아들었다는 듯, 사쿠마는 고개를 끄덕였다.

이 녀석이 거절은 했지만, 흥미는 있어서 아마 감전사에 관해서는 따로 조사했을 거야. 그렇지 않으면 이런 얘기들이 술술 나올 리가 없지.

"그런데 말이야, 죽은 세 사람 중에서 아카토리 미하루는 전라에다가 몸이 젖은 상태로 발견되었잖아. 다케미네 에이사쿠라는 영감도 욕조에 몸을 담그고 있을 때 죽었어. 히즈미 토오루의 시체는 부패가 진행돼서 구더기들에게 상당히 먹힌 상태였다 이거지. 모두가 감전사로 죽었다고 해도 흔적이 흐지부지되어 있는 조건은 고루 갖추고 있어. 지나칠 정도로 말이야."

한 가지 재밌는 가설이 있기는 한데…… 하며 요미사카는 웃음 섞인 목소리로 말했다.

[역시 세 사람의 죽음이 관련이 있는지도 모르겠군요. 그 뒤에 숨어 있는 살인자가 있다는 설은 나 같은 놈에게는 아주 매력적인 이야기죠. 전기가 사용됐는지 아닌지는 둘째 치더라도, 딱 봐서 심부전으로 죽은 것처럼 보이는 방법을 택한 것이라고 하자고요. 그렇다면, 저라면 이렇게 물을 겁니다. '도대체 왜 그런 짓을 한 거야?'라고.]

"범행을 숨겨서 자신이 의심받지 않으려는 거지. 당연한 거 아니야?"

[아니아니, 수단이 아니라 동기를 말한 겁니다. 어째서 세 사람을 죽였느냐 이거죠. 그 사람들이 범인에게 원한을 살 만한 짓을 했을까요?]

"하지 않았을까?"

[아뇨, 저는 하지 않았다고 생각합니다. 세 사람이 특정 관계로 연결되는 선은 발견되지 않았잖아요. 그런 걸 찾았다면 역시 경찰이 움직였겠죠.]

"토오루가 미하루를 죽이고 나서, 자책해서 자살했을 가능성은?"

[그렇다면 목욕탕에서 죽은 영감은요?]

한 가지 확인하겠습니다, 라며 요미사카가 덧붙였다.

[세 사람의 죽음에는 관련이 있다. 전기인간이 죽였다는 소문

이 있다. 이 두 가지가 사쿠마 씨의 추리 대전제라고 할까, 작가로서의 일을 완수하는 데 필요한 조건입니다. 이것을 채우지 않은 진상은 조사할 만한 가치가 없다고 하겠습니다. 무슨 말씀인지 아시겠습니까?]

"어. 그래서?"

[세 명의 상태를 보면, 감전사로 생각해도 그다지 이상한 부분은 없습니다. 아니, 오히려 그렇게 생각하고 싶기 때문에 그렇게 죽은 것처럼 보일 수도 있죠. 만약 범인이 그걸 노렸다면 어떨까요? 전기인간이 실재한다고 믿게할 수 있으니까요.]

"소문을 퍼뜨리고 싶었다는 거야?"

[그보다, 저는 그 소문도 계획의 일부라고 생각합니다. 살인범은 최종적으로 전기인간이 있다는 분위기를 조성하고 싶었던 것이라고 말이죠.]

"그런 짓을 해서 무슨 득이 된다는 거야?"

[화젯거리가 되잖아요. 그런 터무니없는 이야기로 먹고사는 것이 우리들이잖아요.]

사쿠마는 말문이 막혔다. 요미사카의 얘기는 일리가 있었다. 하지만 받아들일 수는 없었다. 소설가의 얘기는 추리를 위한 추리라고 생각되었다.

"그런 건 말장난이잖아."

[음……. 저는 꽤 명백하게 범인을 지적했다고 생각합니다만.]

"무슨 소릴 하는 거야."

[제 말 그대로의 의미예요. 전기인간이 실재하면 좋을 사람, 이득이 되는 사람이 범인이라고 말하는 겁니다. 즉…….]

"즉?"

[범인은 사쿠마 씨입니다.]

사쿠마는 잠시 할 말을 잃었다. 요미사카 역시 말을 멈추고 있었다.

이윽고, 사쿠마가 먼저 입을 열었다.

"너 지금 시비 거는 거지?"

[부정하지 않는 건가요?]

"그걸 지금 말이라고 하는 거야?"

[으하하.]

핸드폰 너머에서 웃음이 터졌다.

[그냥 해 본 소리예요. 사쿠마 씨가 범인일 리가 없죠. 솔직히 말해서, 일 때문에 세 사람을 죽이는 정도의 각오는 없잖아요.]

"없지. 그런 각오를 하고 일하는 인간이 세상에 어디 있어."

[그런가요? 각오를 일에 대한 자세라고 바꾸어 말한다면, 나는 짐작 가는 사람이 하나 있는데요. 원래 이 기획이 어디에서 나온 거죠?]

"그럼, 루카와 씨라는 말이야?"

사쿠마는 즉각 부정하지 못했다. 요미사카의 말처럼 재미있는 기사를 쓰기 위한 열정이라면 의심할 여지도 없이 떠오르는 사람이기 때문이었다. 어쩌면…… 하는 생각은 들었다. 그래서 그는 그 가능성의 진위보다, 그런 식으로 자신이 생각해서 부정하기 어렵게 될 것을 내다보고 추리를 한 요미사카에 대한 반감으로 한마디 했다.

"그럴 리가 없잖아, 이 바보야!"

[루카와 씨가 이번에 재생 마법인가로 제세동기인지 뭔지를 만든다는 얘기를 들었어요. 그 기술이 사실은 전기인간을 연출하는 도구로 사용된 것이라면……. 상상이 되지 않나요?]

"그건 잘못된 추측이야. 그 반대라고 봐야지. 그 전까지 전기인간을 조사하다가 재생 마법에 전기를 사용하는 아이디어가 나온 거라고 봐야지."

[그래도 일 때문에 살인했다는 것을 빼고 생각해 봐도, 있을 수는 있는 일 아닌가요? 사람 죽이다가 일에 활용할 아이디어를 찾아냈다고?]

"말이 되는 소리를 해라!"

[그런가요? 생각해보니 그렇네요.]라며 요미사카는 순순히 인정했다.

[루카와 씨의 평소 일에 대한 태도를 생각해서 그런 추리를 해본 건데요. 그분은 일에 있어선 정말 균형 감각이 없는 거 같아요. 그 정도로 일에 대한 집착이 너무 강하다고 할까. 옆에서 어

떻게 보든 상관없이, 그 나이가 되도록 작가로서의 일을 하는 걸 보면 말이에요. 그만큼 양식과 상식도 충분할 정도 이상으로 갖추신 분이라고는 생각하지만요.]

그는 루카와에 대해 전부 파악하고 있다는 말투였다. 사쿠마는 혀를 차려다가 참으며 말했다.

"그래서 결국 어쨌다는 거야. 쉽게 좀 얘기해."

[돌려서 얘기하는 것이 제 취미예요.]

"결론 같은 건 처음부터 없었다고 생각해도 할 말 없겠군."

[그럼 뭐, 거두절미하고 결론만 말씀드릴게요.] 하고 요미사카는 잠시 말을 멈추고 헛기침을 했다.

[전기인간은 있습니다.]

문득 침묵이 이어졌다.

[여보세요? 제 말 들으셨어요?]

"내가 들은 게 맞는다면, 전기인간은 있다고 들었어."

[그러니까, 그것이 저의 결론이에요. 아시겠어요? 세 사람의 죽음은 관련되어 있다. 전기인간이 죽였다는 소문이 있다. 다시 말씀드립니다만, 이것이 해답의 전제 조건입니다. 거슬러 올라가서 말씀드리면, 저는 살인의 동기를 설명하기 위해서 이 조건을 제시했습니다. 하지만 거기에서 도출된 대답은 사쿠마 씨가 터무니없다고 부정했습니다.]

"내 탓으로 돌리지 마. 지금 네 대타로 취재하고 있는 거잖아."

[아무리 생각해도 그럴듯한 동기가 없어요. 살해 동기가 없는데 시체가 나왔다……. 그렇다고 자살이나 사고 또는 병사 쪽으로 결론 내 버리면 경찰의 수사 결과와 다를 게 없잖아요. 지금까지 취재해 온 것을 생각하면 그건 받아들일 수 없죠. 그렇죠?]

"그거야 뭐……."

지하호를 취재하고 그럴듯한 분위기에서 기삿거리를 만들기. 그것이 사쿠마가 해야 할 일이었다. 물론 잘못된 것이라고 해도 거기에 이성적인 해석을 덧붙이면 허황된 얘기로는 보이지 않는다는 계산 아래 작성될 것이다.

[그렇다고 한다면, 전기인간은 진짜로 있다는 얘기가 됩니다.]

"지금 그거, 바보 같은 소리라는 건 아냐?"

[이걸 취재하는 것 자체가 바보 같은 짓 아닌가요? 게다가 전기인간의 소행이라고 생각하면 모든 것이 설명되잖아요. 사람의 피부에 흔적을 남기지 않을 정도로 전압을 마음대로 조정할 수 있는 것도 전기인간이라면 가능할 것이고, 아까 사쿠마 씨가 설명해 준 교수의 말대로 전기인간은 사람을 죽이는 존재이므로 동기를 물을 필요도 없고, 그럴듯하지 않나요?]

"분명히 말해 두지만, 전기인간의 존재를 부정하기 힘든 조건을 가진 사건들이라고 해서 전기인간이 실재하면 설명하기 편하니까 믿어야 한다고 할 수는 없어."

그 정도는 너도 알고 있지 않냐며 사쿠마가 말하자 요미사카도 인정했다.

[알긴 알지만요. 그건 그것대로 생각해 볼 수 있는 가설이잖아요. 만약에 이것이 저의 소설이라면 전기인간은 진짜로 있다고 쓸 겁니다.]

"너는 미스터리 소설가잖아!"

[네, 저야 뭐, 아야츠지 유키토 씨의 추천을 받을 정도로 유능한미스터리 소설가죠.]

"알아, 자랑하듯이 말하지 마."

[자랑한 거 맞는데요.]

몇 초간 뜸을 들인 후, 조금 전보다 더 강한 어조로 요미사카가 말했다.

[백번 양보해서, 세 사람의 죽음이 타살이라는 전제는 어쩔 수 없이 받아들여도 좋습니다. 그래도 같은 얘기긴 하지만, 그 진상을 파헤치는 것은 사쿠마 씨의 일이잖아요. 경찰의 일도 아니고, 굳이 말하자면 아마추어 탐정 같은 일이에요. 일이라고는 했지만, 금전적인 보수가 발생하지 않아도 상관없는 할 일 없는 사람이나 맡을 일이죠. 시쳇말로 고등실업자나 할 일입니다. 저도 어지간히 이런 얘기 좋아하는 바보이긴 하지만 그 정도까지는 생활에 여유도 없고, 기력도 없어요. 사쿠마 씨도 그렇지, 왜 그렇게 열성을 보이시는 거예요? 루카와 씨의 기획이니까?]

"그 영향이 크지."

[그렇다면 더욱, 진상이 어쩌고저쩌고하는 것보다 기사의 재미를 우선으로 해서 그냥 쓰는 편이 좋죠. 그러지 않으면 루카와 씨 같은 작가가 되기 힘들어요.]

뭐 그래도 자신 없으면 자신이 전기인간 역할을 해 주겠다고 요미사카는 말했다.

[어차피 이렇게 된 거, 그럴듯하게 변장이라도 하고…….]

"아냐. 그랬다가는 루카와 씨의 데드카피(dead copy : 어떤 제품을 개발할 때, 이미 시판되고 있는 유사한 제품의 생산을 공장에서 재현해 보는 일)밖에 안 돼."

[아, 그렇군요. 얼마 전에 다른 건으로 그분, 마법사 코스프레 한 상태로 체포된 적 있었죠? 제가 흉내 내 봤자 소용없겠네요. 그야말로 살인이라도 하는 정도가 아니면……. 하긴 뭐, 살인 사건 이야기로 기삿거리는 삼을 수 있어도, 기삿거리 삼기 위해 살인을 한다는 건 역시 좀 그러네요.]

"아무도 그 정도까지는 하지 않지."

[그래도 전기인간이 있다는 방향으로 쓰지 않으면 재미없어진다는 거 아시잖아요.]

사쿠마는 고개를 끄덕였다. 무슨 말인지는 알지만 아무리 그래도…….

"뭐라고 해도, 나는 이해가 될 때까지 이 사건을 조사할 생각이야."

[참, 사람 말 못 알아들으시네.]

“요미사카, 너 언젠가 거짓말을 하는 것이 본업이라고 했지?”

[그 역시 거짓말이라는 패러독스로 도망치고 싶으세요?]

“아무것도 없이 상상만으로 하는 거짓말이라면 웬만해서는 상품으로써 잘 안 통하잖아. 거짓말이라고 해도 대충 한 거짓말하고 진실을 안 상태에서 하는 거짓말은 무게가 다른 거야. 필자의 자부심도 달라지는 것이고 말이야. 그래서 취재라는 것을 하는 거잖아.”

에휴, 하고 요미사카의 한숨 소리가 들렸다.

[일단 말씀드리는 거지만, 진실을 알게 됨으로써 상상력에 방해가 되는 것이 싫어서 취재하지 않는 사람도 있어요. 결국에는 각자 다른 거죠.]

“너는 어느 쪽이냐?”

[책을 두세 권은 읽는 쪽이에요.]

“나는 발로 뛰어다니며 해결하는 쪽이야. 이 전화 어디에서 거는 거라고 생각해?”

[집 아닌가요?]

설마 하며 요미사카는 비웃듯이 말했다. 아무렇지도 않은 듯 미소를 지으며 사쿠마는 자신이 있는 방을 둘러보았다. 그가 있는 곳은 간접 조명이 어슴푸레한 세계를 만들고 있는 호텔 방 안이었다.

"아카토리 미하루가 죽은 방이야. 비어 있어서 숙박하고 있지."

[그러다 죽지 마세요.]

"걱정해 주는 거냐?"

[물론이죠. 이 전화를 마지막으로 사쿠마 씨가 죽으면 경찰에서는 나를 의심하게 될 테니까요.]

"걱정 마. 죽을 때는 벽에 살인범으로 네 이름을 써 둘게."

사쿠마는 그렇게 말하고 나서 전화를 끊었다. 배터리가 얼마 안 남아서 핸드폰을 충전기에 연결한 후 다시 한번 실내를 둘러본 다음 자료를 들고 그 내용을 복습했다.

발견 당시 방문도 창문도 잠겨 있었고, 아카토리 미하루는 세면실 바닥에 알몸으로 쓰러져 있었다. 사망 추정 시각은 발견되기 전날 밤. 외상은 없었고 부검을 통해 사인은 심부전으로 결론이 났다. 방의 열쇠는 방 안에 있었고, 여벌 키는 프런트에서 보관 중이었다. 또한, 방범 카메라에도 수상한 사람의 모습은 비치지 않았다고 한다.

만약 내가 범인이라면 프런트 앞을 지나가야 하고 누군가와 마주칠 가능성이 있는 엘리베이터는 이용하지 않을 거야. 그렇다면 창문 아니면 비상계단을 통해 침입하는 것을 생각해 볼 수 있지.

비상계단은 건물 외벽에 설치되어 있지만, 출입문은 안쪽에서 밖에 열리지 않는 구조로 되어 있었다. 창문도 시체가 발견된 당시에는 잠겨 있었다고 한다.

하지만 안에서 열어 주는 자가 있었다면 침입은 가능하다. 일단 들어오면 창문도 안에서 잠글 수 있고, 비상계단으로 달아나는 것도 가능하다.

"즉, 아카토리 미하루가 열어 주면 된다."

사쿠마는 그렇게 중얼거리면서도 아직 딱 이거다 하는 생각은 떠오르지 않았다. 요미사카가 말한 것처럼 그런 얘기는 재미가 없다. 그것이 만약 진실이라 하더라도 쓸 만한 것이 못 된다.

진짜로 전기인간이 있다면 어떨까?

사쿠마가그렇게 생각했을 때였다. 시끄러운 소리가 들렸다.

돌아보니 침대 옆에 있는 TV가 어느새 켜져 있었다. 드라마가 방송되고 있는 것 같았다. 외모만 그럴듯하고 연기는 못하는 탤런트들이 서로 큰 소리로 말싸움을 하고 있었다.

혀를 차면서 리모컨을 집어 든 사쿠마는 문득 깨달았다. 배우가 무슨 소리를 하고 있는지 알아들을 수가 없다는 것을. 음성이 들어 본 적도 없는 나라의 말처럼 들렸다.

그는 전원 버튼을 눌렀다. 하지만 텔레비전은 꺼지지 않았다. 두 번, 세 번을 되풀이해서 눌러도 TV는 켜진 상태 그대로였다. 리모컨을 뒤집어 배터리 케이스의 뚜껑을 열었다. 그 안에서 건전지를 손으로 꺼냈는데 느닷없이 TV가 꺼졌다.

사쿠마는 이마를 긁적거리고는 건전지를 원래대로 끼우고 다시 전원 버튼을 눌러 보았다. TV가 켜졌다. 이번에는 음성도 정상이었다.

그런 당연한 것이 오히려 공포감을 자극했다.

전기인간…….

"있는 거야?"

답하는 목소리는 사쿠마의 귀에 들리지 않았다.

머리맡에 있는 수화기를 들고 프런트에 연락해서 상황을 얘기하자 사과의 말부터 했다. 어쩐지 익숙한 듯한 응대였다.

"TV 본체를 바꿔도 달라지지 않더라고요. 전문가의 말에 따르면 전압은 안정되어 있으니까 아마도 주변의 전자파 때문인 것 같다는군요. 정말 죄송한 말씀이지만, 아무튼 항상 발생하는 일도 아니고 고객님의 신상에 해를 입히는 것도 아니니, 불편하시겠지만 한번 전원을 껐다가 켜 보시면 다시 정상적으로 나올 겁니다."

"이 방에서만 나는 증상이 아닌 건가요?"

"네, 다른 방에서도 가끔……."

사쿠마는 수화기를 내려놓았다. 샤워하려고 옷을 벗었지만 전라의 상태로 죽었다는 아카토리 미하루가 떠올라서 그냥 침대에 누워 버렸다.

문득 요미사카의 말이 떠올랐다. 전기인간은 존재한다는…….

조사해서 무엇인가 밝혀진다고 해도, 기사에서 전기인간의 존재를 부정할 수는 없다. 진실을 알고 난 다음에 하는 거짓에는 무게감이 생긴다는 말은 맞는 말이지만, 독자들이 감탄할 정도로 차이가 날 것이라고는 생각하지 않으니까.

그러니 전기인간은 존재한다고 해도 상관없어. 아니, 있는 편이 좋아. 하지만…….

전기인간이 사람을 죽이는 동기에 관해서는 얘기가 되어 있지 않다고 교수는 말했다. 괴담의 구조를 지키기 위해서 그렇게 되어 있어야 한다고. 사쿠마도 그의 설명을 이해했다.

"하지만 역시, 동기는 없어도 이유는 있어야 해."

전기인간은 얘기하면 나타난다. 어디서 누가 말한다고 해도, 여러 명이 동시에 말해도 나오는 것이겠지. 분명히 말하는 사람의 수만큼 늘어날 거야.

물론 주관의 세계에 있는 당사자에게는 유일한 존재겠지. 그래서 전기인간이 동시에 여러 장소에 존재한다는 가정 자체는 주관적인 공간에서는 의미가 없어. 한 인간이 다른 공간의 존재를 동시에 인식할 순 없기 때문이지.

그렇지만 객관적으로 포착한 때의 전기인간까지 하나여야 할 필요는 없다. 또한, 모든 전기인간이 사람을 죽인다고 할 수도 없고.

루카와 씨는 전기인간이라는 단어를 입에 담지 않았어. 말하지 않는 것이 규칙이라면 그것은 지켜야 한다고도 했지. 마치 말하지 않았기 때문에 자신은 살아 있다는 것처럼.

그러나 내가 아는 범위에서도, 편집장도 그렇고 요미사카도 그렇고 거기에 나조차도 전기인간을 말하고 있지만 죽지 않았어.

"전기인간에게 죽이느냐 마느냐를 선택하는 조건이라도 있는 건가?"

천장을 바라보며 혼잣말을 하던 사쿠마는 눈꺼풀이 무겁게 느껴졌다. 오랜만에 걸었더니 피곤했다. 샤워하고 싶은 마음도 사라졌다. 다만 뭔가를 끄집어내고 있다는 느낌이 들었다. 그것에 이끌려 그의 사고가 쫓아가고 있었다.

살해 동기는 필요 없어도 죽게 되는 이유는 필요하다. 아카토리 미하루, 다케미네 에이사쿠, 히즈미 토오루 이 세 사람이 정말 전기인간에게 당한 것이라면 죽게 된 어떤 조건에 충족되어 버렸기 때문일 것이다. 그것을 찾아내야 한다.

사쿠마는 힘없이 웃다가 문득 깨달았다. 미하루의 담당 교수는 전기인간이 없다는 것을 전제로 한 이야기밖에 하지 않았다는 것을. 그건 당연한 얘기이기도 했다. 그때는 사쿠마 자신이 전기인간의 존재를 믿지 않는다고 했으니까.

만약 존재를 믿는다면 이런 논리가 전개됐을까? 전기인간은 실재한다. 이 방향으로 생각하면 어떻게 될까?

꼭 조사해야 할 것은 현장의 상황이 아니다. 그것은 경찰이 이미 했고, 사건성 없다고 판단하고 있다. 같은 조사를 한들 경찰보다 잘할 수는 없다. 다른 결론이 필요하다면 다른 것을 해야 한다. 다른 부분을 봐야 하는 것이다.

아카토리 미하루. 다케미네 에이사쿠. 히즈미 토오루. 이 세 사람이 무슨 짓을 했는지를 알아내야 해. 그곳에는 분명히 전기인간이 있다. 진짜인지 그 모습만 흉내 낸 가짜인지는 모르지만…….

생각에 빠져 있던 사쿠마는 어느새 잠이 들고 말았다.

21

"전기인간에 대해서 뭔가 아시는 것이 있으시면 말씀 부탁드립니다."

불그레한 얼굴에 나이도 지긋이 들어 보이는 한 남성에게 자신을 소개하고 나서 그렇게 말했다. 사쿠마는 다케미네 노인이 살았던 회양목 산울타리에 둘러싸인 집 앞 현관에 서 있었다.

호텔을 나와서 토오루의 메모장에 있던 주소를 찾아낸 것이 그날 오전이었다. 초인종을 누르자 문을 열고 나온 사람은 60대 정도 되어 보이는 남성이었다. 베이지색 작업복에 셔츠 차림의 그가 문을 열자마자 알코올 냄새가 코를 찔렀다. 사쿠마는 그것이 소주 냄새라는 것을 금방 알 수 있었다.

"모르겠는디……. 뭐여, 잡지사에서 온 사람인 겨?"

"작가입니다, 기사를 쓰는 게 직업인."

"흐음, 작가 양반은 돈은 좀 버는가?"

"아뇨, 전혀……."

"아, 그려? 하긴, 세상에 만만한 일은 없겄지."

"실례지만, 다케미네 에이사쿠 씨의 아드님이신가요?"

"뭔 소리여! 나는 동생이여! 뭐, 성님하고는 나이 차이가 좀 나긴 하지만 말이여……."

사쿠마는 고개 숙이며 사과하는 척하면서 은근슬쩍 주머니에서 봉투를 꺼내 들었다. 그리고 상대방의 시선이 그것에 반응하여 움직이는 것을 의식하면서 말을 계속했다.

"사실은, 이 근방에서 떠도는 전기인간의 소문에 대해 조사 중입니다."

"그게 뭐여? 글고, 우리 집에는 먼 일로 온 겨?"

"황당한 소리로 들리시겠지만, 이곳에 사셨던 다케미네 에이사쿠 씨가 돌아가신 것이 전기인간 때문이라는 소문이 있습니다. 약소하지만 사례비도 드릴 테니……."

그 말을 듣고 노인이 들어오라고 하자 사쿠마는 집 안으로 발을 들였다. 칙칙한 판자로 되어 있는 복도를 지나자 거실이 나왔다. 낮은 천장과 건조한 공기, 이 집 안에 새로운 것이라곤 조간신문 정도밖엔 없을 것 같았다.

켜져 있는 TV에서는 와이드 쇼가 방송되고 있었고, 고타츠에는 안줏거리로 보이는 오이와 일본된장이 담긴 접시가 놓여 있었다. 그리고 소주가 담긴 페트병이 바닥에 있었다. 차를 끓일 준비를 하면서 다케미네 노인의 동생은 말했다.

"성님은 목욕탕에서 죽었어. 90 가까이 먹은 노인네잖여. 겨울철 목욕은 위험하다고 그렇게 말했는디. 항상 뜨끈한 목욕물에 어깨까지 담그고 계셨다고 형수님한테 들었구만."

"그랬군요. 아, 저도 정말 형님께서 돌아가신 것이 전기인간 때문이라고 생각하는 것은 아닙니다만, 그런 소문이 초등학생들 사이에서 돌고 있어서요."

"초등학생…… 나사카초등학교?"

"네. 거기도 취재할 예정입니다. 형님께서 거기서 일하셨다고……. 여기서 같이 살고 계셨나요?"

"아니여. 성님이 나만 보면 놀지 말고 일하라고 잔소리만 해대서 같이 있지 못했지. 장례식 때 형수님이 자기 혼자 살기엔 너무 넓으니까 괜찮으면 와서 살라고 혀서…… 그래서 뭐…… 나도 여기서 사는 게 나으니까 왔는디……. 형수님이 갑자기 양로원에 들어가 버렸지 뭐여. 팔릴 만한 집도 아니고 철거해 버리기엔 아깝고…… 아무런 대책이 없어서 그냥 더부살이 관리인처럼 지내고 있는 거여."

그렇다고 불평을 할 처지는 아니지만, 하고 그는 덧붙였다. 내

버려 두면 계속 넋두리를 들어 줘야 할 것 같은 느낌이 들어서, 사쿠마는 재빠르게 말을 돌렸다.

"괜찮으시다면 목욕탕을 좀 봐도 될까요? 그리고 사진을 좀 찍어도……. 지면에는 사용하지 않을 것을 약속드립니다."

"약속 같은 거 필요 없어. 저 건너편이여. 가 봐."

안내받은 욕실은 추억 어린 분위기의 하늘색 타일이 붙어 있었다. 욕조만 나중에 교체한 듯 어울리지 않게 세련된 디자인이었다. 노인이 혼자서 죽은 곳이라지만, 그런 쓸쓸한 분위기는 느껴지지 않았다.

사쿠마는 디지털카메라로 이곳저곳을 찍었다. 그 행동의 절반 이상은 취재하고 있다는 것을 보여 주는 연출이었다. 창문이 높이 나 있었는데, 환기용이라 크기가 작아서 사람이 출입할 수는 없을 것 같았다. 미닫이문에 자물쇠도 붙어 있지 않았다. 어느 곳을 봐도 극히 평범하게 지어진 욕실이었다.

사진을 찍으면서 사쿠마는 질문을 했다.

"형님께서 돌아가시기 전에 특이할 만한 모습은 보이지 않았나요?"

"음……. 거의 못 보는 사이라서……. 그래도 뭐, 어떻게 지내는지는 뻔히 알고 있었지. 매일같이 저 지저귀는 숲에 들어가서 낙엽을 쓸거나 나뭇가지 치기 같은 일만 했을 테니 말이여."

"지저귀는 숲이요?"

"나사카초등학교 뒤편의 그 숲. 그 숲에 가면 이름 모를 새들이 지저귀는 소리가 많이 들렸거든. 그래서 나는 그곳을 지저귀는 숲이라고 불러."

"그 숲에 추억이 있으신가요?"

"있지, 있고말고. 어렸을 때부터 이 동네 살았거든. 그 숲에서 자주 매미나 잠자리를 잡곤 했지."

거기서 그는 문득 말을 멈추더니 그래그래, 하면서 고개를 끄덕였다.

"맞아. 성님은 전쟁 때 거기서 일을 했었디야."

"네? 이 숲에서…… 말인가요?"

"언덕진 곳에 구멍이 있잖여. 그것을 팠던 사람 중에 하나가 성님이라는 얘기를 들었어. 내가 직접 본 건 아니고 전쟁 때 이야기여. 나는 그때 태어나지도 않았거든. 돌아가신 아부지가 말해 줬어. 성님은 전쟁 때 얘기는 하기 싫어했거든."

지하호를 판 사람이 다케미네 에이사쿠? 전쟁 중에 그곳에서 일했다고?

가슴이 두근거리는 것을 참으며, 톡톡하고 사쿠마는 이마를 가볍게 쳤다. 그는 일본의 근대역사 연표를 떠올리며 말했다.

"형님께서는 전시에 스무 살을 이미 넘기셨겠죠. 그런데 전쟁터에는 나가지 않았던 겁니까?"

"군 소속의 연구 보조원이었다는 이야기도 있었지. 거기서 뭔가 연구했었다는 거 같기도 하고……. 그래서 그렇게 된 거 같기도 하고……. 성님이 거기를 그렇게 집착하고 매달렸던 것을 보면……."

일본군의 연구 보조원. 사쿠마는 '전기로 사람 죽이는 무기'라는 토오루의 가설을 떠올렸다.

"지하호를 지키고 있었다는 건가요?"

"지켰다는 표현을 쓸 정도도 아니라고 생각하지만 말이여. 내가 어렸을 때는 담력을 시험하기 위한 장소로 알려져 있었을 정도니……."

"누구도 들어가지 못하게 했던 건 아니죠?"

루카와가 정리한 자료에는 아카토리 미하루가 지하호의 열쇠를 다케미네 노인에게서 빌린 것 같다는 추측이 쓰여 있었다. 미하루는 지하호에 들어간 적이 있고, 그때 촬영한 것으로 보이는 사진들도 유품 속에 있었다. 거기에 특별히 이상한 것은 보이지 않았다.

아, 그러고 보니, 하고 사쿠마는 생각했다. 하나 떠오른 것이 있었다. 뿌연 공기와 어둠이 전해지는 문을 찍은 사진과 미하루가 글로 남긴 '열리지 않는 문'이란 메모가 있었다.

"지하호에는 열리지 않는 문이라는 곳이 있다는 것 같은데요. 뭔가 아시는 게 있나요?"

"열리지 않는 문? 그런 얘기는 들은 적 없는디……. 옛날부터 그 숲에 관한 이상한 소문은 많았지만……."

"이상한 소문이라면?"

"거의 애들 농담 수준이여. 사람이 파묻혀 있다는 둥, 유령이 나온다는 둥……. 몇 번인가 불도 났었는디……. 소방대원도 들어가기 힘든 곳인디, 신기하게 완전히 타 버리지 않고 저절로 꺼졌다지 뭐여. 확실히 그 안에는 뭔가 있을지도 모르겠구먼."

다케미네의 동생은 히죽히죽 웃었다.

실제로 가 보는 게 빠를까?

그렇게 생각한 사쿠마는 사례비를 건네주고 다케미네의 집을 나왔다.

22

"전기인간이라는 호칭은 육체성이 희박한 괴이에 인간성을 부여한 결과로 여겨진다. 거기에 이 괴이의 특수성이 나타나 있는지도……."

긴 계단이 끝난 지점에서 사쿠마는 아이팟의 재생을 중지시켰다. 그것은 히즈미 토오루의 소지품이었다. 듣고 있던 내용은 아카토리 미하루가 죽기 직전까지 작성하던 문서를 토오루 자신이 읽으면서 녹음한 것이었다. 사쿠마는 내용보다 그 음성의 진지함을 느끼고 싶어서, 한자 발음 실수도 많고 어설픈 그의 목소리를 듣고 있었다.

남몰래 욕정을 태우던 여자가 죽었다. 그로 인해 흐트러진 정신 상태는 그렇다고 하더라도, 담담한 말투에 내재해 있는 분노의 열기와 폭주하는 무지함, 그리고 지나친 진지함은 사쿠마가 이해하기 어려운 것은 아니었다. 히즈미 토오루는 누군가 자신의 잘못된 생각에 대해 지적해도 오히려 화를 낼 정도로 저돌적인 성격의 인간이었을 것이라는 느낌도 들었다.

사쿠마는 그런 판단에 자신이 있었다. 자신 역시 고등학생 때는 그런 성격이었기 때문이다.

그는 정말 살해당한 걸까?

사쿠마는 의심스러운 생각이 들었다. 자의식 과잉은 대부분 배타적 성격으로 나타난다. 다른 사람에게 원한을 살 정도의 깊은 인간관계는 생각할 수 없다.

시립 나사카초등학교. 과거에 아카토리 미하루가 다녔고, 지금도 전기인간이 7대 불가사의로 여겨지고 있다는 곳이다. 사쿠마의 눈에는 특별한 특징 같은 건 없는 극히 평범한 초등학교로 보일 뿐이었다. 소문의 발원지라면 전기인간의 피해자가 가장 많이 나왔어야 할 곳이지만, 그런 이야기는 없었고 루카와의 자료에도 별 내용은 없었다.

아니면, 초등학생은 전기인간의 살해 대상이 되는 조건을 충족시키지 못하는 걸까?

운동장에선 아이들이 축구를 하고 있었다. 그가 도착했을 때는 이미 방과 후였다. 사쿠마는 교문을 지나 뒤편에 있는 숲으로 향했다.

얼마쯤 가자 아스팔트로 포장된 길이 끊기고 흙길로 된 오솔길이 이어졌다. 숲에 들어서자 갑자기 학교에서 들려오는 아이들의 소리가 멀게 느껴졌다. 바람이 불어 나뭇가지와 잎들이 서로 스치는 소리만 꽉 차 있는 세계가 되어 버렸다.

숲의 냄새가 물씬 풍기면서 코를 자극했다. 7월이지만 하늘에는 구름이 약간 끼어 있었고 공기도 선선했다. 매미 울음도 들리지 않았고, 특별히 여름을 느끼게 하는 것도 없었다.

한참을 걷다가 시선을 느낀 사쿠마는 걸음을 멈췄다. 주위를 둘러보았지만 아무도 없었다. 조사에 너무 몰입해서인지, 사쿠마는 어젯밤부터 자신도 사춘기 같은 자의식 과잉 상태가 된 것이 아닌가 하는 생각이 들었다.

내가 지금 전기인간이 나타날까 봐 무서워하고 있는 건가?

쓴웃음을 지으며 고개를 숙이고 머리를 긁적이다가 다시 고개를 든 그의 시선이 얼어붙었다.

정면의 수풀에 소년이 있었다. 노란색 학생 모자를 쓰고 줄무늬 폴로셔츠에 청바지를 입은 차림새였다. 명찰도 달고 있지 않았다. 노려보는 듯 가늘게 뜬 눈이 인상적이었다.

소년은 눈이 마주쳤는데도 움직이지 않았다. 그 위압감 때문에 말을 걸기도 힘든 상태였다. 문득 사쿠마는 소년이 자신이 아닌 자신의 등 뒤를 보고 있다는 것을 알아차렸다. 그래서 휙 돌아봤지만, 아무것도 보이지 않았다.

아무것도 보이지 않는 것 자체가 공포로 느껴졌다. 흠칫거리며 고개를 돌렸는데, 소년은 아직도 그 자리에 서 있었다. 망설이던 사쿠마는 결국 말을 걸어 보기로 했다.

"너 뭐 해!"

소년은 살짝 턱을 올리더니 입을 열었다.

"조사하고 있죠?"

"어?"

"뭔가를 알아내려고 여기 왔죠?"

아, 이 아이구나. 올해 들어 아카토리 미하루, 히즈미 토오루, 게다가 분명히 루카와 씨도 이곳에 왔었을 거다. 그들 모두가 같은 목적이었다. 그것을 알고 있다면…….

"너 니라사와 슈토지?"

소년은 아무 대답도 없었지만 부정하진 않았다. 사쿠마는 고개를 끄덕이고는 자기소개를 했다.

"나는 사쿠마 토모야스. 잡지 기사를 쓰는 프리라이터야. 지금은 네 말대로 전기인간에 대해 조사하고 있어."

"믿고 있어요?"

"어?"

"그거 믿고 있는 거예요?"

당돌한 말투였지만 장난기는 전혀 느껴지지 않았다. 눈빛도 진지함 그 자체였다. 그래서 사쿠마도 진지한 얼굴로 글쎄, 하고 대답했다.

"믿을지 말지 결정하기 위해 조사하는 거야."

"그러다 죽어요."

"뭐?"

"믿지 않으면 죽일 거예요, 아마도……."

사쿠마는 애매한 기분으로 고개를 끄덕였다. 죽은 인간과 안면이 있다면 그렇게 생각하는 것도 무리가 아니라는 생각이 들었다.

"이곳에 얼마 전, 지나칠 정도로 정중하게 말하는 아저씨가 오지 않았니?"

"루카와 아저씨요?"

"역시 왔었구나. 그 아저씨는 전기인간을 믿고 있는 것 같았니?"

"믿었어요. 아마 저 이상으로……."

그랬을 것이라고 사쿠마는 생각했다. 전화에서도 전기인간이란 단어를 절대로 입에 담지 않았을 정도니.

"나는 그분의 뒤를 이어 전기인간을 조사하고 있어."

"그 아저씨, 죽었어요?"

"아니, 살아 있어."

꾸벅하고 니라사와는 고개를 끄덕였다. 다행이라는 표정이었다. 그러더니 도대체 왜냐고 물었다.

"왜 모두 그놈에 대해 조사하는 거예요?"

"흥미가 있기 때문이겠지."

"살해당해도?"

자신이 살해당할 리 없다고 믿고 있으면서도 사쿠마는 망설이듯 말했다.

"물론 살해당하는 건 싫지. 전기인간은 무서워. 무섭기 때문에 조사하는 거야. 무서운 이유는 정체불명이기 때문이지. 정체를 알면 무섭지 않아지잖아."

"그것이 틀렸다면요?"

질문의 의미를 알 수 없어서 사쿠마는 말을 잇지 못했다. 소년이 다시 물었다.

"알면 알수록 무서워지는 경우도 있죠. 만약 그것과 마주치면 어디로도 도망칠 수 없다는 것을 알게 된다면? 그렇다면 더 무서워지지 않을까요?"

듣기만 해도 소름 끼치는 얘기였다. 무시무시한 말투였다. 주춤한 사쿠마는 그런 건가, 하고 조심스럽게 생각했다.

이 녀석은 부패한 시체를 지하호에서 목격했어. 죽음에 관해서는 민감한 상태야.

일단 세상에 태어난 이상, 죽는 것은 피할 수 없다. 그렇기 때문에 불로불사를 찾는 이야기는 모두 어리석은 행동의 기록으로 남아 있는 것이다. 인간은 '죽음'을 죽일 수 없다. 육체적인 죽음을 피하는 것뿐만 아니라, 정신적인 죽음도 피할 수 없기 때문에 그 누구에게도 '죽음'은 공포의 존재인 것이다.

사쿠마도 다른 사람들처럼 평소에는 '죽음'을 잊고 살고 있었다. 물론 그것을 깨닫게 되어도 공포를 극복할 수는 없으며, 이미 실패의 역사가 있는 불로불사에 감히 도전할 열정도 없다 것도 알고 있었다.

사쿠마가 죽음을 의식했던 건 감기에 걸려서 집에 혼자 누워서 앓던, 오렌지 주스만 마시면서 버티던 때 정도밖에 없다. 그럴 때는 얼음 찜질팩이 녹을 때까지 우주가 태어난 시기의 일부터 무엇이든 생각할 수 있었다.

"조사하다가 감당할 수 없다는 것을 알게 된다면, 그때 가서 잊어버리면 되지 뭐."

"그냥 처음부터 조사하지 않아도 되잖아요."

"그렇게 안 되는 것이 사람 일이잖아."

"그러다가 사람이 죽었어요."

"그건 그러네. 전기인간은 정말로 있을지도 모르겠네."

"있어요. 있다고 생각하면 말이에요. 그러지 않으면 정말로 죽어요. 살해당한다고요!"

"너, 뭔가 알고 있어?"

살해당한다는 말을 너무 자신감 있게 했고, 말하는 것도 이상해서 물었지만, 소년은 노려보기만 할 뿐 대답이 없었다. 사쿠마는 질문을 바꾸기로 했다.

"같이 히즈미 토오루의 시체를 발견했던 아이가 있었지? 켄자키라고 했던가. 그 아이는 괜찮니?"

"괜찮겠죠, 아마."

사쿠마는 고개를 끄덕이고는 돌을 한 개 집어 던졌다.

"컬러즈라고 했지? 너희의 활동명이?"

"켄자키가 제 맘대로 붙인 거라…… 나는 그런 거 몰라요."

"그렇구나. 그러면 너는 왜 여기 있는 거야?"

"있으면 안 되나요?"

"내가 여기 오기 전에 사람들로부터 얘기를 들었는데, 죽은 세 사람이 이 숲에 왔었대. 그리고 지금처럼 네가 있었고, 너는 전기인간을 왜 조사하냐고 물었지. 마치 조사하는 것을 원치 않는다는 듯이 말이야. 내가 무슨 생각을 하는지 알겠지?"

니라사와는 입술을 깨물고 아무런 말도 하지 않았다. 사쿠마는 얘기를 계속했다.

"너는 전기인간을 조사하면 살해당한다고 했지? 그러는 넌 여기 있으면서 말이야. 전기인간과 관련이 있다고 여겨지는 이 숲에……."

"저는 그놈에 대해서 조사하는 거 아니에요."

"그럼 왜 여기 있는 건데? 나를 기다리고 있었던 것도 아니고, 뭔가 특별한 이유가 있는 거야?"

"……."

"켄자키라는 아이하고 관련 있는 거야?"

"아니요. 걔하고는 상관없어요. 걘 그냥 평범한 아이예요."

"그래? 그럼 너는 평범하지 않다는 얘기니?"

사쿠마는 이번에도 대답을 기대하지 않았다. 하지만 니라사와는 "그래요." 하고 작은 소리로 중얼거렸다.

"나는 평범하지 않아요."

"어떻게 평범하지 않은 거야?"

니라사와는 대답이 없었다. 사쿠마 역시 기대하지 않았다.

"그럼 좋아. 말하고 싶지 않아도 상관없어……. 내가 조사하는 것을 방해하지만 않는다면."

"방해를 하거나 말거나 달라질 건 없어요. 지하호를 보고 싶은 거죠?"

니라사와는 따라오라는 듯이 턱을 들더니 수풀 속으로 걸어갔다. 사쿠마는 그 뒤를 따라갔다. 학생 모자를 쓴 초등학생 소년의 뒷모습은 무방비 상태였다.

함정 같은 것은 아니겠지?

사쿠마는 쓴웃음을 지었다. 전기인간보다, 조금 전에 만난 소년을 무섭다고 생각하는 자신이 한심하게 느껴졌다. 형태도 있고 눈에도 보이는 것에 공포를 더 잘 느낀다는 건가 하고 생각했다.

이윽고 언덕이 눈에 들어왔다. 지하호의 입구 같은 구멍은 무성하게 자라 있는 키 큰 풀에 가려져 있었다. 사쿠마는 풀을 헤치고 지하호로 다가갔다. 격자문의 안쪽에서 축축한 흙냄새가 스며 나오고 있었다.

"역시 잠겨 있군."

사쿠마가 혼잣말을 하자 니라사와가 알고 있다는 듯이 말했다.

"들어가 보고 싶죠?"

"어, 들어갈 수 있다면."

소년은 바지 주머니에서 열쇠를 한 개 꺼내더니 그의 옆을 지나쳐 격자문까지 걸어가서 자물쇠에 꽂고 돌렸다.

멍하니 그 모습을 보고 있던 사쿠마는 급히 자료에 쓰여 있던 내용을 떠올렸다. 지하호 입구의 문은 토오루의 시체를 발견했을 때 열려 있었다고 했다. 그러나 그 정보를 경찰에게 전한 것은…….

"그랬구나. 니라사와, 너 경찰한테 거짓말했지?"

"열쇠를 가지고 있었다고 말했다가는 압수당하잖아요."

"원래 가지고 있었던 거야?"

"다케미네 할아버지가 가지고 있던 걸 훔친 거예요."

니라사와가 눈높이 정도로 들어 올려 보인 열쇠의 열쇠고리 부분에 牢라는 글자가 매직으로 쓰여 있었다.

"너 구더기와 파리가 꾀어 부패한 시체를 봤으면서 잘도 그런 걸 가지고 있구나."

"죽은 인간이 무서워요? 도깨비 같은 존재에 대해 취재하고 있으면서?"

"……어? 잠깐만……. 그렇다면 이 격자문, 네가 토오루의 시체를 발견했을 때는?"

"잠겨 있었어요. 이 열쇠로 열었죠."

사쿠마는 기가 막히다는 듯 하늘을 우러러봤다.

"안 들어갈 거예요?"

니라사와가 화내듯이 물었다.

"어둠 속을 비출 만한 손전등 같은 게 없어."

"그게 무슨 소리예요. 들어갈 마음이 없으면 오지 말았어야죠."

"다음에는 꼭 준비해서 올 테니 그때 또 부탁해."

사쿠마는 화제를 돌려, 루카와 씨는 안을 보고 갔었냐고 물었다.

"안 봤어요. 내가 열쇠를 가지고 있다고 말했는데도……."

"이상하구나. 이런 흥미로운 일이라면 생각해 보고 자시고 할 것도 없이 무작정 들어갔을 텐데……. 지하호에 들어가지 않는 이유에 대해서 뭔가 말하든?"

"그냥, 무서워서……."

"무서워? 그러고 보니 전에, 루카와 씨는 전기인간을 믿고 있다고 했었는데……. 그 말, 본인이 직접 했어?"

"아뇨, 말 안 해도 보면 알잖아요."

사쿠마는 입술을 오므렸다. 대체로 맞는 말이라고 생각했다.

“그럼 너는 어때? 전기인간을 믿는 거야, 믿지 않는 거야?”

“어느 쪽도 아니에요. 저는 믿거나 말거나 하고는 관계없으니까.”

“관계없다고?”

“믿거나 믿지 않는 것과, 그것이 존재하거나 존재하지 않는 것과는 관계가 없잖아요.”

사쿠마는 관계있다고 말하려다가 잠깐만 하고 다시 생각했다.

괴이가 주관적인 것이라는 걸 모르는 건가? 전기인간도 츠치노코(일본에서만 산다는 뭉툭한 뱀처럼 생긴 상상 속의 동물)처럼 있는 것은 있고 없는 것은 없다고 생각하는 건가?

“뭐, 전기인간에게는 달갑지 않겠네.”

니라사와는 눈만 동그랗게 뜨고 아무런 말도 하지 않았다.

“그래서…….”

사쿠마는 계속 말을 이었다.

“이 안은 어떻게 되어 있어? 이상한 거라도 있는 거야?”

“통로가 주욱 이어져 있고 옆으로 방들이 늘어서 있을 뿐, 특별한 건 없어요.”

“‘열리지 않는 문’이란 것이 있지 않아?”

“그게 뭐예요? 들어 본 적도 없는데.”

“통로를 곧장 가면 막다른 곳에 문이 있지? 그것이 ‘열리지 않는 문’이야.”

“막다른 곳에는 아무것도 없는 방만 있어요.”

아무것도 없는 방?

"어떻게 열리지 않는데 아무것도 없다는 것을 알지?"

"열려 있었어요. 그 방 안쪽에도 다른 문 같은 건 없었고……."

"없었다고?"

"시체를 발견했을 때, 켄자키는 기절했어요. 그래서 제가 들쳐 업고 밖으로 데리고 나왔죠. 그때도 힘들었지만, 그다음이 더 힘들었어요. 학교에서 경찰한테 불려 갔는데, 설명할 수 있는 건 저밖에 없잖아요. 그래서 경찰분하고 같이 다시 그 안에 들어갔었죠. 시체는 통로 막다른 곳의 문이 열려 있는 곳에 있었어요."

'열리지 않는 문'은 토오루가 죽었을 때는 이미 열려 있었다는 말인가? 열리지 않는다는 것이 단순하게 열쇠가 없었다는 의미라면…….

사쿠마는 짐을 뒤져서 토오루의 소지품을 담아 둔 클리어 케이스에서 검은색 열쇠를 꺼냈다.

"격자문의 열쇠를 잠깐 줘 봐."

그는 니라사와로부터 받은 열쇠와 자신이 가지고 있던 검은 열쇠를 비교해 보았다. 겹쳐서 비교할 것도 없이 두 열쇠는 다른 것이었다. 검은 열쇠 쪽이 녹이 적었지만 훨씬 낡은 느낌이었다.

지금까지 사쿠마는 이 검은 열쇠가 지하호 입구의 격자문을 여는 것이라고 생각하고 있었다. 이것을 사용해서 토오루는 지하호에 침입한 것이라고. 하지만 그렇다면 경찰이 놓칠 리 없었고, 지하호를 관리하는 곳에 넘겼을 것이다. 사쿠마는 검은 열쇠를 찬찬히 들여다보았다.

시체가 발견되었을 때 문이 열려 있었다면, 경찰은 '열리지 않는 문'에 대해서 인식하지 못했을 것이다. 그래서 이 열쇠는 토오루의 것이라 여기고 유족에게 전달된 것이다. 즉, 이것으로 토오루는 이것으로 그'열리지 않는 문'을 연 것이다.

그는 그 안에서 무엇을 본 걸까?

그렇지 않으면 누군가를 만난 걸가?

"정말 막다른 곳에는 아무것도 없었던 거지?"

"못 믿겠으면 경찰한테 물어보세요."

니라사와의 부루퉁한 얼굴을 보며 사쿠마는 계속 생각했다.

문 안쪽에는 뭔가가 있었고, 그것을 발견했기 때문에 토오루가 살해당했다고 하자. 범인은 시체를 그 자리에 버려두고 발견을 늦추려고 입구의 격자문을 잠가 두었다.

하지만 그렇다면 시체를 '열리지 않는 문' 안쪽으로 옮겨 놓고 그 문도 잠가 두는 편이 더욱 늦출 수 있을 텐데. 그렇게까지 할 필요가 없다고 생각했던 건가? 그렇지 않으면 시체를 옮길 수 없었던 걸까?

"니라사와?"

사쿠마는 소년의 이름을 불렀다.

"살해당한다고 조금 전에 말했지? 도대체 누구에게 살해당한다는 거지?"

"아저씨가 조사하고 있는 것에게요."

"전기인간에게? 그런 것은 존재하지 않잖아."

니라사와는 돌아섰다. 사쿠마는 자신을 노려보는 줄 알았지만, 소년은 무엇인가를 후회하는 표정으로 입술을 깨물고 있었다. 그러다 이윽고 입을 열었다.

"잡지에 기사 쓰기 위해서 조사하고 있는 거잖아요. 루카와 아저씨한테 들었어요."

"그래. 그렇다고 해서 전기인간을 믿어야 하는 건 아니지……."

사쿠마는 거짓말을 하는 일이라고 말하려다가, 그건 요미사카의 대사라는 생각이 들어서 그만두었다. 그러자 니라사와가 다시 물었다.

"그래도, 기사를 쓰긴 할 거죠?"

"물론 쓸 거야. 기사로 나왔으면 좋겠어?"

"잡지에 실리면 좀 더 유명해지겠군요."

사쿠마가 무엇이 유명해지냐고 묻자, 지금 조사하고 있는 그것이라고 니라사와는 말했다.

소년도 루카와 씨처럼 '전기인간'이란 단어를 입에 담으려고 하지 않았다. 그것이 거슬려서 사쿠마는 일부러 대충 얘기했다.

"전기인간에 대해서는 조금은 알려지게 될지 모르겠네. 그다지 많은 부수를 찍지도 않고 원래 게임 잡지라 기대는 할 수 없지만.”

“그 정도면 됐어요.”

이 아이는 전기인간이 유명해지길 바라는 것 같다고 생각하던 사쿠마는 문득 어젯밤 요미사카의 추리가 떠올랐다. 범인은 전기인간이 실제로 있다고 생각하게 하려고 살인을 하는 것이 아닐까 하는. 니라사와의 태도야말로 바로 그런 것이 아닌가 싶었다.

격자문을 열어서 토오루의 시체를 발견했다면 그전에도 지하호에 몰래 들어갈 수 있었을 것이다. 즉, 니라사와도 용의자가 될 수 있다는 얘기다. 전기로 사람을 죽인다는 것은 힘이 필요 없는 방법이다. 큰 소리도 나지 않고, 피를 보지 않아도 된다. 어린아이라도…… 아니, 어린아이에게야말로 안성맞춤인 방법일지도 모른다.

일단 그렇게 생각하니 모든 것이 관련되어 있는 것 같았다. 나사카초등학교에 전기인간의 이야기가 도는 것조차도.

그런 생각에 빠져 버린 사쿠마는 고개를 끄덕였다.

만약 전기인간을 유명하게 하고 싶다면 그럴듯한 방법으로 살해당한 시체, 즉 떠도는 이야기에 맞는 시체를 만들면 된다. 아까 내가 손전등이 없다고 말했더니 니라사와는 의지가 없다며 화를 냈지. 하지만 사실은 다른 이유가 있었던 건지도 모르겠다. 문이 열려서 내가 들어갔다면 그대로 죽일 생각이 아니었을까?

그 후 시체를 방치해 두었다가, 또 적당한 때에 자신이 발견해서 전기인간에 대한 소문을 퍼뜨리려는 것이라고 한다면…….

주위에 있던 나무들에서 시원한 소리가 났다. 바람이 불어온 것이다.

사쿠마가 정신을 차려 보니 어느새 주위는 어둑해져 있었다. 아무런 기척도 느껴지지 않았다. 세상엔 사람이 거의 없다고 느껴질 정도였다.

지금이라면 살해당해도 모른다.

아니, 내가 죽여도 모르겠지.

하지만 그의 가슴속에 살의는 싹트지 않았다. 웃음도 나오지 않았다. 오직 지워지지 않는 공포뿐이었다. 그 원인이 어디에 있는 것인지 사쿠마는 생각했다. 발견된 시체 때문도 아니고, 지하호 때문도 아니었다. 앞에 있는 초등학생 때문도 아니었다. 이야기 때문이라고 사쿠마는 생각하게 되었다.

세 사람의 죽음과 소문, 그것을 알게 되어 버린 이야기가 무서운 거야. 전기인간의 공포가…….

웃고 넘길 수 없었던 의혹으로 그는 꼼짝하지 못했다.

니라사와의 시선이 또다시 사쿠마의 뒤쪽을 향했다. 소년의 눈이 가늘어졌다. 마치 그의 뒤에 무엇인가 있는 것처럼. 하지만 이번에는 속지 않겠다고 생각했다.

아까처럼 돌아보면 이번에야말로 이 녀석이 나를 죽일지도 몰라.

당하기 전에 먼저 죽일 배짱도 없었던 사쿠마는 소년을 바라보면서 두 발자국 뒷걸음질했다.

니라사와는 계속 그의 뒤를 보고 있었다.

내 뒤에는 아무도 없어. 있을 리가 없어.

또다시 두 발자국 뒤로. 사쿠마는 소년과 거리를 두었다. 두 걸음만 더 뒤로 물러서자고 생각했다.

그러고 나서 뒤돌아 도망치는 거야.

사쿠마의 귀에 소리가 들렸다. 그건 바람이 불고 있는 가운데, 수풀을 헤치고 다가오는 누군가의 발소리 같았다.

그는 환청일 거라고 자신을 타일렀다. 공포 때문에 그렇게 들린 것이라고……. 그러나 발소리는 멈추지 않았다. 오히려 점점 가까워지는 것 같았다.

발소리는 사쿠마의 바로 뒤까지 다가오더니 더 이상 들리지 않았다. 대신 누군가의 숨소리가 들렸다.

그 숨소리는 거칠었다. 환청이라고는 생각할 수 없었다.

바람 소리가 멈추고 인기척이 느껴졌다.

누군가 사쿠마의 어깨를 붙잡았다.

사쿠마는 급히 뒤를 돌아보았다.

"……."

바로 뒤에 후드를 뒤집어쓴 남자가 서 있었다. 노란색 액체를 마구 뿌린 모습이 눈에 띄었다. 남자는 기묘한 광택이 있는 옷을 몸에 두르고 있었다.

잠시 동안, 사쿠마는 그것이 레인코트라는 것을 인지하지 못했다. 노란색 액체는 축광 페인트(빛을 모아 두었다가 어둠 속에서 빛을 발하게 하는 도료)라는 것도…….

남자가 후드를 벗었다. 그와 함께 남자의 안경과 그 너머에 있는 어둡고 기분 나쁜 눈빛이 드러났다.

순간, 조금 전과는 다른 느낌으로 숨을 들이마신 사쿠마가 물었다.

"너, 여기서 뭐 하는 거야?"

"그게 도와주려고 온 사람한테 할 소리인가요?"

요미사카 유지는 어이없다는 표정을 지었다.

23

"전기인간처럼 보이지 않나요?"

그 차림은 도대체 뭐냐는 물음에 요미사카는 태연한 얼굴로 그렇게 말했다. 사쿠마는 어이가 없어서 웃음이 나왔다.

"웃을 일이 아니에요. 축광 페인트가 얼마나 비싼 줄 아세요?"

"돈까지 써 가며 그런 저렴한 행색을 하고 나타난 거야?"

"이렇게 저렴해 보이게 만드는 게 더 힘들다니까요."

"진지한 분위기로 쓸 거야. 바보 같은 사진은 필요 없다고 했잖아. 너도 그러지 않았어? 그런 식으로 하면 루카와 씨를 이길 수 없다고 말이야."

"질 생각으로 싸우면 져도 상처받지 않잖아요."

"그런 얘기, 진지한 얼굴로 하지 마라, 좀."

"괜히 만들었네."

요미사카는 투덜거리며 레인코트를 벗었다. 그것을 둘둘 말아 손에 들고 발길을 돌리려고 하자 사쿠마가 그를 불러 세웠다.

"어디 가?"

"집에요."

"왜 여기까지 온 건데?"

"아니, 그러니까 이거……."

요미사카가 손에 들고 있는 레인코트를 들어 보이자 사쿠마는 뒷골을 잡았다.

"그나저나, 어떻게 내가 여기 있는 걸 알았어?"

"어젯밤에 아카토리 미하루가 죽은 호텔에 있다고 했잖아요. 그런데 이 숲 얘기는 하지도 않았죠. 초등학교에 대해서도……. 그래서 아직 가 보지 않았을 거로 생각했죠. 다음 날 갈 계획이란 걸 예상할 수 있었어요."

"그래서 일부러 온 거야? 확인도 안 하고?"

"우린 사춘기를 핸드폰 없이 지낸 맨 마지막 세대잖아요. 이 정도는 선약 따위 필요 없어요. 자전거 타고 한 시간 정도면 올 수 있는 거리라는 것도 있지만."

그 정도면 상당한 거리가 아닌가? 자전거 안 탄 지 오래된 사쿠마는 그렇게 생각했다.

"어쨌든 이곳 지리가 머릿속에 들어 있다는 얘기네. 혹시 네가 범인 아냐?"

"내 참, 지금 지난번에 제가 사쿠마 씨가 범인이라고 한 거 복수하시는 건가요?"

요미사카는 그렇게 말하고 나서, 사쿠마 어깨 너머에 있는 니라사와를 보고 가볍게 눈인사를 했다.

"처음 뵙겠습니다, 저는요미사카라고 합니다. 사쿠마 씨, 저분은?"

"왜 초등학생한테 존댓말하고 그러냐? 이 친구는 히즈미 토오루의 시체를 발견한 니라사와 슈토라고 해. 앙팡테리블(프랑스 문학가 장 콕토의 소설 제목에서 비롯된 말로 '무서운 아이'라는 의미)이야."

"앙팡테리블! 대단해! 그런 건가요? 어린 주제에 담배를 피우거나 넬드립(커피 가루를 컵에 부을 때 여과용으로 쓰는 플란넬 천)으로 커피 내려 마시기도 하는?"

그 말을 들은 니라사와가 수상하다는 눈으로 말했다.

"무슨 소리 하시는지 모르겠네."

"그래? 그럼 아닌가……."

"아저씨도 사쿠마 아저씨하고 같은 목적인가요? 조사하러?"

"아니야. 나도 취재 기사를 쓰긴 하지만……."

"이 녀석은 소설가야."라며 사쿠마가 설명했다. 요미사카도 그렇다고 고개를 계속 끄덕였다.

"소설 같은 건 읽지 마. 그런 거 읽으면 우환이 시작된단다. 좋은 일 같은 건 하나도 안 생겨."

니라사와는 아무런 반응이 없었다. 그러자 사쿠마는 요미사카에게 그런 자학적인 말은 그만두고 제대로 추리 좀 해 보라고 나무랐다.

"제대로 너의 생각을 얘기해 주면 그 의상 제작비의 반 정도는 내줄 테니……."

"알았다구요. 어차피 뭐……. 그래서 어때, 니라사와?"

"네? 저요?"

"조사해야 할 것이 아직도 남아 있는 거야?"

"왜 갑자기 나한테 그런 것을 물어보는 거죠?"

"이 부근에 대해서 잘 알고 있잖아. 게다가 너 정도 나이라면 우리와는 다른 시간과 세상을 살고 있을 것이고. 다른 사람이 모르는 얘기도 알고 있는 거 아냐?"

니라사와는 눈을 피하면서 글쎄요, 하고 작게 말했다. 요미사카는 가볍게 고개를 끄덕이고는 지하호 입구의 격자문을 바라보았다.

"사쿠마 씨, 저기가 바로 그곳인가요?"

"어, 옛날 일본군의 시설이었던 것 같아."

"그건 어디서 얻은 정보인가요?"

"다케미네 에이사쿠 씨의 동생으로부터. 다케미네 씨는 전쟁 중에 저곳에서 일했었대."

"다케미네? 두 번째로 죽은 할아버지 말인가요?"

"응. 이 숲의 관리인이었어."

"그 말은 이제 여기는 관리가 되지 않고 있다는 의미인가요?"

그것참 뭔가 나올 만한 분위기의 이야기구나, 라며 요미사카는 지하호 입구로 다가갔다. 그리고 격자문을 잡고 앞뒤로 움직여 보았다.

"잠기지 않았잖아."

"니라사와가 열어 줬어."

"들어가 봤어요?"

"전등이 없어. 이 안은 아주 캄캄하잖아."

"참 담백하시네요. 그 정도로 물러나면 안 되죠."

요미사카는 잠깐 기다려 보세요, 하고 말하더니 온 길을 돌아서 걸어갔다. 그의 뒷모습을 보고 있던 니라사와가 저 사람 뭐야, 하고 중얼거리자 "소설가라니까."하고 사쿠마가 다시 알려주었다.

"소설가가 뭐 하는 사람이에요?"

"소설을 쓰는 사람이지. 너 혹시 소설이 뭔지 모르니?"

"글자만 있는 이야기 말하는 거잖아요. 애들이 핸드폰으로 그거 읽는 거, 학교에서 봤어요."

"호오, 디지털 세대구나."

"그럼, 저 아저씨가 쓰고 있는 소설이 여기에 관한 거예요?"

니라사와는 요미사카가 사라진 방향을 바라보며 물었다. 그 진지한 눈빛을 보고, 사쿠마는 바로 전에 품었던 의심이 다시 떠올랐다. 그래서 대답 대신 질문을 던졌다.

"너, 전기인간의 이야기가 널리 알려지길 바라는 거야?"

"꼭 그런 건……."

뒷말을 얼버무린 소년은 고개를 숙이고 바닥의 잡초를 발로 찼다. 순간 구름 사이로 햇빛이 비쳐서 주위가 밝아졌다. 세상이 다시 새로워진 것 같았다. 그런 분위기에 정신을 빼앗긴 사쿠마는 더 이상 소년을 추궁하지 못했다.

이윽고 돌아온 요미사카는 손바닥 크기의 LED 라이트를 손에 들고 있었다. 자전거에 달려 있던 것을 떼어 온 듯했다. 그는 라이트의 밝기를 확인하면서 사쿠마를 향해 돌아섰다.

"그럼 잠깐 보고 올게요."

"무슨 소리야. 나도 갈 거야."

"불이 이거 하나뿐이라……."

"뒤에서 따라가면 되잖아."

"저도 따라갈래요."

따라오려는 니라사와에게 요미사카는 아이는 얌전히 기다리고 있어야 한다고 말했다.

"그리고 너, 이미 안에 들어가 봤잖아."

"그렇다고 나를 빼요? 소설가는 원래 그렇게 야비한가요?"

"뭐가 어째?"

"싸우지들 말고 이렇게 하자. 요미사카가 선두로 가고 다음에 나, 맨 끝에 니라사와, 그렇게 가면 되겠지?"

"왜 내가 맨 끝이에요?"

"좁은 곳을 들어가는 거잖아. 가다가 넘어져서 밟히고 싶지는 않겠지?"

여차했을 때 달아나기 좋은 것이 맨 뒤쪽이잖아.

사쿠마는 그런 속마음까지는 말하지 않았다. 니라사와의 자존심을 배려하고 싶은 마음도 있었지만, 자신이 무서워하고 있다는 것을 알리고 싶지도 않았기 때문이었다.

투덜거리는 두 사람 사이에 낀 상태로 사쿠마는 지하호 안으로 발을 들여놓았다. 발밑은 포장되지 않은 흙바닥이었으며, 벽과 천장은 콘크리트와 벽돌로 둘러싸여 있었다. 갈라진 곳이나 무너져 있는 곳도 여기저기 있었지만, 전체적으로는 원형을 유지하면서도 확실히 비일상적인 분위기를 자아내고 있었다. 발에 걸리는 돌조각들 옆으로 붙기도 하고, 가끔 보이는 방들을 디지털카메라로 찍으면서 세 사람은 앞으로 나아갔다.

흥분되기도 했지만, 그것보다 큰 실망을 사쿠마는 느꼈다. 퇴락한 관광지처럼 쓰레기가 나뒹굴거나 낙서 같은 것들이 남아 있진 않았다. 입구가 봉쇄되어 있었으니 당연한 결과이긴 하지만,

그래도 당시에 사용하던 도구 같은 것들이 남아 있지 않아서, 거울에 뻥하고 뚫린 구멍을 바라보는 듯환 기분이 들었다.

이 정도라면 다른 곳의 폐허를 보는 편이 더 재미있을 것 같았다. 버려진 저택, 공장, 쇼핑몰 같은 곳에 방치된 브라운관 TV나 헌 잡지들, 지금은 없어진 상표의 빈 깡통, 가구 디자인, 그런 것들에 얽힌 이야기를 상상하는 즐거움을 사쿠마는 알고 있었다. 사진을 보는 것만으로도 즐겁긴 하지만, 현장에서 버려진 것들을 손에 넣는 재미 또한 각별하다는 것도.

예전에 했던 〈실재로 존재하는 지하 감옥 특집〉은 그러한 디테일이 매력인 기획이었다.

"전선이 이어져 있네요."

요미사카가 벽에 빛을 비추며 말했다. 피복이 너덜너덜한 전선 코드가 보였다.

"만들어진 건 전쟁 이전이나 전쟁 초기. 이런 배선 제대로 되어 있는 걸 보니, 여긴 평범한 지하호가 아닌 것 같군요. 연구 시설이라고 했던가요?"

"그런 거 같다. 무엇을 연구했는지까지는 알 수 없지만……."

"뭐, 전기는 무엇을 연구하든 필요했겠죠. 그리고 당시에는 이 지역이 아직 개발되지 않았을 테니 자체 발전기를 설치했겠죠. 외진 곳 지하에 설치된 비밀 연구소. 그런데 관련 자료가 남아 있지 않다니, 자못 그럴듯하긴 하네요."

"원자 폭탄이라도 연구했던 걸까?"

"가장 생각하기 쉬운 거네요. 아니면 화학 무기나 세균 무기, 좀 더 극적인 것을 생각해 본다면 살인 광선, 불사신 병사 같은 거 어때요? 기록에 없다면 연구는 성공하지 못했겠네요."

"원폭으로 패전국이 되어 버렸으니 그럴 수도 있겠지."

"어리석음이 낳은 말이 있어요. '전쟁이 인류를 진보시킨다.' 라고. 거기에 근거를 두고 생각해 보면 이곳의 연구 결과는 현재 아무도 아는 사람이 없잖아요. 결과물도, 기록도, 아무것도……. 그렇다면, 완전히 실패했다고 봐야겠죠."

"완전한 실패라……. 그런데, 실패한 걸 숨기고 싶었다면 입구도 막아 둬야 하는 거 아냐?"

"이유가 있었겠죠. 연구소가 쓸모없게 되었다고 해서, 진지로 사용할 수 있는 지하호를 일부러 무너뜨릴 필요까지는 없었을 테니까요. 당시의 '본토 결전'이라는 말에 무게감이 있었겠죠."

"그 시절에는 세상이 지옥 같았을 거야."

"정말이에요. 전에도 말했지만, 우리는 좋은 시대에 태어났어요. 덕분에 이렇게 바보처럼 있을 수 있으니 말이에요. 니라사와도 그렇게 생각하지?"

"알게 뭐예요."

한참 동안 세 사람은 말없이 계속 걸었다. 좀처럼 나아지지 않는 눈앞 풍경은 가늘고 길게 이어졌다. 문득 이것이 마치 인생

같다는 생각이 든 사쿠마는 자신의 머리를 한 대 때리고 싶었다.

맨 앞에 가고 있던 요미사카의 불빛이 갑자기 흔들리면서 날카로운 목소리가 울렸다.

"여기서 스톱!"

"무슨 일이야?"

"이 앞에 있는 방이 막다른 곳 같아요. 즉, 지금 제가 서 있는 곳 근처가 그 방의 입구, 히즈미 토오루로 추정되는 시체가 누워 있었다고 여겨지는 장소예요."

요미사카는 벽에 박힌 문틀을 비추어 보였다. 입구에서 보면 문은 앞쪽으로 열리는 것이었다. 만듦새가 다소 엉성해서 문틀이 땅에서 돌출되어 있었다.

"아무리 그래도 좀 좁네. 요미사카, 일단 방 안으로 들어가 보는 게 어때?"

"오케이. 그럼 발밑을 조심해 주세요."

방에 들어가자 사쿠마는 요미사카가 들고 있던 LED 라이트를 넘겨받아서 바닥을 비추어 보았다. 그럴듯한 흔적은 없었는데 니라사와를 슬쩍 보니 고개를 끄덕이고 있었다.

"그렇구나……. 그런데 그림이 될 만한 게 아무것도 없네. 경찰이 치웠나?"

"아까 그 레인코트를 가지고 왔는데, 그거라도 입고 한 방 찍을까요?"

요미사카가 레인코트가 들어있는 검은 비닐 뭉치를 들어 보였다. 축광 페인트가 희미하게 야광 빛을 내고 있었다. 환상적인 장면과는 거리가 멀었으며, 전기가 흐르는 느낌도 나지 않았다.

"그냥 넣어 둬."

"그렇게 얘기하실 줄 알았어요. 그래서, 뭔가 감 잡히시는 거라도 있나요?"

사쿠마는 애매하게 고개를 끄덕이며 생각했다. 뇌리를 스치는 것이 있었다. 아카토리 미하루가 찍었다고 여겨지는 '열리지 않는 문'을 촬영했던 한 장의 사진이 떠오른 것이다.

사쿠마는 문의 표면에 라이트를 비추어 보았지만 아무런 표시도 없었다.

잠시 생각하던 그는 아, 그렇구나! 하고 깨달았다. 문이 입구에서 앞쪽으로 열렸기 때문에 닫혔을 때 보이는 쪽이 가려진 것이다.

"둘 다 일단 나와 봐. 잠깐 문을 닫아 보고 싶은데……."

세 사람은 순서를 바꿔서 방을 나갔다. 선두가 된 사쿠마는 문을 닫으려고 했지만 바닥에 있는 돌에 걸려서 잘 안 되었다. 힘을 써서 움직여 보았지만 문틀도 워낙 오래된 상태라 쉽게 닫히지 않았다. 하지만 어느 정도 밀었더니 확인하고 싶었던 표시가 드러났다.

어깨 너머로 그것을 본 요미사카가 탄성을 터뜨렸다. 안 보여요, 하고 니라사와가 소리쳤다. 소년이 볼 수 있게 공간을 만들어 주면서 사쿠마가 말했다.

"누가 보더라도 이건, 이 방의 용도를 표기한 것이겠지?"

"뒤에서 두 번째 한자, 그건 실험하다의 '험(験)'을 옛날에 쓰던 한자인 '험(驗)'으로 썼네요. 이런 것을 보면, 전쟁 전 아니면 전시 중에 만들어졌다는 정보에 신빙성이 있는 것 같긴 한데, 안에는 아무것도 없네요. 아무것도 없는데도 이곳은 잠겨 있었다는 건가요?"

"그렇다고 들었어. 니라사와, 이 문에 관한 얘기는 들은 적 없어?"

"없어요. 저도 금방 하신 얘기, 처음 듣는 거예요."

언제까지 잠겨 있었던 걸까, 하고 요미사카가 중얼거렸다.

"아카토리 미하루가 왔을 때는 잠겨 있었겠지. '열리지 않는 문'이란 말이 미하루가 남긴 글에 처음 나온 거잖아. 토오루의 소지품에 있던 이미지 데이터도 그녀가 찍었던 것일 거야."

"자물쇠는 풀었지만, 여자라 힘이 약해서 열지 못했을 가능성은 없을까요? 지금처럼 문틀의 상태가 무척 안 좋았겠죠?"

"글쎄……."

사쿠마는 주머니에서 검은 열쇠를 꺼내 요미사카에게 보여 주었다.

“히즈미 토오루의 유품이야. 토오루는 이 문이 열린 상태에서 죽었어. 즉…….”

사쿠마는 문을 다시 열더니 그 상태에서 문의 자물쇠 구멍에 열쇠를 꽂은 후 돌려 보았다. 묵직한 소리와 함께 데드볼드가 튀어나오는 것을 보고 요미사카는 작게 신음 소리를 냈다.

“굉장한 아이템이네요.”

“아마 이곳을 연 후에 토오루는 죽었겠지. 거꾸로 말하면, 토오루가 열 때까지는 제대로 잠겨 있었다는 얘기야.”

“단정 짓는 것이 괜찮을지 모르겠습니다만, 여기가 ‘열리지 않는 문’이라는 건 알겠습니다.”

세 사람은 다시 방으로 들어갔다. 요미사카가 LED 라이트로 방 안의 여기저기를 비추며 돌아보았지만 눈에 띄는 것은 없었다. 오래전에 사용되었음을 나타내는 흠들과 더러움 외에는 흙먼지가 쌓여 있을 뿐이었다. 발자국도 경찰이 남긴 것으로 생각되는 것이 다수 있는 것 외에는 거의 깨끗한 상태였다.

“역시 여기에는 뭔가 있었다고 생각해야겠지. 그리고 그 무엇인가를 찾아내려고 하다가 히즈미 토오루는 죽게 되었고.”

“히즈미 토오루가 살해당했다고 한다면 그럴 수도 있겠네요.”

“의미심장한 말투네.”

“추리할 생각이라면, 확실할 것 같은 사실들을 먼저 모아야 합니다."

"확실할 것 같은 사실? 그런 게 있겠어? 따지고 들면 뭐라도 의심할 수 있겠지만."

"그래도 추리를 하기 전에 이것저것 따져 보는 것은 쓸데없는 일이 아니에요. 되도록 많은 '확실할 것 같은 사실들'을 고려한 추리가 가장 설득력이 있게 됩니다. 특히, 진상을 전혀 알 수 없었던 문제에 대해서는……."

"미스터리 소설가의 패배 선언인가?"

"현실은 제 전문 밖이에요."

그렇지만 일단 그럴듯한 생각을 해 볼까요, 하고 요미사카는 덧붙였다.

"확실한 것은 여기가 '열리지 않는 문'이라는 것, 히즈미 토오루의 시체를 발견했을 때에는 열려 있었다는 것, 토오루가 이 문의 열쇠를 가지고 있었다는 것, 그리고 지금 '열리지 않는 문' 안쪽에는 아무것도 없다는 것, 이 정도일까요."

"아아, 그래서 어떻게 되었다는 거야?"

"'열리지 않는 문'이라고 했지만, 열쇠는 있었다는 것입니다. 즉, 이곳을 봉쇄해 두려는 의지가 있었다는 얘기죠. 그렇다면 그것은 누구의 의지이며, 열쇠를 관리했던 것은 도대체 누구였을까요?"

"다케미네 노인이었겠지. 입구의 격자문 열쇠를 관리하고 있었을 정도니 '열리지 않는 문'의 열쇠도 가지고 있었겠지."

"그렇군요. 다케미네 노인이 이곳을 잠그고 그 열쇠를 숨기고 있었다는 것이 맞겠군요. 노인이 돌아가신 후, 토오루가 그 열쇠를 찾아내서 사용한 것이라면……. 그런데 왜 문을 잠갔던 것일까요?"

"여기에 뭔가를 숨기고 있지 않았을까? 누군가 가져가 버려서 이제는 없지만 말이야."

"정말 그럴까요."

"그건 무슨 소리지?"

"그 무언가가 아직도 있다면……."

"뭐?"

사쿠마는 천천히 방을 둘러보았다. 라이트를 비춘 곳 이외는 어둠에 묻혀 있었다. 그 어둠 속에 다른 무엇인가가 있다는 것인가? 사쿠마는 자신의 목소리가 갑자기 떨리는 것을 느꼈다.

"나는 아무것도 보이지 않아. 요미사카, 넌 뭔가 보여?"

"저도 사쿠마 씨가 보는 것 외에는 아무것도 보이지 않아요. 다만 '보이는 것만이 전부가 아니다.'라는 말처럼 그 너머에 숨기고 싶은 것이 있을 때만 문이 잠겨지는 건 아니죠. 문이란 것은 통로인 동시에 벽입니다. 필요에 따라 벽도 되고 통로도 되는 부분입니다. 벽이 필요할 때 문을 잠그는 것입니다. 그리고 벽의 역할은 시야를 가리는 것뿐만이 아닙니다. 시야를 가리거나 비

바람을 막는 것 외에도 벽에는 중요한 역할이 있죠."

니라사와가 나직한 소리로 말했다.

"천장을 지탱하는 것이죠."

"맞아. 벽은 기둥이기도 해요. 건축의 기초죠. 기본적으로 창문이 많으면 건물의 내진성은 떨어져요. 지진으로 찌부러진 건물에서 지붕의 무게가 집중된 부분의 창문이나 문은 열리지 않게 되는 경우가 많죠. 이 문이 힘을 주지 않으면 움직이지 않듯이 말이에요."

요미사카가 '열리지 않는 문'을 돌아보며 말했다.

그렇다는 얘기는…….

"혹시 우리 위험한 거 아닐까?"

"여기도 지어졌을 때의 모습을 계속 유지하고 있지는 않을 거예요. 지진이 일어나면 땅도 움직입니다. 땅이 움직이면 지하호에도 영향을 주겠죠. 60년 이상 모습을 유지하고 있다는 것 자체가 기적입니다. 언제 붕괴해도 이상한 일이 아니에요."

"나가자. 어이, 니라사와, 이번에는 네가 선두로 간다. 요미사카, 라이트를 건네줘."

LED 라이트를 넘겨받은 니라사와는 콧소리를 내면서 순순히 왔던 길을 되돌아서 걷기 시작했다. 사쿠마는 몇 걸음 걷다가 뒤돌아섰다. 요미사카가 움직이지 않고 서 있었다.

"뭐 하는 거야."

“아니, 아직 말이 안 끝났어요.”

“걸으면서 얘기할 수도 있잖아. 생매장되고 싶어?”

“되고 싶네요. 그러면 유명해져서 제 책이 중판을 찍을지도 모르고, 꾸며 낸 이야기 만들려고 머리를 쥐어짜지 않아도 되고. 좋은 일만 생기겠네요.”

“넋두리라면 밖에서 해라.”

빨리 오라며 앞에 가고 있던 니라사와가 재촉하자 그제야 요미사카는 걷기 시작했다.

사쿠마는 발길을 서둘렀다. 아까까지 아무 생각도 없었는데, 왠지 당장이라도 지하호가 붕괴할 것 같은 느낌을 떨쳐 버릴 수가 없었다. 두려움을 잊기 위해 얘기를 해 보자는 생각이 들었다.

“요미사카, 네 생각에는 붕괴 방지, 그러니까 천장을 떠받치기 위해 그 문이 닫혀 있었을 거라는 거지? 하지만 그 문에는 자물쇠까지 걸려 있었어.”

“자물쇠가 있고 열쇠가 있으면 잠가 두고 싶은 것이 사람의 마음이죠.”

“열 생각도 없는 문의 열쇠를 가지고 있는 건 뭐야?”

“다케미네 노인이 옛날에 이곳에서 일했다는 얘기가 진짜라면, 그만큼 애착이 있었겠죠. 가장 후미진 곳에 있는 방, 거기에 이젠 아무것도 남아 있지 않기 때문에 열쇠만은 더욱 수중에 남겨 두고 싶지 않았을까요?”

정말 그런 것이었을까, 하고 사쿠마는 의심했다. 하지만 그것을 대신할 추리가 있는 것도 아니었다. 어쩌면 요미사카의 사리 분별력 있는 말솜씨가 마음에 들지 않는 것뿐인지도 몰랐다.

"그럼 어째서 히즈미 토오루는 저런 곳에서 죽은 걸까?"

"그 이유를 알아낸다면 대단한 일이겠네요."

"너, 뭔가 숨기고 있지?"

"네, 항상 뭔가 숨기고 있어요."라고 농담을 한 후 소설가는 계속 말을 이었다.

"자물쇠가 있고 열쇠가 있으면 잠가 두고 싶어지는 것이 사람 마음이라고 하면, 닫힌 문이 있고 열쇠가 있으면 열고 싶어지는 것도 사람 마음이죠. '열리지 않는 문'에 있던 표시대로 그곳에서 뭔가 실험이 행해진 것으로 보이기도 하니까요."

"그렇군."

"어떤 실험이었을 거라 생각해요?"

사쿠마는 잠깐 생각했다. 그러자 계속 머릿속에 있던 가능성이 자연스럽게 입을 통해 나왔다.

"신무기 개발 아니었을까? 몇 번이나 말한 것 같지만……."

"전기로 사람을 죽인다는 놈 말이군요. 니라사와는 어떻게 생각해?"

선두에 있던 소년은 돌아보려고도 안 했다. 두 사람의 대화를 듣고 있었는지도 의심스러웠지만, 이윽고 소년이 불쑥 대답했다.

"괴물."

"뭐?"

"괴물을 만들고 있었겠죠, 그 방에서."

"그건……."

사쿠마는 뭔가 말하려다 그만두었다. 하지만 분위기 파악을 못 한 요미사카가 재빠르게 말해 버렸다.

"전기인간을 만들고 있었다는 거지? 재미있는 가능성이야. 이런 상황에서 현실감을 설명한다는 건 바보같은 짓이지."

"무슨 말을 하고 싶은 거야?"

"'열리지 않는 문'에 있던 표시는 상상력을 자극해요. 보일 듯 말 듯한 글자들이 특히 그렇죠. 그건 왜일까? 그 이유 중 하나는 이 지하호라는 비일상적인 환경 때문이겠죠. 하지만 저는 그 표시가 어중간하게 지워진 것에는 어떤 이유가 있는 것 같습니다."

"어중간하게…… 지워져 있다고?"

"그건 풍화로 인해 지워진 느낌은 아니었어요. 그렇다고 방의 목적을 은폐하기 위해서도 아니고……. 그랬다면 전부 깨끗이 지워 버렸겠죠. 일부러 그런 식으로 남겨 놓은 것이 아닐까요?"

"왜 그딴 짓을 한 거지?"

"그 안쪽에 뭔가가 있을 것으로 생각하게 만들고 싶어서……."

"실제로는 아무것도 없는데?"

"단순한 장난이라면 답은 그렇다고 할 수 있겠죠."

사쿠마는 눈살을 찌푸렸다.

"역시 너도 뭔가 있었다고 생각하고 있는 거지?"

"아까 말했잖아요. 저는 지금도 있다고 생각해요."

"무슨 뜻이야?"

요미사카는 대답을 안 했다. 아니, 그럴 겨를도 없었다. 지하호의 출구가 가까워진 것이다.

전방에 보이는 빛이 서서히 커졌다. 어둠에 익숙해진 눈에는 눈부신 빛이었다. 이윽고 계단에 다다른 세 사람은 천천히 올라갔다. 그리고 밖으로 나오는 순간, 바깥 빛이 하얀 어둠이 되어 시야를 물들였다. 심호흡을 하자 왠지 웃음이 나와서 사쿠마는 등에 따라 나오는 요미사카의 머리가 부딪칠 때까지 지하호의 출구에 서 있었다.

"비키세요. 가로막고 있으면 어떻게 해요."

"아아, 미안해."

눈이 적응되자 주위는 벌써 어둑어둑하고 하늘에는 붉은빛이 돌고 있었다. 빛은 아직 남아 있지만 기울어진 해는 나무들 속에 숨어서 있는지도 모를 정도였다.

봉마(逢魔 : 일본의 민간 신앙에서 유래된 말로, 밤과 낮의 경계인 황혼녘은 요괴나 유령 등을 만나게 될 것 같은 불길한 시기라는 의미) 의 시간이었다.

전기인간이 나타나기 좋은 타이밍이다.

그럼 마저 얘기해 볼까, 하며 사쿠마는 뒤를 돌아보았다. 요미사카는 격자문을 닫으며 흙먼지가 입에 들어갔는지 계속해서 침을 뱉고 있었다.

"하던 얘기 계속해 봐."

"어디까지 했었죠?"

"지금도 그 문 안쪽에 뭔가가 있다고 생각한다는 얘기까지."

"아, 그게……어떻게 얘기해야 이해하기 쉬울지……. 소문의 희생자, 굳이 말하면 전기인간에게 살해당한 피해자는 어째서 세 명으로 끝난 걸까요?"

"꼭 그렇다고는 단정할 수 없지 않을까? 아카토리 미하루 전에도 있었을지 모르고, 히즈미 토오루 다음에도 있을지도 모르잖아."

"하지만 들은 적이 없죠. 니라사와, 너는 다른 전기인간의 피해자를 알고 있니?"

몰라요, 라고 소년이 답했다. 소설가는 고개를 끄덕였다.

"니라사와도 모르고 우리도 모른다. 그런 피해자는 있다고 해도 없는 것과 같아요. 계산에 넣지 않아도 좋다는 말입니다. 왜냐하면, 전기인간이란 괴이 자체가 소문에 따른 것이거든요. 이야기되지 않은 것까지 인식할 필요는 없습니다."

"어차피 만들어진 이야기니까?"

"아까 말했잖아요. 될 수 있는 한 확실한 것 같은 사실을 많이 고려한 추리가 가장 설득력이 있다고. 그것은 바꾸어 말한다면 확실하다고 알게 된 것 외에는 버려야 한다는 것입니다. 전기인간의 피해자는 세 명. 우리가 알게 된 범위라고 단서를 달지 않더라도 이것은 결정 사항으로 해야죠."

"알았어. 그래서 어떻게 되는 거야?"

"사쿠마 씨도 조금 생각해 보세요. 피해자가 왜 셋뿐인가를. 가장 간단한 답은 뭘까요?"

"세 명을 죽인 것으로 목적을 달성했기 때문에?"

"그거 좋네요. 만약 그것이 답이라면 어떻게 될까요. 세 명 죽인 것으로 달성된 목적이란 무엇인가. 더 간단히 말하면 세 명 죽인 것으로 무엇이 일어났느냐."

그것은 사쿠마도 어젯밤부터 몇 번이고 되풀이했던 생각이었다. 그가 반사적으로 답했다.

"전기인간에 대한 소문이 돌아서 우리가 움직이기 시작한 것이겠지."

"그렇습니다. 하지만 그 결과는 막다른 골목에 다다르게 되었습니다. 사쿠마 씨나 루카와 씨도 범인이 아니고, 전기인간이 존재한다고 생각하게 만들어서 이득이 생기는 사람 중에서 범인을 찾을 수 없다고 말이죠. 그럼 다시 거꾸로 묻겠습니다. 피해자는 왜 세 명이며 세 명에서 멈춰 버린 것은 왜일까요?"

"멈추어…… 버렸다?"

그런 건가, 하고 사쿠마는 고개를 끄덕였다.

"범인이, 아니 전기인간이 죽었기 때문이라고 말하고 싶은 거야?"

"그렇습니다. 그러니까……."

"히즈미 토오루가 아카토리 미하루와 다케미네 에이사쿠 노인을 죽이고 자살했다?"

그렇게 생각하니 보완할 수 있는 정보가 몇 가지 떠올랐다. 그러고 보니, 그 가능성은 처음부터 있었다.

미하루가 사망한 방은 밀실이었다. 안에 들어가려면 미하루의 협력이 필요했다. 그것은 곧 친분이 있는 토오루라면 가능하다는 것을 의미한다. 만약 토오루가 전기로 사람 죽이는 무기를 발견해서 사용했다면, 그 사정을 아는 사람을 제거해야 하는 동기도 성립된다. 무기의 존재를 아는 다케미네 할아버지를 입막음하기 위해 죽일 생각을 했을 수도 있는 것이다.

사쿠마는 생각한 대로 말했다.

"두 사람을 죽인 뒤에 죄책감을 느끼고 자살한 걸까? 그렇다면 어떻게? 현장에는 시체 외에는 아무것도 없잖아. 아니 잠깐……. 지하호의 시체가 진짜 히즈미 토오루일까? 어쩌면 다른 사람이고, 히즈미 토오루가 사실은 아직 살아 있다면?"

요미사카는 대답 없이 히죽거리고 있었다. 그를 본 사쿠마는 고개를 저었다.

"그게 아닌가?"

"저도 모르죠. 그런데, 히즈미 토오루가 아카토리 미하루를 죽이는 것은 그렇다고 쳐도, 다케미네 에이사쿠를 욕실에서 죽였다는 건 현실감이 없네요. 당시 집에는 다케미네의 부인도 있었잖아요. 몰래 출입할 수도 없었고."

"그래? 가능성이 전혀 없을까?"

"그것도 그거지만, 얘기가 너무 평범해집니다. 시체 위장 트릭 정도밖에……. 좀 더 색다르지 않으면 독자평이 좋지 않을걸요."

"그런 거까지 신경 쓸 필요 있을까?"

"독자는 신경 씁니다."

"어디 독자가 있다는 거야."

"이 경우 독자는 사쿠마 씨예요. 제가 진상이 밝혀져도 재미있는 기사는 못 될 거라고 했잖아요."

"그건 너의 생각이지. 만약 진실이 있다면 그것이 어떤 것이라고 해도 파헤친 후에 쓴다. 그것이 작가의 근성이라고."

"훌륭한 명분이긴 하네요. 하지만, 그 진실을 밝힐 만한 재료가 없어요. 맞는지도 알 수 없는 단서밖에 없고, 앞으로 더 얻게 될 것도 없어요. 그런데도 조사하고 있는 건, 직업의식을 제쳐놓고라도 일단 의심스럽기 때문이겠죠. 그래서 저의 추리도 그 부근의 분위기를 읽고 있는 것입니다."

"그 부근의 분위기? 무슨 소린지 모르겠다."

"사쿠마 씨가 받아들일 수 있는 것을 기준으로 한다는 얘깁니다. 제가 여기에서 그럴듯한 말을 해서 사쿠마 씨가 더 조사해 볼 필요가 없다고 생각하게 된다면, 거기까지 쓰면 되는 거죠. 솔직히 전기인간 기사를 쓰기 위한 자료는 충분히 갖추어졌잖아요."

노골적인 얘기이지만, 사실이기도 했다.

"그렇긴 하지."

사쿠마는 고개를 끄덕였다.

"그럼 어서 끝낼까요? 제가 범인이라고 생각한 것은 다케미네 씨입니다. 이 숲을 관리하던 노인이 아카토리 미하루와 히즈미 토오루를 죽인 겁니다."

사쿠마는 아연실색했다. 무슨 의미인지 이해가 안 갔다.

"다케미네가 어떻게 두 사람을 죽였다는 거야. 미하루는 호텔 방에서……."

낮에 만났기 때문에 안면은 있잖아요, 하며 요미사카가 말을 이었다.

"핸드폰 번호만 알면 방문을 열어 주는 것은 말 한마디로 가능하죠. 놓고 간 물건이 있다고 했을 수도 있고."

"아무리 그래도, 그것 때문에 방까지 찾아간다는 건……."

"같은 층에 있는 방이라도 잡은 게 아닐까요? 그게 가장 쉽고 빠르니까……. 미하루가 죽은 건 이 지하호를 조사한 날 밤이잖아요. 그 시점에서 미하루와 다케미네가 면식이 있는 사이란 사실은 본인들 외엔 아는 사람이 없습니다. 손님을 조사한 경찰도

80이 넘은 노인과 20대의 대학생이 연관되었을 가능성은 생각지 않겠죠. 살인사건이라면 더욱……."

"숙박부를 확인해 보면 그 정도는 알 수 있었겠지."

"가명을 쓸 정도의 머리는 돌아갔겠죠."

확신에 찬 태도로 요미사카가 말했지만, 사쿠마는 도저히 받아들일 수 없었다.

"그렇다면 왜 미하루는 전라인 상태였지? 아무리 경계할 만한 상대가 아니라고 해도 옷도 안 입고서 문을 열어 줄 리는 없잖아."

"물론, 그건 다케미네 노인이 벗긴 거죠."

"왜?"

"옷에 흔적이 남아서 그런 게 아닐까요? 전기로 사람을 죽이는 무기의……. 사쿠마 씨가 마음에 들어 하는 그 무기를 써서 옷에 그을음이 묻어 버렸다면 가져갈 필요가 있지 않을까요?"

"가져갔다고? 입던 옷은 현장에 있었어."

"갈아입을 옷이 따로 있었겠죠. 현장에 있던 것은 바로 그 옷이고, 죽일 때 미하루가 입었던 옷은 다케미네 노인이 가져가서 처분했을 겁니다."

"말도 안 돼. 체크인 때 입었던 옷과 현장에 있는 옷이 다르다면 당연히 의심했겠지."

"누가요? 형사들은 그런 거 알 수 없어요. 알아챌 수 있는 사람은 호텔 관계자밖에 없죠. 경찰도 시체가 투숙객이 맞는지를 확인하기 위해 종업원들에게 시체를 보여 줬을 것이라고는 생각하지만, 현장에 벗어놓은 옷을 보고 구분할 수 없었겠죠. 격식에 민감한 일류 호텔 종업원이라면 몰라도, 그저 그런 비즈니스호텔의 종업원에게 거기까지 기대하는 건 무리가 아닐까요? 알아챘다고 해도 별로 신경 안 쓰고 넘겨 버렸을 수도 있고요."

일단 설명 자체는 그럴듯했다. 상상에 너무 의존한 추리이긴 했지만, 사쿠마는 부정할 만한 근거를 찾을 수 없었다. 하지만 아직 의문은 남아 있었다.

"시체가 젖어 있었다는 건 어떻게 설명하지?"

"전라의 시체가 방에 쓰러져 있다면 부자연스럽잖아요. 샤워기로 몸을 적셔 놓으면 경찰도 전라인 이유를 이해하기 쉬웠겠죠. 머리 잘 쓴 방법이에요. 옷을 벗기기만 했을 뿐 다른 옷을 입히지 않은 점도 그래요. 무리해서 입히면 부자연스러운 부분이 생길 것을 안 거죠. 자신이 무엇을 할 수 있고 할 수 없는지를 잘 아는 노인의 범행답네요."

사쿠마는 자신의 머리를 두드렸다. 정말 그랬던 건가?

아냐, 잠깐. 잠깐만…….

"다케미네가 미하루를 죽인 것은 그렇다 치고, 그래도 다케미네는 그다음으로 죽었잖아."

"목욕탕에서요. 나이가 나이니까, 다케미네만은 정말 급성 심부전으로 죽었을 겁니다. 자살은 도구를 처리해야 하는 문제도 있으니 가능성이 적고."

"아니 그게 아니고, 토오루 말이야. 그 녀석은 다케미네가 죽은 다음에 죽었어. 구체적인 시기는 모르지만, 그것만은 확실해. 니라사와?"

두 사람의 이야기를 지루한 표정으로 듣고 있던 초등학생은 갑자기 자신의 이름이 불리자 깜짝 놀랐다.

"너, 토오루 만났지? 그건 다케미네 노인이 죽은 뒤였잖아."

"네. 다케미네 할아버지가 죽고 나서 학교에서 소식을 들었고, 토오루 형을 만난 것은 그다음이에요."

그것 보라며 사쿠마는 외치듯이 말했다. 그는 왠지 이겨서 자랑스러운 기분이었다. 그의 목소리가 비명처럼 울려 퍼졌다.

"다케미네 노인이 죽었을 때, 토오루는 아직 살아 있었어. 아니면 뭐야. 토오루를 죽인 것은 또 다른 사람이라거나, 자살이나 사고였다고 말할 생각이냐?"

"음……. 그 세 가지 중 하나였다면, 가장 마지막 것에 가깝지 않을까요?"

"마지막? 사고?"

예, 뭐……. 요미사카는 담담하게 고개를 끄덕이고는 지하호 쪽을 돌아보았다.

"사고에 가깝더라도 살의는 있었을 테니, 역시 살인에 속하겠지만요."

"살인은 가해자가 필요하잖아."

"원리주의자시군요. 다른 건 생략하고 말하자면, 토오루는 다케미네가 놓은 덫에 의해 사망한 것 같습니다."

"덫? 하지만 덫이라면 덫으로 작동하는 장치가 있어야 하잖아. 그런 것이……."

"있었잖아요. 아주 알기 쉬운 것이, 지하호에."

"알기 쉬운 거?"

"덫이 설치된 곳은 바닥과 보물 상자 같은 데뿐이라는 생각은 RPG 게임에나 나오는 문법이에요."

그 말뜻은 사쿠마도 금방 이해했다.

"그럼, '열리지 않는 문'이?"

"그래요. 그 문을 여는 자를 죽이는 덫이 설치되어 있었던 것입니다. 그래서 그 문이 잠겨 있었던 거죠."

"하지만 덫으로 죽였다면 뒤처리를 할 수 없잖아. 그렇다면 덫이 발동된 채 그대로 방치되었다는 얘긴데, 현장엔 우리가 보고 온 대로 그럴듯한 흔적은 없었어."

"그렇죠. 그랬기 때문에 경찰도 타살의 가능성을 생각하지 않았던 것입니다. 즉, 그 덫은 시체에 큰 흔적을 남기지 않을 뿐 아니라, 작동한 뒤 현장에도 흔적을 남기지 않는 것이어야 합니다."

"그럼, 뭐야. 화살과 칼 같은 건 일단 제외해야겠네. 독침 같은 걸까?"

"그것도 흔적은 남았겠죠. 그리고 발사되는 독침은 맞히지 못하고 불발로 끝날 가능성도 있습니다. 적중률이 떨어진다고 할 수 있죠."

"그럼 독가스?"

"그것도 좋죠. 저도 그것을 먼저 생각했습니다. 열면 독가스가 나오는 장치를 만들어 두었을 가능성을. 지하호는 폐쇄 공간이니까 확실히 죽일 수 있겠네요. 아니, 독가스가 아니더라도 공기보다 비중이 무거운 기체를 발생시키면 질식시키는 것도 가능할 것 같습니다. 이런 지하호나 오래된 우물, 분묘 등에서 그런 사고가 발생하기도 하죠. 촛불로 산소의 유무 여부를 알아보는 것은 그 때문이라고 합니다. 다만, 음……."

"무슨 문제라도 있어?"

"기본적으로 그 설명에는 무리가 없다고 생각합니다. 질식사의 소견이라면 오히려 원하던 바이며, 경찰도 사고로 처리하기 좋죠. 하지만……."

요미사카는 니라사와를 향해 돌아서서 물었다.

"네가 발견했을 때, 토오루는 '열리지 않는 문' 앞에 쓰러져 있었지?"

"그랬었죠."

"이건 중요한 얘기니까 잘 생각해서 답해 줘. 방 안은 아니었지?"

"네, 그건 확실히 그랬어요."

니라사와는 자신 있게 답했다.

"그때 말이야, 토오루는 뒤로 쓰러져 있었어? 아니면 엎드린 채였어?"

"뒤로였어요."

"머리는 어느 쪽을 향하고 있었지? 지하호의 입구 쪽? 아니면 반대쪽?"

"입구 쪽이요."

생각했던 대로라는 듯 요미사카는 고개를 끄덕였다.

"그게 어쨌다는 건데." 하고 사쿠마가 물었다.

"모르시겠어요? 머리를 입구 쪽으로 향하고 뒤로 쓰러져 있었다는 건, 쓰러지기 전에 몸이 지하호 안쪽을 향하고 있었기 때문입니다. 즉, 토오루는 방으로 들어가기 전에 사망한 거예요. 방에서 나오면서 죽었다면 머리는 입구 쪽을 향한 채 엎드려 있었거나, 머리를 안쪽으로 향하고 뒤로 쓰러져 있었을 테니까요. 좀 더 말하자면, 토오루가 쓰러진 것은 문틀 앞쪽이고 그것은 문을 열자마자 쓰러졌다는 뜻이 되죠."

그렇다면 이상하잖아요, 라며 요미사카는 덧붙였다.

"뒷에서 독가스가 나왔다고 해도, 또 문 안쪽에 쌓인 가스가 산소를 밀어낸 것이라고 해도, 토오루가 쓰러질 때까지는 시간이 필요합니다. 열자마자 즉사하는 건 아니란 얘기죠. 그런데 토오루는 문을 열고 바로 쓰러졌어요."

“가스로 죽은 것이 아니라는 얘기야?”

“그런 게 아니면, 설명드린 상황처럼 될 수 있을까요?”

사쿠마는 웃음이 나오려고 했다. 요미사카가 이렇게 설명하지 않았다면 독가스 설을 믿어 버렸을 자신을 생각하니 더욱 그랬다. 결국, 그렇구나. 이 녀석이 이해시키고 싶은 사람은 자기 자신이잖아. 남보다 먼저 자신이 이해하고 싶은 거야.

“그럼 달리 어떤 살해 방법이 있다는 얘기야?”

“그러게요. 니라사와, 하나만 더 물어보고 싶은데, 토오루의 시체는 어떤 느낌이었어? 그러니까 어디까지 부패가 진행되고 있었던 거야?”

“뭐라고 답해야 할지 모르겠네요. 옷을 입고 있어서 잘 보이지 않았거든요.”

“얼굴과 손은 보였잖아.”

니라사와는 그때의 광경이 떠올랐는지 불쾌한 표정을 지었지만, 마지못해서 고개를 끄덕였다.

“손도 얼굴도 검은색이었어요. 왠지 셔츠도 바지도 약간 벗겨진 듯했어요.”

“부패 현상으로 몸이 부풀어 올라서 그래. 뼈는 보이지 않았어?”

“그런 건 못 봤어요. 구더기와 파리들에 덮여 있어서…….”

그 모습이 상상이 되자, 사쿠마도 얼굴을 찌푸렸다. 니라사와의 나이를 생각하니, 그 태연스러운 태도에 전율을 느꼈다. 그냥 있으면 아까처럼 또다시 불안에 휩싸이게 될 것 같아 서둘러 그런 생각을 그만두었다.

요미사카가 감탄한 얼굴로 고개를 끄덕이며 말했다.

"그나저나, 사후 네 달이 경과한 시체에도 파리가 꼬이네."

"부자연스러운 거야?"

"글쎄요. 파리는 사후 수 분 안에 모여든다고 들었는데, 토오루가 죽은 건 겨울철이라 파리가 활동을 안 했겠죠. 따뜻한 계절이 되어서야 먹잇감을 찾아 움직였기 때문인 것 같습니다. 들개들도 들어올 수 없는 곳이라 시체가 원래 형태 그대로 남아 있었던 것도 의심할 여지가 없어요."

"저는 파리가 많이 출몰한다는 소문을 조사하다가, 그 시체를 발견했단 말이에요."

화난 말투로 니라사와가 말했다. 흥미로운 하루하루가 아닌가, 하며 요미사카는 웃었다.

"부패한 시체를 볼 기회가 그렇게 흔한 게 아니야. 나는 부럽기만 한데."

"아무것도 모르면서……."

"뭐?"

또 싸움이 벌어질 것 같은 분위기를 파악한 사쿠마가 급히 끼어들었다.

"그래서, 구더기투성이의 시체가 어떻다는 얘기야?"

요미사카는 원래 하던 이야기로 돌아갔다.

"구더기가 여기저기 파먹었기 때문에, 아마 외상의 여부는 경찰에서 파악할 수 없었을 거예요. 뼛속까지 깊이 찔린 상처라면 몰라도 표피의 찰과상, 화상 같은 건 확인할 수 없었을 가능성이 커요."

"찾지 못한 상처가 있었다는 얘기야? 여는 순간 즉사시키는 덫이잖아. 그런 것이 있었을까?"

"즉사가 아니었는지도 모르죠."

"뭐? 네가 그랬잖아, 문을 열자마자 죽었다고."

"저는 문을 열자마자 바로 쓰러졌다고 했죠."

"같은 소리 아니야? 즉사하지 않았다면 일어났겠지. 그대로 쓰러져 있지는 않을 거 아냐."

"일어나고 싶어도 그럴 수 없었는지도 모르죠. 몸을 움직이지 못한다면요."

"그럼 뭐야. 마취라도 당했다는 얘기야?"

"생각해 보세요, 지금까지 무엇을 조사해 왔는지. 주인공이 남았잖아요."

"주인공?"

사쿠마는 잠시 생각하다가 설마 했다. 분명히 주인공이 있었다. 요미사카가 갑자기 등장한 시점에 자신이 생각해 왔던 것과는 다른 추리가 전개되는 것일까 하는 생각에 자동으로 제외해 버렸던 가능성이 있었다.

"전기?"

"그것밖에는 생각할 수 없어요. 몸을 관리하는 신경에 흐르는 것은 전류, 근육을 움직이라고 명령하는 것도 전기입니다. 외부에서 전류를 흘리면 인간은 자신의 의지로 움직일 수 없게 됩니다. 고전압 설비에 접근해서 감전된 사람이 그 자리에서 피하지 못하고 사망해 버리는 것도 바로 그것 때문입니다. 토오루는 감전되어 그 자리에 쓰러졌고, 심장 세동을 일으켜서 죽은 것입니다. 도망가고 싶어도 몸이 움직이지 않았을 것입니다."

"하지만 덫이었잖아? 감전시키는 덫이라고 한다면 어느 정도 크기가 있었을 것이고, 그런 것은 어디에도……."

없다, 라고 말하려던 사쿠마는 말을 끊었다. 떠오르는 것이 있었기 때문이었다.

"혹시, '열리지 않는 문' 자체가?"

"네, 토오루가 장갑을 끼고 있었는지 아닌지는 모릅니다. 어느 쪽이든 어두운 곳에서 열쇠를 사용하려면 장갑을 벗어야 하죠. 즉, 맨손으로 '열리지 않는 문'에 열쇠를 꽂았습니다. 그리고 문의 손잡이를 잡고 앞쪽으로 당겼습니다. 하지만 문이 쉽게 열리지는 않았겠죠. 처음에는 손잡이를 두 손으로 잡고 당겼겠지만, 어느 정도 열린 상태에서는 왼손으로 손잡이를 잡고 오른손으로 문틀을 밀어서 열려고 하지 않았을까요?"

"그렇게 하면 어떻게 되지?"

"문틀하고 손잡이 사이에 충분한 전위차(電位差 : 도체 사이의 전기적 위치 에너지 차이로, 전기가 높은 곳에서 낮은 곳으로 흐르기 때문에 감전의 원인이 된다.)가 있으면 토오루의 몸에는 전류가 흐르게 됩니다. 신발의 재질에 따라 달라지지만, 보통 신발창은 고무로 되어 있잖아요. 다리에서 지면이라는 경로가 절연되어 있다면 전류는 손에서 팔을 통과하여 다른 쪽 손으로 흐르겠죠. 그것은 바로 전류가 가슴을 통과한다는 얘기입니다. 당연히 그 통로에는 심장도 있으니 뚫고 지나가겠죠."

"그렇게 사망? 그런 덫이었던 거야?"

"그게 저의 추리입니다. 지하호에 지금도 남아 있는 전선을 이용해서 전기를 통하게 했을 수도 있고, '열리지 않는 문' 자체에 전지의 기능이 있었을 수도 있어요. 그리고 지하호는 바닥이 흙이니까 커다란 장치가 묻혀 있을 가능성도 있습니다. 어쩌면 자물쇠 자체가 스위치 역할을 했는지도 모릅니다. 자연 방전이나 소재의 열화를 생각하면 정기적인 수리가 필요하겠지만, 그 역시도 이곳을 관리하고 있던 다케미네라면 가능합니다."

"오랜 세월 동안 관리를 해야 했을 텐데, 그렇게 할 수 있었을까?"

"쉽지는 않았겠지만, 결국 제대로 작동했겠죠. 이렇게 생각하면 애매했던, 문을 열었던 지점에서 사망한 것도 설명이 됩니다. 손에 화상의 흔적이 남았을지도 모르지만, 썩기도 했고 벌레들에게 먹혀 사라져 버렸을 수도 있죠."

듣고 있던 사쿠마는 정신을 차리기 위해 뺨을 꼬집었다. 이야기된 모든 것이 상상의 산물이었다. 설명만 된다면 증명할 필요는 없다는 논리에 빠져 버릴 것 같았다. 하지만 아직 의문이 많았다. 그중에 가장 큰 의문은 동기였다.

"왜 다케미네 노인은 그런 짓을 한 거지? 미하루에게 어떤 원한이 있었던 거지? 아니, 그것도 그거지만 토오루 말이야. 토오루가 덫에 의해 죽었다면, 다케미네 노인은 그 방에 들어가려고 한 사람이라면 그 누구라도 죽일 생각이었다는 거잖아. 왜 그렇게까지 해야 했던 거지?"

"그건 모르죠."

요미사카는 아무렇지 않다는 표정으로 간단하게 대답했다.

"80세가 넘은 영감님의 인생을 파악할 만한 단서는 없습니다. 아니, 상상만으로 충분하다면 얼마든지 설명은 할 수도 있어요. 가령 이 지하호 안쪽의 방, 그 벽 저편에 엄청난 보물이나 귀중한 연구 성과가 숨겨져 있어서 다케미네 노인은 그것을 지키고 있었다고 생각해 볼 수도 있어요. 덫은 그 때문에 만들어진 것으로, 미하루의 조사를 허용했던 것은 그렇게 하지 않으면 그만큼 이목을 끌게 될까 봐 그랬을 수도 있죠. 살해한 것은 그녀가 보물의 존재에 대해 알아차렸기 때문이고."

"보물?"

사쿠마의 물음을 무시하면서 요미사카는 얘기를 이어 갔다.

"젊은이들이 싫었던 것뿐인지도 모릅니다. 특히 뭔가 알고 있다는 얼굴로 여기저기 냄새를 맡으며 돌아다니는, 자신이 옛날에 일하던 연구소의 정적을 깨는 인간이 말이죠. 전쟁에 대해서 알지도 못하면서 그냥 괴물이 나온다는 소문만을 듣고 찾아오는 어리석은 무리들이 싫었겠죠."

그 정도에서 멈추지 않고 그는 말을 계속했다.

"늙은 다케미네에게는 과거와 현재를 구별할 수 없었던 순간이 있었는지도 모릅니다. 전쟁 중, 국가가 타도해야 할 적을 제시했던 시절의 자신과 지금의 자신이 섞여 버린 거죠. 적이 없는 현재에서 억지로 적을 만들어서 살인을 하게 되었는지도……."

이야깃거리는 얼마든지 생각해 낼 수 있다며 요미사카는 말했다.

"이것이 그냥 이야기라면 진위의 구별은 필요 없어요. 하나에서 열까지 모두가 만들어 낸 것일 수도 있죠. 하지만 여기는 현실의 세계예요. 동기라면, 그 어떤 것이라고 해도 증명할 길이 없습니다. 살인자 자신도 동기에 대해 논리 정연하게 설명할 수 없을 것입니다. 게다가 범인은 죽었잖아요."

"아직 범인으로 확정된 건 아니잖아."

"저는 추측이 사실이라는 가정하에 말하고 있는 것입니다."

사쿠마는 수 초간 아무 말도 하지 않았다. 그러다 침을 꿀꺽 삼킨 후, 침착한 목소리로 말했다.

"지금도 '열리지 않는 문'은 덫의 기능을 하고 있을까? 너, 아까 실컷 만져 보고 살펴봤잖아."

"말했잖아요, 정비가 필요한 덫이라고. 경찰의 판단대로 올해 1월경에 토오루가 죽었다면 작동한 지 반년이 넘었어요. 작동하지 않는 건 당연하죠."

"그렇다고 해도 땅을 파 보면 장치를 찾아낼 수도 있겠지? 그렇다면……."

사쿠마는 격자문을 잡았다. 아직 잠그지 않은 상태였다. 그 문을 열려고 하자 요미사카가 그의 팔을 잡았다.

"뭐 할 생각입니까?"

"확인해 볼 거야, 너의 추리를."

요미사카는 깊게 한숨을 쉬더니 답답하다는 표정으로 말했다.

"상황을 좀 생각해 보세요. 땅을 팔 삽도 없는 데다가, 작업을 위해서는 전등도 훨씬 더 큰 것이 있어야 한다고요."

"준비해서 다시 오면 되잖아."

"만반의 준비를 하고 들어가서 트릭을 확인한 순간에 무너져서 다음 날 조간신문에 사망 기사가 실리고 싶으세요? 그 정도로 목숨 걸고 해 보자는 건가요?"

그렇게 겁이 나냐고 묻는 사쿠마의 말을 가로막기라도 하듯이 요미사카는 강한 어조로 말했다.

"그렇게 확인해 보는 게 의미가 있는 건가요?"

"의미라기보다는 그렇게 하는 것이 일반적이잖아."

"일반적인 것? 그럼, 그 일반적인 것에 따라 저의 추리가 확인되면 어떻게 할 건데요? 진실을 기사로 해요? 죽은 사람이 살인자였다는 기사를 쓸 수 있어요? 설령 썼다고 해도 『프레스타』에 게재되는 것은 어렵겠죠."

요미사카의 말대로 원하던 기사는 되지 않을 것 같았다. 하지만 그렇다고 가만히 있을 수는 없었다.

"추리에 자신이 없다는 말처럼 들리는데."

그 말도 맞는다며 요미사카는 고개를 끄덕였다.

"만약 저의 추리가 틀려서 파 봤는데 아무것도 찾지 못했다고 생각해 보자고요. 그렇게 되면 조사를 계속할 수 있을까요? 못 하겠죠? 달리 방법도 없을 테고, 시간적 여유도 없겠죠. 결국, 한 덩어리의 수수께끼만 안고 돌아가게 돼요. 저 역시 다른 추리를 생각할 열의는 없으니 빠질 겁니다."

정색하는 것치고는 목소리가 몹시 애처롭게 울렸다. 표정도 짐작하기 어려웠다. 이야기가 장황하게 계속되는 가운데 해가 완전히 저물고 말았다. 이미 사쿠마의 눈에는 요미사카의 모습도 니라사와의 모습도 거대한 버섯모양의 그림자로밖에 보이지 않았다. 그 그림자를 향해 말했다.

"그러니까, 누구에게도 득이 안 된다는 얘기야?"

"이론적으로 부정할 수 없는 설명이면 충분하잖아요. 어차피 전기인간을 메인으로 쓴다면 진실 따위는 아무렴 어때요. 제가 몇 번이나 말했잖아요."

"그건 그렇지만……넌 왜 그렇게 필사적인 거야?"

"섣불리 움직였다가는 죽기 때문이죠."

농담이라고 생각하고 사쿠마는 웃어넘겼다. 그러나 어둠 속에서 받아치는 요미사카의 웃음소리는 들리지 않았다. 잠시 후, 뭐 아무렴 어떠냐는 그의 목소리가 들렸다.

"이제부터 어떻게 움직일지는 사쿠마 씨의 자유입니다. 철수하든지 죽든지 마음대로 하세요."

"갑자기 무슨 소리야?"

"핑계 대는 거예요. 내일이나 모레 지역 신문 조간에서 사쿠마 씨의 사망 기사를 발견했을 때를 대비해서. '나는 할 수 있는 일은 했다. 사쿠마 씨가 죽은 건 내 잘못이 아니다. 본인의 책임이다. 그만하라고 그렇게 얘기했는데.' 같은……. 뭐 그런 기분이 조의금 액수에도 영향을 미치니까요."

"친구가 된 보람이 없군."

"친구라고 생각하면 제가 하는 말, 조금이라도 들어 주세요."

그때 사쿠마는 깨달았다. 요미사카의 목소리에 배어 있는 건 슬픔이 아니라는 것을. 귀찮다는 속마음을 그렇게 표현한 것도 아니었다. 거기에 있는 것은 공포라는 생각이 들었다.

"뭘 그렇게 무서워하는 거야."

"현실이 무섭죠. 오늘도 사실 오고 싶은 생각은 전혀 없었어요. 핑계를 댄다는 얘기는 진심입니다. 어쩐지 사쿠마 씨가 죽을 것 같다는 생각이 들었어요. 그래서 자전거를 타고 왔는데……. 그다지 유쾌한 이야기는 떠오르지 않았어요. 아, 역시 진짜로 무서운 건 현실이라는 생각이 새삼스럽게 들었어요."

"그래서 넌 소설을 쓰는 거잖아."

그 말에 요미사카는 겨우 웃음을 짓는 듯했다. 실제로 어떤 표정인지는 어둠이 가라앉아서 알 수 없었다. 어쨌든, 하고 그림자처럼 보이는 그가 말했다.

"마법 횟수가 왠지 불안한 상태에서 새로운 단계에 도달한 기분이에요. 모퉁이 너머를 들여다보고 다시 돌아오자고 생각하고 갔다가 전멸한 경험이 한두 번이 아니네요."

"그건 게임이잖아."

"그런 기분이라는 얘기예요. 저는 다른 사람보다 조금 더 상상력이 있긴 하지만, 상당한 바보에다가 무척 게으르답니다. 무섭다고 생각한 곳은 두 번 다시 가지도 않고 쳐다보지도 않습니다. 그렇게 하면 성장도 하지 않지만, 마음의 상처도 받지 않습니다."

"나도 그렇게 살아야 한다는 얘기야?"

"제 사정을 설명했을 뿐입니다. 나머지는 사쿠마 씨에게 달렸어요. 저한테 설득당할 수 있으면 그렇게 하세요. 제 의리는 여기까지입니다."

요미사카의 그림자가 끄덕하고 고개를 숙였다. 인사를 하는 것일 수도 있었다.

사쿠마는 이마를 긁었다. 어둠은 더욱 짙어지고 있었다. 주위가 보이지 않게 된 만큼, 벌레 울음소리가 두드러지게 들렸다. 바람이 뺨을 쓰다듬고 지나가자 이번에는 풀 냄새가 강하게 느껴졌다.

'열리지 않는 문' 안쪽에 눈길을 끄는 것은 없었다. 요미사카의 추리가 맞는다면 그곳은 원래부터 아무것도 없었다는 얘기가 된다. 당연히 문의 덫은 그냥 열었던 사람을 죽이기만 하는 재미없는 것일 뿐이다. 전기인간의 존재 여부에 대해서는 절망적이었다.

내가 전기인간이 존재하지 않는다는 것을 알게 된 상태로 기사를 쓸 수 있을까?

그렇게 자신에게 묻다가 루카와의 말이 떠올랐다. 공포 성향의 기사를 쓰려면 우선 쓰는 사람이 공포를 느껴야 한다. 어쩔 수 없지, 하며 한숨을 지으며 말했다.

"철수하자. 그 대신 특집의 절반은 네가 부담해야 해."

"일거리를 남에게 나눠 줄 만큼 여유가 있으신가요?"

"너와 달리 나는 전업 작가다. 하지만 『프레스타』에만 목매달고 살고 있는 건 아니야."

"겸업 작가도 사정이 있는데요."

"너 설마 전기인간을 소설의 소재로 쓸 생각은 아니겠지. 그것은 인의에 어긋나는 거야. 이건 이쪽의 기획이야."

"그건 이미 알고 있다니까요."

"웃어넘기려고 하지 마."

"약속해요. 만약 어기면 한턱내겠습니다."

"이것 봐, 어길 생각이잖아!"

고함을 지르자 묘하게도 상쾌함이 느껴져서, 사쿠마는 힘없이 웃었다. 그는 쑥스러움에 팔을 휘휘 돌리고는 어둠 속에서 방향을 짐작하고 니라사와를 불렀다.

"아직 있었니?"

"있으면 안 돼요?"

"안 될 건 없지. 넌 의외로 분위기 파악을 잘하는구나, 희한하게도."

"남 얘기 하지 마세요."

"뭐? 그게 무슨 소리야?"

"저한테는 아저씨들이 훨씬 희한한 사람들 같아요."

맞는 말이야, 하고 어둠 속에서 요미사카의 목소리가 말했다.

"결국 초등학생한테 희한한 사람이란 소리까지 듣게 되는군."

사쿠마는 조용히 고개를 끄덕이며 생각했다.

이 녀석은 컬러즈. 비정상을 수집하는 것이 목적이지. 니라사와로서는 전기인간에게 죽임을 당한 세 사람은 이제 과거의 사건이니, 지금은 전기인간을 조사하겠다며 숲속을 돌아다니는 우리야말로 비정상으로 보이겠지.

"앞으로는 희한한 아저씨들 볼 일도 없을 거야. 우리는 돌아간다. 집까지 바래다줄까?"

"필요 없어요."

"그렇게 말할 줄 알았어. 생각해 보니 따로 가는 것이 좋을 것 같긴 하네. 이 밤중에 섣불리 같이 다니다가 우리와 함께 수상한 사람으로 의심받으면 안 되잖아."

"실제로 수상한 사람 맞는데요."라며 요미사카가 너스레를 떨었다.

"어쨌든 니라사와, 취재 협조해 줘서 고마워. 잡지 나오면 보내 줄 테니 주소라도 알려 줄래?"

"싫어요. 잡지 같은 건 필요 없어요."

"그렇다면 뭔가 하고 싶은 말은 없니? 이것만은 꼭 써 줬으면 좋겠다는 의견도 좋아."

대답을 기다리며 사쿠마는 하늘을 보았다. 가지가 우거진 나무들과 밤하늘은 어둠의 농담만으로 풍경을 이루고 있었다. 한편에는 별들이 뿌려져 있어서 그 부분이 하늘이라는 것을 알 수 있었다. 두 종류의 어둠이 그린 그림에 정신이 팔려서 잠깐 넋을 놓고 있던 사쿠마의 귀에 니라사와의 목소리가 들렸다.

"이곳의 일은 빨리 잊어버리세요."

"그런 말 안 해도 일이 끝나면 잊어버리게 될 걸."

"그렇다면 다행이네요. 다시는 오지 마세요."

"네가 죽거나 하지 않으면 그러지."

"저는 죽지 않아요."

당연하다는 듯 말하는 니라사와에게 이별을 고하고 사쿠마와 요미사카는 걷기 시작했다.

숲을 빠져나오자, 가로등이 보이는 곳에서 같이 걷고 있던 그림자가 겨우 원래 모습을 되찾았다. 요미사카는 가로등 아래에 세워 두었던 자전거에 다가가서 자물쇠를 풀더니 끌기 시작했다.

"역까지 같이 가죠."

같이 걸으면서 요미사카는 아무런 말도 하지 않았다.

초등학교 앞을 지나 긴 계단을 다 내려가자 사쿠마가 물었다.

"왜 니라사와는 저 숲속에 있는 것일까?"

"글쎄요. 우리는 모르고 그 녀석만 아는 무언가가 아직 저기에는 있는 걸지도 모르겠네요. 음……. 어쩔 수 없어요. 우리는 외부인이고, 모든 것을 얘기해 주지는 않겠죠. 특히 그 아이는 초등학생이잖아요. 우리의 열 배는 진한 하루하루를 보내고 있을 것이고, 거기에서 알게 된 모든 것들을 처음 보는 이상한 어른들에게 얘기해 주지는 않겠죠."

"시체를 발견한 것은 니라사와 혼자가 아니었잖아. 켄자키라는 여자아이도 있어.”

“그만하세요. 우리 같은 사람들이 초등학생 여자애와 얘기하고 있으면 어떻게 보일지 생각해 보셨어요?”

“요미사카, 그 밖에 뭔가 알아챈 것이 있지 않아?”

“네?”

“니라사와가 전기인간을 잊으라고 한 것은 왜일까?”

그러자 요미사카는 발길을 멈추었다. 잠시 후, 그가 조심조심하는 말투으로 되물었다.

“정말 모르세요?”

“뭐가?”

요미사카는 한숨을 쉬었다. 설명하기도 귀찮다는 느낌이었다.

“켄자키에 대해서는 루카와 씨의 자료에 있었습니까?”

“컬러즈의 멤버잖아. 니라사와의 파트너.”

“그 아이는 여자 친구예요. 그런 두 사람이 시체를 함께 발견해서 경찰이 관리해야 할 사건이 된 거예요. 당연히 그전처럼 같이 있을 수는 없겠죠. 켄자키를 생각하면 우리 같은 사람들에게 더 이상 이곳저곳 들추고 다니지 말라고 하는 건 당연한 소리죠.”

“그런 건가?”

“그럼요. 초등학교 6학년이잖아요 그 녀석, 아직 세상을 모르는 나이잖아요. 결벽과 완벽 따위로 무장하고 있을 만한 시기입니다. 저는 그런 녀석을 바보 취급하고 싶지는 않아요.”

그의 말을 듣자 사쿠마는 더욱 이해할 수 없었다. 그냥 그런 것인가 하는 생각만 들었다.

그럴지도 모른다. 말에 속뜻이 있는 것처럼 들리는 건, 어쩌면 내가 잃어버린 순수를 아직 니라사와가 가지고 있기 때문이리라. 내가 저 녀석을 의심하는 것은 일종의 질투의 반증인지도 모른다.

그렇게 생각하자 사쿠마는 계속 품고 있던 의심이 풀리는 것 같았다. 의심을 푼 것은 질투도 아니고 우월감도 아니었다. 체념에 가까운 무언가였다. 심심해하는 얼굴의 요미사카를 향해 그는 억지로 웃어 보였다.

"그런 것을 알아챈 너도 상당히 젊구나."

"'중2병'이라고 해요. 결코 자랑할 만한 것은 아니죠. 하지만 그것이 완치돼 버리면 저 같은 사람으로서는 치명적입니다."

요미사카는 싫다는 표정으로 그렇게 말하고 도로변에 침을 뱉었다.

신호등이 보이면서 멀리 역사가 나타났다. 인파 속에 섞이게 되자 인간 세상에 돌아왔구나, 하고 사쿠마는 생각했다. 자전거를 끌고 있던 요미사카는 불편해 보였다.

저녁밥이라도 같이 먹고 가겠냐고 물어보려는데 핸드폰이 울렸다. 디스플레이에는 출판사 이름이 떴다. 안 좋은 예감이 들었지만, 사쿠마는 주저하지 않고 전화를 받았다.

두세 마디 주고받던 그는 요미사카에게 기다리라며 손바닥을 내밀었다. 그리고 그 자리에 서서 심호흡을 한번 했다. 그가 다시 핸드폰을 귀에 댔다. 2분 정도로 통화는 끝났다.

대화 내용을 상상하고 있던 요미사카가 조심스럽게 물었다.

"무슨 일이 있었나요?"

"요미사카, 아까의 말은 유효한 거야?"

"아까? 어느 것 말인가요?"

"지금부터 네가 사는 밥을 먹으러 가고 싶은데……."

그 말만으로도 알아차린 듯 요미사카는 크게 입을 벌리고 사쿠마를 바라보았다.

"『프레스타』, 지난번이 마지막 호였대."

"다음 호가 아니고? 우와, 그것참 예상외네요. 어? 그럼 이번 취재비는?"

"최선은 다해 보겠다고 하더라."

"그 말은, 아무것도 할 수 없었다는 말의 복선이잖아요."

"그래서, 그런 연유로, 전기인간에 대해서는 네가 돈이 될 수 있는 글로 만들어 봐."

"진짜요?"

"내 이름은 협력으로, 루카와 씨를 원안으로 크레디트에 넣으면 될 거야."

"아까는 농담이었는데요."

"그런데 현실이 돼 버렸구나."

웃는 얼굴로 사쿠마는 요미사카의 어깨를 두드렸다.

지친 모습의 요미사카는 먼 곳을 보면서 중얼거렸다.

"아이로닉, 아이로닉 봄버(ironic bomber : 본서의 저자인 요미사카 유지가 실제로 데뷔 전부터 사용하던 영문 필명으로 자신감을 북돋기 위해 주문처럼 외웠다고 한다)."

"뭐야, 그게?"

"용기가 생기는 주문입니다."

"그거 좋네."

"효과는 없어요."

24

"전기인간 조사, 이제 안 할 거야?"

켄자키의 질문에 니라사와는 걷던 발걸음을 딱 멈추고 돌아섰다.

종업식도 청소도 끝난, 여름 방학을 하루 앞둔 날이었다. 두 사람은 짐을 잔뜩 들고 있는 학생들로 혼잡한 학교 현관을 간신히 빠져나온 상태였다.

"안 해."

"그렇구나."

켄자키는 힘없는 목소리로 말했다.

켄자키가 뭔가 말하고 싶어서 고민하는 것을 알아챈 니라사와는 그 자리에서 움직이지 않고 기다렸다.

햇살은 강했고 바람도 없었다. 가만히 있어도 땀이 흐르는 한여름 날씨였다. 니라사와가 켄자키와 마주한 것은 시체를 발견한 이후 처음이었다. 싸움을 한 것도 아니었고, 누군가에게 놀림을 당했기 때문도 아니었다. 왠지 서먹서먹해서 같이 있지 못했다.

그것으로 됐다고 니라사와는 생각했다. 익숙한 사고방식이기도 했다. 그동안 그렇게 자신에게 변명하는 것으로 면죄부를 삼고 있었다.

친구는 많지 않았지만 그렇다고 집단에서 소외된 것도 아니었으니, 니라사와는 평온한 나날을 보내고 있었다. 적어도 학교에서는 눈 밖에 나는 행동을 하고 싶지 않았으며, 켄자키도 마찬가지로 평범한 일상에서 벗어나지 않기를 바랐다. 자기 생각에 동의하기를 바라지도 않았기 때문에, 정면으로 그의 생각을 부정하는 켄자키와 함께 있어도 아무렇지 않았다.

하지만 둘이 시체를 같이 발견한 후, 공포에 사로잡혀 헛것을 보게 되기도 했다. 니라사와가 최근 몇 개월 동안 남몰래 두려워한 것은 그것이었다. 켄자키가 이상한 것을 보게 되어, 그 존재를 믿어 버리게 된다면 그것은 자기 탓이라고 생각했다. 그래서 전처럼 같이 다니지 않으려고 했다. 켄자키를 위해 그렇게 해야 한다고 생각했다.

"이렇게 마주 보고 얘기하는 것도 오랜만인 것 같네."

아핫, 하고 켄자키는 어색한 표정으로 웃었다. 그리고 니라사와의 손을 잡아끌면서 걸었다.

"어디 가는 거야?"

"어디라도 상관없잖아. 걸으면서 얘기만 할 수 있으면."

켄자키는 주저하지 않고 앞으로 나갔다. 목적지는 금방 알 수 있었다. 그곳은 학교 뒤편의 숲이었다.

강한 햇살이 만들어 내는 뚜렷한 음영의 세계에 매미 울음소리가 가득 차 있었다. 그늘은 시원했으며 한 걸음 내디딜 때마다 발밑에서 메뚜기가 뛰어다녔다. 주위에 흐르는 풀숲의 짙고 훗훗한 열기에 코를 훌쩍거리며 얼굴을 찡그리고 있던 켄자키가 말했다.

"여기를 토오미 시에서 왜 이대로 두고 있는지 알아?"

"아이들에게 자연을 접하게 해 주려고?"

"그렇게 생각할 수도 있겠네. 하지만 내가 들은 얘기는 달라. 이 숲을 개발하려고 할 때마다 무슨 일이 일어났대. 공사하는 사람이 병에 걸리거나 기계가 갑자기 멈춰 버리거나."

"유령이 있다는 소리를 하고 싶은 것은 아니겠지?"

"뭐? 이 켄자키 아야가 그런 걸 믿는다고 생각해?"

니라사와는 콧방귀를 뀌면서 고개를 옆으로 돌렸다. 평소대로라면 그런 말을 듣고 안심했을 것이다. 하지만 그렇게 쉽게 안심하면 안 되겠다는 생각에, "그래서 뭐가 어쨌다는 거야?" 하고 물었다.

"음……. 그러니까, 이건 내 생각인데 말이야. 슈토는 아직도 조사하고 있는 거지? 전기인간에 대해서?"

"아니라고 했잖아!"

"거짓말."

거짓말, 하고 니라사와는 켄자키의 말투를 흉내 내며 따라했다. 전혀 예상 밖의 반응이었다. 그것도 그렇지만, 무엇보다 골똘히 생각하는 켄자키의 진지한 표정도 낯선 것이었다.

"거짓말 아니야."

"2주 전쯤인가. 슈토, 너 여기에서 어떤 아저씨들하고 뭔가 얘기했지?"

니라사와는 입술을 오므렸다. 그때 만난 수상한 두 사람에 대해서는 아무에게도 말하지 않았다. 그녀가 어떻게 알았는지는 물을 필요도 없었다.

"너, 숨어서 훔쳐봤지?"

"원래 그럴 생각은 없었어. 우연히 보게 된 거야. 비도 안 오는데 노란색으로 칠해진 비옷을 입고 자전거를 타고 가는 수상한 사람을 본 거야. 뒤를 밟았더니 그 사람이 여기서 슈토와 또 다른 아저씨하고 이야기를 하더라고. 그리고 그 아저씨들하고 지하호에 들어갔었지?"

"잡지사에서 취재하러 온 거야."

"취재? 오오, 그 지하호에 관한 기사를 쓰려고 왔대?"

켄자키는 의심스러운 눈으로 무슨 잡지인지, 무슨 특집인지 물었지만, 내용을 듣지 못한 니라사와는 대답할 수 없었다. 켄자키는 더욱 수상하다는 표정을 지었다.

"사실대로 얘기해."

"진짜야. 믿기지 않는 것은 알겠지만……."

"그 아저씨들, 죽은 세 사람에 대해서도 조사했지? 말해 줘."

켄자키는 말이 길어져도 상관없으니까 얘기해 달라고 졸랐다.

니라사와는 어쩔 수 없이 사쿠마와 요미사카라고 이름을 밝힌 두 사람에 대해서 말해 주었다. 그들의 분위기, 이곳에 온 목적과 취했던 행동에 대해서. 그리고 요미사카가 어떤 추리를 전개하다가 갔는지도.

진지하게 귀를 기울이던 켄자키는 다 듣고 나서 슬쩍 물었다.

"슈토는 어떻게 생각해? 정말 다케미네 할아버지가 두 사람을 죽였다고 생각해?"

"나도 몰라. 다케미네 할아버지와 토오루 형은 알지만, 미하루라는 대학생 누나는 만난 적도 없고, 살해되었다는데, 글쎄……."

"그럼 할아버지가 죽였을 수도 있겠네."

"그럴 수도 있겠지만, 다른 가능성도 있잖아."

"예를 들어?"

"아니, 예를 들고 자시고 간에……."

니라사와는 켄자키의 진지한 눈빛을 보고 머뭇거렸다.

"무슨 얘기가 듣고 싶은 거야?"

"슈토는 왜 이 숲을 조사했던 거야? 토오루 오빠가 그렇게 돼버린 거 발견하고도 이 숲에 자주 오고 있잖아. 아니, 그 전부터 계속 그랬어. 왜 그러는 거야? 파리가 많이 나오느니 하는 얘기가 또 있었던 거야? 전에 슈토 그랬지? '특별한 이치'가 하나뿐인지 알고 싶다고. 그건 아직 모르는 거야?"

"아직 몰라. 하나는 아니라는 생각은 들지만, 또 다른 '특별한 이치'를 찾아낸 것도 아니고……."

그러자 켄자키는 눈길을 돌리더니 심사숙고했다는 듯이 말을 했다.

"나 생각해 봤어, 슈토의 얘기. 그리고 이상하다고 생각했어. 어떻게 슈토는 '특별한 이치'가 존재한다는 것을 알 수 있지 하고 말이야. 생각해 보면 그렇잖아? 특별하다는 건 특별하지 않은 것과 비교해 보지 않으면 알 수 없잖아. 혼자 조사해 봤자, 자신이 본 것이 특별한 것인지 아닌지 구별할 수 없잖아."

"나한테도 상식은 있어."

"그렇다고 해도 그래. 괴이한 존재를 보았을 때 그것이 진짜로 괴이한 존재인지 아니면 환상인지를 슈토는 구별할 수 없을 텐데 말이야. 누군가 다른 사람이 그 괴이의 존재를 확인해 주지 않으면 말이야."

"그건 그렇지만……."

"그래서 나는 또 생각해 봤어. 슈토가 전기인간 같은 것을 조사하는 것은 어떤 '특별한 이치'를 알고 있어서, 그것을 믿고 있기 때문이 아닐까 하고. 정말 그런 거야?"

그건 대답할 수 없는 질문이었다. 켄자키의 말은 정곡을 찌르는 것이었다.

"슈토도 '특별한 이치'를 발견했다고 바로 믿지는 않겠지. 우선 확인해 보려고 하지 않겠어? 하지만 슈토는 그런 것을 나에게 물어본 적이 없어. 그건 단순히 나를 믿을 수 없어서야? 아니면 다른 사람이 확인해 줄 수 없기 때문이야?"

"……."

"만약 나를 믿지 못하겠으면 그렇다고 말해. 다시는 이런 얘기 안 할 테니. 아니, 먼저 말 걸지 않도록 할 테니까."

니라사와는 깊게 숨을 들이쉬었다가 더 길게 내쉬었다. 믿지 못하는 것은 너잖아, 라는 말이 목까지 넘어오는 것을 참았다. 켄자키가 그런 말을 들을 각오로 얘기했다는 걸 알고 있기 때문이다. 대충 넘어갈 수 없겠다는 생각에 니라사와는 입을 열었다.

"너한테 거짓말한 적은 없어. 그리고 믿지 못하겠다는 것도 아니야."

"그럼 얘기해 줘. 슈토가 죽인 거야?"

니라사와는 시간이 멈춰 버린 느낌이었다. 켄자키는 더 그럴

것이라는 생각이 들었다. 하지만 그나마 안심이라는 생각도 동반하고 있었다. 켄자키는 어떤 답이 돌아와도 저 혼자의 가슴에 담아 둘 생각으로 말한 것이 아니고, 그 의심은 상식적인 것이기 때문이었다. 켄자키는 아직 괜찮았다.

"왜 그렇게 말하는 거지?"

"나도 몰라. 자세한 건 전혀 모르겠어. 하지만 슈토라면 그랬을지도 모른다는 생각이 들었어. 사람이 죽어서 전기인간이 유명해졌지? 잡지사에서 취재하러 올 정도로……. 그건 '특별한 이치'를 찾고 있는 슈토에게 좋은 일 아니야?"

"어떻게 좋은 일이지?"

"전기인간이 유명해지면 그런 얘기를 모을 기회도 늘어나지 않을까 해서. 미안. 내가 말하고도 정리가 안 되지만, 슈토에게는 혹시 내가 볼 수 없는 것이 보이는 것이 아닌가 하고 생각해봤어. 그렇잖아. 꽤 오랫동안 함께하면서 슈토의 성격이라든가, 그런 거 다 이해하고 있다고 생각하지만 그래도……."

켄자키는 울먹이는 듯했다.

"때로는 알 수 없을 때가 있어. 의심하고 싶지는 않지만, 믿고 싶지만, 전혀 보이지 않는 때가 있단 말이야! 그런 건 싫은데! 슈토를 제대로 알고 싶은데!"

"다 그런 거야. 어차피 나는 네가 아니고, 너도 내가 아니니까."

니라사와는 이대로 괜찮은 것이라고 했지만 켄자키는 "나는 싫어!" 하고 소리쳤다.

"일단 모른다고 생각해 버리면 더 가까워지지 못하게 되잖아! 껴안을 수도 없고, 손도 잡을 수 없고, 아무렇지 않게 얘기하는 것도 못 하게 돼 버린단 말이야."

"그렇지 않아."

니라사와는 켄자키의 손을 잡았다. 순간 그녀는 흠칫하고 몸을 떨었다. 잡은 손은 차가웠고 켄자키는 몹시 약해 보였다. 이런 적이 전에도 있었던 것 같다는 생각을 하면서 니라사와는 망설이지 않았다. 괜찮아, 하며 고개를 끄덕였다.

"괜찮다니까. 나도 너도 어차피 타인이야."

"그런 건, 슬프잖아."

"슬프더라도 괜찮잖아. 만질 수도 있고, 말할 수도 있어. 켄자키는 모를 수도 있지만, 이건 대단한 거야. 그렇게 못 하는 사람도 있거든."

"죽은 사람이라든가?"

"그래. 그러니까 너무 슬퍼하거나 울 필요 없어."

니라사와가 두 손을 잡자 켄자키는 고개를 숙이고 어깨를 들썩였다.

그녀의 눈에서 흘러나온 눈물이 겹쳐 있는 손 위로 떨어졌다. 체온과 같은 온도의 눈물은 아무런 감촉도 남기지 않았다. 훌쩍훌쩍하는 소리와 함께 그녀는 니라사와의 가슴에 이마를 기댔다.

이럴 때는 안아 줘야 한다는 건 알고 있었지만, 그렇게 하는 것은 켄자키에 대한 배신이라는 생각에 니라사와는 움직이지 않았다. 새빨간 눈을 한 켄자키가 훌쩍이면서 떨어질 때까지 그냥 시간에 맡겨 두었다.

이윽고 울음을 멈춘 켄자키가 작은 소리로 말했다.

"미안해."

"이건 아무것도 아니야."

어, 맞아, 하며 켄자키는 힘을 주어 말하고는 눈가를 문질러 닦고 벌게진 눈으로 미소를 지어 보였다.

"큰일이네. 나, 아무래도 슈토를 너무 좋아하는 것 같아."

니라사와는 쓴웃음을 지을 수밖에 없었다.

하나만 얘기해 줘, 하고 켄자키가 장난스러운 말투로 물었다.

"세 사람을 죽인 것은 누구라고 생각해?"

"전기인간."

"그렇구나. 그런데 왜 그런 거야? 전기인간이 사람에게 원한이라도 있는 거야? 소문에서도 사람을 죽인다는 얘기가 있지만, 난 잘 이해가 안 돼."

"살기 위해서겠지."

"살기 위해서?"

"살기 위해서 다른 생물을 죽이잖아."

"전기인간이 사람을 잡아먹는 건 아니잖아."

“전기인간의 소문에서 가장 먼저 얘기되는 게 뭐지?”

“음……, 말하면 나타난다?”

“그 말은 말하는 인간이 없어지면 사라진다는 얘기잖아. 아무도 말하지 않게 되면 전기인간은 죽는 거야. 그렇지 않게 하려고 전기인간도 필사적인 거겠지.”

“그럼 소문이 끊이지 않게 하려고 사람을 죽인다는 얘기야?”

“어, 그런 거야. 하지만 무차별적인 건 아니야. 자신을 믿지 않는 사람만 죽이는 것 같아. 그것도 상대가 혼자 있을 때 죽인다거나, 어떻게 죽는지 모르게 죽인다거나, 뭔가 자기 나름의 규칙을 따르고 있잖아.”

“자신의 캐릭터에 맞는 방식이네.”

“그래. 너와 내가 전기인간에 대해서 말했는데 죽이지 않은 것은 소문을 퍼뜨리는 데 도움이 되었다고 생각했기 때문이야.”

“대학생 언니는 전기인간을 조사하고 있는데도 죽어 버렸잖아. 토오루 오빠도…….”

“둘 다 틀림없이 마음속으로는 전기인간을 부정하고 있었을 거야. 그런 사람은 조사한 것을 종이에 정리한다고 해도 전기인간에 대해서 말하지 않아. 오히려 소문 안 나게 하는 데 한몫하게 되거든. 하지만 잡지 취재하러 온 두 아저씨는 달랐어. 그들은 전기인간은 있다는 방향으로 기사를 쓰려고 했던 것 같아.”

“그 아저씨들은 바보라 살았구나?”

"그래. 생각을 읽을 수 있는 전기인간은 그런 건 모두 꿰뚫어 볼 수 있으니까."

"다케미네 할아버지는?"

"그 할아버지는 병사겠지. 뭐든지 전기인간 때문이라고는 할 수 없어."

"역시……."

켄자키는 팔짱을 끼고 눈을 감은 채 고개를 끄덕였다. 니라사와는 옆에서 볼을 긁적거리며 서 있었다. 그러는가 싶더니.

"……라고 할 줄 알았지?"

하며 켄자키가 니라사와의 어깻죽지를 쳤다.

"그렇게 될 리가 없잖아!"

니라사와는 어색하게 웃으며 자신의 옆을 보았다. 그리고 켄자키에게 가벼운 목소리로 말했다.

"거봐, 내가 뭐라고 해도 안 믿잖아."

"내 참, 정말 슈토는 내가 없으면 그런 황당한 것만 생각하는구나. 내가 이래서 눈을 뗄 수 없다니까. 아~."

그녀는 어색한 연기를 하듯 탄성을 지르며 말했다.

"이래서 컬러즈 못 그만둔다니까."

"제발 그만둬라. 공부나 해."

"또 그 소리야? 속으로는 같은 중학교에 가게 되길 바라면서, 솔직하지 못하네. 뭐 그런 점도 좋아하긴 하지만 말이야."

켄자키는 딱하고 니라사와에게 몸을 밀어붙이더니 웃었다.

"자, 그럼 집에나 갈까?"

"너 혼자 가. 눈은 시뻘겋게 돼 가지고."

"오해 받을까 봐 그래? 오해 아니잖아. 슈토가 나를 울렸으니까!"

휴우, 하고 한숨을 짓는 니라사와에게 켄자키는 재밌다는 듯이 말했다.

"알았어. 알았어요. 오늘은 오해였다고 해 두자. 그 대신 부탁 하나 들어 주지 않을래?"

"뭔데?"

"핸드폰 하나 사라, 슈토. 그러면 여름 방학 때도 쉽게 만날 수 있잖아."

그 소리에 니라사와는 웃었다. 오랜만에 짓는 솔직한 웃음이었다. 그리고 어리둥절해하는 켄자키를 보면서 가방을 내려놓더니 그 안에서 파란색의 핸드폰을 꺼내 보였다.

그녀가 깜짝 놀라며 물었다.

"언제 샀어?"

놀란 켄자키에 번호를 알려 주면서 니라사와는 말했다.

"너는 핸드폰 없어?"

"없어. 어차피 내 쪽에서만 전화할 텐데 상관없잖아. 만나고 싶어지면 전화할 테니까, 바로 나타나라고."

"기대하지 마."

그 말을 좋은 편으로 해석한 켄자키는 가벼운 발걸음으로 걷기 시작했다. 조금 걷다가 돌아보더니 슈토, 하고 상냥한 목소리로 불렀다.

"좋아하는 거 알지? 주욱 말이야."

"알았어. 어서 가."

그가 손을 흔들자 켄자키는 다시 웃었다. 그리고 잠시 후 시야에서 사라졌다.

니라사와는 후우, 하고 숨을 뱉었다. 안도의 한숨인지 자신도 구별할 수 없었다.

잠시 후 소년은 살짝 고개를 숙이고 생각했다.

내 생각이 맞았냐?

그리고 그는 그 이름을 불렀다.

"전기인간."

만약 맞는다면 이제 누구도 죽일 필요 없어.

핸드폰을 든 니라사와는 그것을 귀에 댔다. 그리고 조심스러운 목소리로 말했다.

"이런 방법밖에 생각나지 않았어."

그리고 그는 얼굴을 들고…….

나를 봤다.

25

"전기인간, 대답해."

니라사와는 뚫어지게 보면서 말했다. 내가 있는 곳, 그의 바로 옆 공간을.

초점은 맞추어져 있지 않았지만 시험 삼아 몸을 움직여 봤더니 그의 시선이 나를 쫓아왔다. 내 모습이 그에게 보이는 게 틀림없다.

"너는 내가 생각하는 걸 알고 있겠지? 하지만 나는 네 말이 들리지 않아. 핸드폰을 통해서라면 혹시 가능할지 모르겠다고 생각했는데, 할 수 있어?"

음성은 무겁고 텍스트 쪽이 데이터는 가볍다. 나는 니라사와의 핸드폰을 만져 보고 나서 손짓으로 디스플레이를 가리켰다. 그리고 메일 쓰기 화면을 불러내어 거기에 글을 썼다.

어째서 내가 보이지?

"초등학교에 들어가기 전에 사고로 크게 다쳤어."

말하면서 니라사와는 왼쪽 눈 위 부근을 어루만졌다.

"그 사고로 이 부분이 골절되었지. 그때 수술을 해서 얇은 철판을 넣었는데, 그때부터 이상한 것이 보이기 시작했어. 어렴풋한 윤곽이 희미하게 빛나는 그림자처럼 보여. 나중에 철판을 다시 빼내었는데도 계속해서 그런 것이 보였지."

적응돼 버렸군, 몸이
보이는 것에.

디스플레이를 내려다보면서 니라사와는 그런 것 같다며 고개를 끄덕였다.

"그것이 그냥 보이는 게 아니라 실제로 존재한다는 걸 알게 된 건 훨씬 후였지. 귀신 같은 것이구나, 하고 생각했어. 그러다 금방 사라지니까 별로 신경 쓰이지 않았지. 하지만 너는 달랐어. 너인 줄 알게 된 계기가 있었지. 전기인간에 대한 얘기를 하면 언제나 나타나서 한참 동안 그 자리에 있었어. 그래서 이건 전기 인간이구나, 하고 생각했지."

내 얘기하면 나타나는 것은

자동으로 그렇게 되는 거라 어쩔 수가 없어.

"처음엔 네가 나타나는 장소가 나사카초등학교뿐이라고 생각했어. 다른 곳에서는 안 나타나는 줄 알았지. 하지만 토오루 형을 만났을 때, 그 형의 등 뒤에 무언가가 보였어. 그것이 토오루 형하고 같이 움직이고 있는 것을 봤을 때 알았어. 말만 하면 어디라도 나타난다는 것을. 그 이후로 나는 가능하면 너를 보지 않기로 했어."

어째서?

"무서웠기 때문이야!" 니라사와는 소리쳤다.

"소문이 진짜라면 너는 사람을 죽이잖아. 왜 사람을 죽이는지도 알 수 없고. 그래서 보고 싶지 않았지. 하지만, 알고는 싶었어. 말만 안 하면 나타나지 않는 것 같아서 말 안 하고 조사만 한다면 무서워하지 않아도 된다고 생각했지."

그래서 조금 전에 얘기한 가설을 생각해 냈다는 건가?

"사쿠마 아저씨와 요미사카 아저씨의 얘기를 들었을 때야. 그런 게 아닌가 하고 생각했지. 그게 맞는 거지?"

그보다 먼저 얘기해 줘.

"뭘?"

왜 갑자기 나에게 말을 걸고 싶어졌어?

니라사와는 대답할 수 없었다.

무서워?

"응, 무서워……."

그 아이 때문인가?

니라사와는 침을 꿀꺽 삼키고 입술에 힘을 주었다. 그것은 무엇보다 확실한 대답이었다.

켄자키 아야.

그녀가 나를 부정하는 것이 니라사와는 걱정되는 것이다.

아무튼, 하며 니라사와는 얼버무리듯 말했다.

"내 생각이 맞지? 그렇다면 너는 아무도 죽이지 않아도 돼. 내가 매일같이 네 얘기를 해 줄 테니. 계속 나하고 함께 있으면 되는 거야."

그걸 어떻게 믿지?

글을 읽은 니라사와는 눈을 부라렸다.

"왜? 살고 싶지 않아? 나하고 이야기하고 있는 한, 너는 계속 살 수 있어."

하지만 그는 중요한 부분을 모르고 있었다. 그런 약속은 그가 살아 있는 한이라고 한정되어 있는 데다, 그가 약속을 어길 경우 자유롭게 나타날 수 없는 나는 보복도 할 수 없다.

게다가 나는 하나가 아니다. 언제 어디서든 내 존재를 말하는 사람 옆에 나는 나타난다. 두 사람 이상의 인원이 다른 곳에서 말하면 여러 개의 내가 나타난다. 다른 나하고 서로 어느 정도 기억은 공유하고 있지만, 개개의 의식은 희박하다. 이렇게 입장의 차이가 있어서 거래는 성립될 수 없다.

나는 그것을 간략하게 설명하기로 했다.

너에게는 이름도 수명도 운명도 있다.

나에게는 없다.

니라사와는 살짝 고개를 끄덕였다.

"그럼, 앞으로도 죽일 거야?"

내가 할 수 있는 것은 그것밖에 없어.

전기인간의 소문이 끊기지 않게 하기 위해 내가 할 수 있는 건 정해져있다. 나에 대해서 이야기할 때밖에 나타날 수 없다는 것은 나를 부정하는 사람이나 긍정하는 사람밖에 만날 수 없다는 뜻이기도 하다.

마음을 읽고 전자 기기를 오작동 시키는 일 등을 해 보면 알 수 있다. 전자라면 기본적으로 죽이는 방향으로 생각하고, 후자라면 죽이지 않는 식으로 손익을 생각해서 결정한다. 그것뿐이다.

"나도 죽일 거야?"

아니, 나도 대화에는 굶주려 있어.

"켄자키는?"

그녀도 살려 두지.

나의 우정이라고 생각하렴.

"우정?"

서로 인식하는 거야.

우정도 키워지겠지.

어쨌든 켄자키를 죽이는 것은 손실이 크다. 그녀를 죽이면 그 보복으로 대화는 물론, 나에 대해서 말하지 않게 될 것이다. 생각만으로는 구현될 수 없다. 그것은 경험을 통해서 알고 있었다. 뇌파는 두개골에 의해 방해 받아 내 모습을 세상에 나타낼 수가 없다. 음성만이 나를 소환할 수 있다.

니라사와는 조심스럽게 물었다.

"너는 어째서 그렇게 되었지?"

잊어버렸어.

육체가 없으면 과거나 미래는 무산돼.

이렇게 대화가 가능한 인격을 얻은 것도 최근이었다. 그냥 꽤 오래전부터 내가 존재하고 있었다는 것 정도만 안다. 예전의 나는 인간이었다며 속삭이는 소리도 끊이지 않고 들린다. 소문대로 일본군에 의해 만들어진 것일 수도 있고 아닐 수도 있다. 어쨌든 지금 있는 숲에 묘한 그리움을 느끼는 것만은 확실하다.

니라사와는 핸드폰 화면을 지그시 바라보고 있었다. 나는 말을 이었다.

나는 너희들보다 약한 존재야.

"그럴 리가 없잖아. 누군가에게 회자되기만 하면 어디에나 나타날 수 있고 마음대로 사람을 죽일 수도 있는데……."

너무나도 솔직한 생각이었다. 정말 그렇다면 얼마나 좋을까.

어디에도 있다는 것은 어디에도 없다는 것이기도 해.

"무슨 뜻인지 모르겠어."

그런가? 그럼 안녕이다.
생각나면 불러 줘.

니라사와는 아직 뭔가 말하고 싶은 것 같았지만, 나는 개의치 않고 지면에서 녹아 내렸다.

스스로의 의지로 땅 위에서 사라져 버리는 건 나에게 허용된 자유의 하나였다. 이런 것을 저주라고 생각할 수도 있다. 또는 구원으로 여기기도 한다. 어느 쪽이든 역시 최근에 생각해 낸 것이었다.

내가 살기 위해 다른 사람을 죽이는 건 죄가 아니다. 그런 생각을 했을 때, 나는 사고를 되찾았고, 인격을 구축했으며, 지금의 내가 되었다. 역설적인 얘기지만, 그러고부터 사라져 버리는 것이 무섭다고 느끼게 되었다.

생각이 없었을 때는 아무것도 두려워하지 않았는데……. 지금은 아직 오지 않은 미래에 대해서조차 두려움을 느끼고 있다.

사라지는 것에 대한 공포. 그것은 아카토리 미하루를 죽여도, 히즈미 토오루를 죽여도 사라지지 않고 오히려 증가하고 있었다. 이것이 죄의식이라면 내가 점점 인간으로 돌아가고 있는 것이겠지.

죽인다는 것은 아주 간단한 것이다. 모든 건 언젠가 서점에서 나에게 그렇게 알려 주었던 그의 영향인지도 모르겠다.

그에게 원한은 없지만, 감사하는 마음도 없다. 설령 그런 게 있다고 해도, 원하는 장소에 나타날 수 없는 나로서는 원한다고 해도 다시 만날 수 없다. 그의 이름도 기억이 안 난다. 분명히 명찰은 있었지만 기억에 남을 만큼 인상이 깊은 이름도 아니었다.

"전기인간."

멀리서 나를 부르는 소리가 나서 몸의 확산이 약해졌다. 니라사와의 목소리였다. 그는 소리를 질렀다.

"반드시 다시 불러내 줄 테니! 나를 잊지 마라!"

나의 몸은 느슨하게 퍼졌다. 인간이라면 웃는 표정이었을 것이다.

전기인간의 공포

초판 1쇄 인쇄 2023년 11월 15일
초판 1쇄 발행 2023년 11월 15일

지은이 요미사카 유지
옮긴이 주자덕
발행인 주자덕
인쇄 미래피엔피
펴낸 곳 아프로스미디어
출판등록 제 2016-000073호
주소 서울특별시 성동구 금호로 173, 101동 904호
전화 02-6352-5133
팩스 02-6455-5891
홈페이지 www.aphrosmedia.com
전자우편 spitz70@aphrosmedia.com
SBN 979-11-89770-43-3 (03830)